講談社文庫

本格王2022

本格ミステリ作家クラブ選・編

講談社

CONTENTS

本格王2022

序

　この『本格王２０２２』は本格ミステリ作家クラブが編纂した傑作短編アンソロジーです。現在の本格シーンにおける最高峰の作品群を、どうぞご堪能ください。

と、このようにいうと、生粋の本格ファンである方々は「待ってました！」とばかり、期待に胸を膨らませることでしょう。それは大変に有難いこと。ファンの皆様の本格に対する尽きることのない情熱は、常に私たちの活動の励みです。では退屈な序文などさっさと読み飛ばして、さっそく本編へとお進みください。選りすぐりの本格短編が、あなたの脳を刺激し、心を揺らすこと間違いありません。――が、しかし！

　その一方で、このように呟く読者も、きっといらっしゃることでしょう。「本格って、なんか難しそう」「マニア以外の人にはハードルが高いのでは？」「もっと初心者向けの入門編はないの？」などなど……

　なるほど。その懸念はよく分かります。本格ミステリは確かに『難しい』。そりゃあ、そうでしょう。名だたる作家たちが知恵を絞って生み出す謎と論理と意外な結末。ましてや傑作集ともなれば、さらに技巧は研ぎ澄まされ、事実には幾重にも迷彩が施されます。事の真相にたどり着くことは、おそらく相当に『難しい』。

ですが――

『難しい』一方で本格は、実は『易しい』。あるいは『分かり易い』といったほうが、いいでしょうか。矛盾した言い方かもしれませんが、私の偽らざる実感です。

難解な謎、複雑な背景、巧妙な伏線、予測不能の展開。それらを読者に無理なく届けるため、作者は細心の注意を払います。情報を整理し、正確な描写を重ね、強調すべき点はさりげなく（あるいは大胆に）読者へと提示されます。結果として本格ミステリは『分かり易い』。優れた本格作品であるほど読者にとって、より『易しい』。

本格とは意外とそういうものなのです。で結局、何がいいたいかというと――

「本格ミステリの初心者は、むしろ傑作集から読むべし！」

これです。これに尽きます。――というわけで、本格ミステリの最先端であり、かつ最適な入門書でもあるアンソロジー『本格王２０２２』をお届けいたします。難しくて易しい本格ミステリの奥深い世界を、どうぞ存分にお楽しみください。

二〇二二年四月

本格ミステリ作家クラブ会長　**東川篤哉**

眠らない刑事と犬

道尾秀介

Message From Author

この作品は『N』という小説の一部ですが、独立した短編にもなっています。

『N』は全六章から構成されていて、それらの章をどの順番で読むかは読者が自由に選ぶことができ、選んだ道筋によって物語の色が大きく変わります。全部で6×5×4×3×2×1＝720通り。一章ごとに印刷が上下逆転しているので、収録順に読むことはできないようになっています。

「眠らない刑事と犬」をこのアンソロジーで初めて読んでくださった方は、ぜひ『N』で残りの五章を体験して、登場人物たちの過去や未来を見てあげてください。

この話に出てくる江添正見というペット探偵は、『N』に登場する人物たちの中でもかなり人気のようです。

道尾秀介（みちお・しゅうすけ）
1975年、東京都出身。2004年『背の眼』でホラーサスペンス大賞特別賞を受賞してデビュー。07年『シャドウ』で本格ミステリ大賞、09年『カラスの親指』で日本推理作家協会賞、10年『龍神の雨』で大藪春彦賞、『光媒の花』で山本周五郎賞、11年『月と蟹』で直木賞をそれぞれ受賞。近著に『雷神』『N』などがある。

この街で五十年ぶりに起きた殺人事件だという。

事件があった夜、一匹の犬が殺人現場から忽然《こつぜん》と姿を消した。わたしはそれを必死に捜した。林の中を。街の中を。どうしても見つけなければならなかった。

刑事としてではなく、一人の人間として。

そうしながら、あらゆることを考えた。彼が隣家の夫婦を刺し殺した理由。その心に抱え込んでしまったもの。左腕に巻かれた白い包帯。事件の二週間前に彼が握った包丁。

ただ一つ考えなかったのは、自分自身についてだった。

（一）

家――男――わたし。
その三つが一直線上に並んでから三十分ほどが経過していた。男の視線は家の二階あたりに向けられ、わたしの視線は彼の背中に向けられている。それぞれの距離は十メートルほどだろうか。

街の北側、高台にある住宅地だった。湾を挟んだ南側よりも地価が高く、曇り空の下に建ち並ぶ家々はどれも高級感がある。さっきから男が見つめているその家も、戸建て住宅のコマーシャルに出てきそうな外観をしていた。シャッター付きのガレージ。白い塀の上に並ぶ、洋風の忍び返し。その向こうに大きなプラタナスが伸び上がり、枝には丸い実がたくさんぶら下がっている。まだ九月半ばを過ぎたばかりなので、実はどれも緑色をしていた。

男の手に握られているのは、いわゆる高枝切りバサミ。

ただの高枝切りバサミではなく、独自の改造が施されている。ポールの先端からY字状に、薄手のまな板と、虫取り網の先っぽが、それぞれ取り付けてあるのだ。ポールを斜め上に向かって突き出すことで、まな板はちょうど地面と平行になる。その状態で手元のハンドルを握ると、おそらく網がぱたんと下がり、まな板の上にいるものを捕らえる仕掛けなのだろう。

捕らえようとしているのは、鳥に違いない。

視線の先に、これから一羽の鳥が現れることを、彼は予想している。

男を監視しはじめたのは昨日のことだ。昼近く、彼は事務所のあるテナントビルを出ると、大通りでバスに乗った。ウェストポーチだけを身につけ、キャップを目深《まぶか》にかぶって。男がバスを降りたのは、湾の北側にある港付近。迷いのない足取りで高台の住宅地へ向かうと、いまと同じように、この家を塀の陰から観察しはじめた。すると、しばらく経った頃、一羽の鳥が飛んできて庭のプラタナスにとまった。全身が灰色で、尾羽だけが赤い、大きなインコのような鳥。種類はわからない。

鳥がとまったのは、二階の窓のそばに伸びた枝だった。それを見るなり、男はすかさずウエストポーチから拳銃を取り出して引き金を引いた。もちろん本物ではなくエアガンだ。放たれた弾は枝に当たり、鳥は驚いて飛び去った。男はすぐにその場を離れると、またバスに乗り、向かった先はホームセンターだった。買ったのは高枝切りバサミ、樹脂製のまな板、虫取り網、「鳥の餌・お米MIX」。それらを抱えて彼は事務所へ戻った。そのあとは夜まで張り込んでも出てこなかったので、おそらく事務所の中で、あの不格好な罠を作製していたに違いない。

昨日はわざと鳥を追い払ったというのに、今日は捕まえようとしている。事情を知らない人が目にしたら、その行動は理解不能だろう。しかしわたしは、二日間にわたる尾行の末に確信していた。

あの情報は、やはり本当だったのだ。

男の名前は江添正見《えぞえまさみ》。年齢はわたしよりも十歳若い三十六。行方不明になったペットを捜すのが仕事で、古いビルの三階に「ペット探偵・江添&吉岡《よしおか》」という事務所を構えている。江添正見と吉岡精一《せいいち》の二人による共同経営だが、これまで調べた情報だと、ペット捜索を行うのはいつも江添一人のようだ。吉岡という男は、おそらく事務担当か何かなのだろう。

わたしは生まれて一度も動物を飼ったことがないし、飼いたいと思ったこともないので知らなかったが、江添はペット所有者の中では有名な人物なのだという。事務所のホームページに「発見実績90％」とうたってあるが、じっさい彼に捜索を依頼すると、行方不明になった犬や猫はたいがい見つかるらしい。その実力は口コミで広がり、いまでは県外からの依頼も多くあるとか。

江添の背中がぴくりと動いた。

見ると、昨日と同じあの灰色の鳥が、いままさにプラタナスの枝に降り立つところだった。江添はマシンガンでも構えるように、高枝切りバサミを肩口に掲げ、腰を落として路地に出る。そのまま白い塀に肩をこすらせながら前進し、プラタナスのほうへと近づいていく。――いや、戻ってきた。まるで逆回しのように後退し、先ほどと同じ塀の角に引っ込む。

「ほれ、あすこ」

声が近づいてきた。

「どこです？」

「あすこだっての、二階の窓があんだろ、その手前」

「あ、ほんとだ、いた」

海へつづく坂道のほうから、二人の人物が現れた。白い短髪の老人と、高校野球部のユニフォームを着た男の子。男の子のほうが敬語を使っているので、祖父と孫ではないのだろうか。二人は何か小声で言い合いながら、あの家に近づいていく。

「……やっぱし、ここじゃねえか？」

老人は口を半びらきにして、豪華な家を見上げる。

わたしと江添は、別々の塀の陰からそれを覗《のぞ》く。

やがて、驚くべきことが起きた。灰色の鳥がプラタナスの枝から飛び立ち、塀の外側に向かって急降下したかと思うと、高校生の肩にとまったのだ。

「……嘘だろおい」

老人が自分のひたいを叩いて苦笑する。

二人はその場で短いやり取りをし、やがて老人だけが、来た道を引き返していった。残された高校生は、鳥を肩にのせたまま、ぎくしゃくと身体《からだ》を回し、門柱のインターフォンを押す。スピーカーから『あっ』と女性の声が聞こえた。玄関のドアがひらかれる音。高校生は門を開けて中に入っていく。

ほどなく、ガチャリとドアが閉まる音がした。

塀の陰で、江添の首ががくりと垂れる。彼はそのまましばらく動かなかったが、やがて舌打ちをすると、その場にしゃがみ込んで罠を縮めはじめた。栄養失調のように痩せた横顔が、不満でいっぱいになっている。

いま目の前で起きたことが何なのか、遅ればせながら読めてきた。

「仕事がなくなったの？」

路地に踏み出し、江添の背中に声をかける。驚くかと思ったが、彼は無反応で、数秒経ってからようやく大儀そうに振り返った。前髪のあいだから、からからに乾ききった目がわたしを見る。

「あなた、ペット探偵の江添正見さんよね」

彼は答えず、手元に目を戻して罠の片付けをつづける。よく見ると、ポールの先端に取り付けられたまな板には、ペットボトルの蓋が逆さに貼りつけてある。そこに入っているまだらの粒は、たぶん昨日買った「鳥の餌・お米ＭＩＸ」だろう。

「鳥を捜してくれって頼まれてたんじゃないの？　あの鳥はこの家から逃げ出した。あなたは飼い主から鳥の捜索を依頼されてた。でもせっかく罠を用意してここにやってきたのに、鳥はさっきの高校生の肩にとまって、彼はそのまま家に入っていった。鳥が無事に飼い主のもとに戻ったから、あなたの仕事はなくなった。違う？」

さっきの二人が誰なのかはわからない。おそらくは、たまたま迷い鳥を見つけ、追いかけながら飼い主を捜していたのだろう。すると鳥はこの家の庭木にとまり、どうしたことか高校生の肩に飛び移った。彼は仕方なく、鳥を肩にのせたままインターフォンを押した。家の人はそれを見てドアを開け、中に招じ入れた。

「べつに違わねえけど――」

ようやく江添が口をひらいた。しかし両目は自分の手元に向けられたままだ。

「あんたは？」

「警察です」

今度こそ驚くかと思ったが、微動だにしない。

「警察の世話になるようなこと、した憶えねえけど」

「してるって噂なの」

罪名で言うと、おそらく詐欺罪。

署に相談の電話があったのは先月のことだ。代表番号にかかってきた電話が刑事課に回され、わたしがそれを受けた。相談者は、かつて江添に依頼して飼い猫を見つけてもらったという二十代の女性だった。彼女によると、「ペット探偵・江添&吉岡」は不正なやり方で金儲けをしているのではないかというのだ。

ペット捜索業者の料金体系は様々だが、基本契約の三日間で五万円から六万円ほどのところが多い。彼らは前払いで料金を受け取り、ペットの捜索ならびにチラシやポスターの作製や配布などを行う。最初の三日間で見つからなければ、以後三日ごとに料金が加算されていく。捜索対象となるペットは犬と猫が多いが、ときに鳥やフェレットやハムスターやプレーリードッグなどの捜索も依頼されるという。ペットの捜索にはどうしてもある程度の日数がかかるので、最終的な料金は二十万円を超えることもあるらしい。しかし、大切なペットが戻ってきた嬉しさで、たいていの依頼者は喜んでそれを支払う。「ペット探偵・江添&吉岡」の料金体系もやはり同様で、最初の三日間が五万八千円。その期間で見つからず、さらに捜索をつづける場合は、三日ごとに同じ料金を振り込むという仕組みだ。

「はっきり言っちゃうと、以前あなたに仕事を依頼した人から、警察に相談があったの。それが誰だかは教えられないけど、捜索対象は猫だった」

その猫は、ある朝、飼い主が玄関のドアを開けた際に逃げ出してしまったらしい。彼女は周囲を捜し尽くしたが見つからず、インターネットに載っていた業者に捜索を依頼した。それが「ペット探偵・江添&吉岡」だった。江添は依頼を引き受け、基本料金の五万八千円を受け取って捜索を開始した。

彼女の飼い猫は雑種だが、両目の上に、どう見ても極太の眉毛にしか思えない模様が入っていた。それがかなり特徴的だったので、案外すぐに見つかってくれるのではないかと彼女は期待していたという。しかし、一週間が経っても発見の報は入らなかった。彼女は三日ごとに追加料金を振り込みつづけていたが、やがて九日目を迎えたとき、とうとうあきらめた。翌日になれば料金が二十万円を超えてしまうので、金銭的にもう無理だと判断したらしい。彼女は江添に電話をかけ、捜索を打ち切ってほしいと伝えた。江添は了承し、役に立てなかったことを丁寧に詫びて電話を切った。ところがその三十分ほど後、今度は江添のほうから電話があった。たったいま猫を発見したというのだ。彼女は心から感謝し、江添がケージに入れて連れてきた飼い猫と再会を喜び合った。

「あなたが依頼を受けて猫を捜索しているあいだに、街でその猫を見かけたっていう人がいてね」

彼女がそれを知ったのは、たまたま入ったバーで、飼い猫の行方不明と発見の顛末《てんまつ》を男性店員に聞かせたときのことだった。スマートフォンで猫の写真を見せながら話していると、その店員が、しばらく前に同じ猫を見たというのだ。場所は彼女の自宅近く。夕暮れの路地で、動物用のケージを持った男と、店員は行き合った。動物好きだった彼は、すれ違いざまにちらりとケージを覗き込んだ。すると、顔に極太の眉毛のような模様がある猫が入っていたのだという。

「ケージを運んでいた男の年格好を訊《き》いてみたら、あなたとぴったり一致したんですって」

まず最初に、彼女は笑ったらしい。きっとそれは捜索九日目に江添が猫を発見し、自宅に連れてくるところだったのだろうと。しかしここで日付が問題になった。店員が猫を見たのはなんと、彼女が江添に捜索を依頼した翌日のことだったのだ。

「本当はとっくにペットを見つけてるのに、それを事務所かどこかに隠しておいて、依頼人に報告しないまま料金を吊り上げていく。料金がかさんで契約を解消されそうになると、あたかもたったいま見つけたようなふりをして、ペットを飼い主のもとに届ける。ペットが戻ってきさえすれば飼い主は喜ぶから、好意的な口コミが広がって、また新しい依頼が来る。──何か違ってるところある？」

江添は縮めた高枝切りバサミを肩に担いで腰を上げる。そのまま立ち去ろうとするので、わたしは背後にぴったりついて歩いた。

「昨日、あの鳥が庭木にとまったとき、あなたエアガンで追い払ったわよね。あれも、もし飼い主が鳥に気づいて窓を開けたら、鳥が中に入っちゃうと思ったからじゃないの？　そうなれば、あなたの仕事はそこで終わってしまう。だからいったんエアガンで追い払って、罠をつくったうえで、今日またここに来た。あなたはその変な罠で鳥を捕まえて、事務所に連れ帰るつもりだった。飼い主には捜索をつづけていると嘘をついて、三日ごとに料金を吊り上げようとしてた。だって、そう考えないと辻褄《つじつま》が合わないでしょ？　昨日あの鳥が枝にとまったとき、家の人に二階の窓を開けてもらっていたら、無事に飼い主のもとへ戻ってたわけだから。きっと鳥は家に帰ろうとしていたんだろうし」

　無視を決め込んでいた江添は、ここでようやく肩ごしに声を返した。

「帰ろうとしてたかどうかなんて、ヨウムに訊かなきゃわからねえ」

「何ム？」

「ヨウム」

「オウム？」

　ヨウム、と江添はもう一度繰り返す。どうやらさっきの鳥は、そういう種類らしい。

「それにな、もし仮にいまあんたが言ったことが本当だったとしても」

　彼が急に立ち止まったので、もう少しでまな板に顔をぶつけるところだった。江添はくるりと身体を回し、至近距離でわたしと目を合わせる。

「立証できんのかよ」

「できないと思う」

　初めて彼の表情が動いた。ほんのわずかだが。

「もっと言えば、これ以上調べようとも思ってないし、昨日と今日、あの家の前で自分が見たことだって、上に報告するつもりはない。いまのところはね」

乾いた黒目で、江添はわたしの顔を直視する。職業柄、目をそむけられたり伏せられたりすることには慣れているが、こうした視線に遭う経験はあまりない。

「そのかわり、頼みたいことがあるの」

署に持ち込まれた相談について考えていたとき、ふと気づいたのだ。――電話をしてきた女性が言っているようなペテンを、もし江添が実際に行っている場合、行方不明の動物を発見することが大前提となる。料金を吊り上げたところで、最終的に飼い主のもとへペットを返すことができなければ、いまの時代、インターネット上で悪い口コミがすぐに広がってしまうからだ。ところが「ペット探偵・江添&吉岡」は九十パーセントという高い発見率をうたっており、どうやらそれは嘘ではないらしい。調べてみたところ、ペット捜索業者の一般的なペット発見率は六十パーセントほど。つまり、彼はとんでもない高確率で仕事を成功させていることになるのだ。

「ある犬を、見つけてほしいの」

「……その犬なら、昨日から警察が捜してるな」

(二)

翌日の午後一時、わたしは江添の事務所にいた。市街地から少し外れた、古いビルの三階。ホームページには番地までしか書かれておらず、ドアにも事務所の名が掲げられていなかったが、どちらも理由は想像できた。行方不明のペットを見つけ、こっそり匿《かくま》っているあいだに、依頼者が訪ねてくるとまずいからだろう。たとえば犬であれば、飼い主のにおいや声に反応し、ドアの中から吠え声を上げてしまう可能性もある。

「街のあちこちに写真入りのポスターが貼ってあるのを見た。連絡先が警察になってたから、まあ、妙だとは思ってたけどな」

ローテーブルに尻をのせた江添が、前髪のあいだから両目をのぞかせる。わたしが座っているソファーは二人掛けだが、彼は隣同士になるのを避けたのか、テーブルを引き離してそこに腰掛けた。事務所は二間つづきらしく、奥にドアが一つ。わたしたちがいる部屋にあるのは、テレビと冷蔵庫と、グラスやカップ麺の容器が放置された流し台。キャビネットやパソコンなどは見当たらないので、事務室はあのドアの向こうだろうか。

「……んで？」

曇りガラスの外では雨音がつづき、部屋は湿った犬みたいなにおいに満ちていた。この雨は昨日、江添と別れたすぐあとに降りはじめ、いまだやむ気配がない。

「その犬を、あなたに見つけてほしいの。料金は、もちろん正規の金額を支払う」

見つけたいのはオスのラブラドール・レトリバー。ブッツァーティというややこしい名前で、毛色は白、体長九十センチ前後、年齢は十二歳。三日前、夫婦刺殺事件の現場から姿を消した犬だ。事件発生以降、警察犬を使った捜索が行われているが、いまだ発見には至っていない。捜査の指揮を執る先輩刑事八重田《やえだ》は、おそらくそろそろ焦りはじめている頃だろう。

「捜す理由は？」

「悪いけど言えない」

事件が起きたのは三日前の夜。住宅地にある一軒家で夫婦二人が刺殺された。被害者は木崎春義《きざきはるよし》と明代《あきよ》、それぞれ県外にある別々の大学で教鞭《きょうべん》を執っており、年齢は五十九歳と五十五歳。事件現場は、海岸線から一キロほど離れた場所だ。この街の湾は、釣り針を横に倒したようなかたちをしていて、ひらがなの「つ」に似ている。事件が起きた住宅地は湾の東側、昨日の高級住宅地は北側、いまいるこの事務所はその中間の北東部にあたる。

被害者夫婦はどちらも背後から心臓付近を刺され、ともに即死。二人の遺体を発見したのは、同居する二十三歳の一人息子だった。社会人一年生の営業マンで、仕事帰りに自宅近くのコンビニエンスストアに立ち寄り、車の雑誌を買って帰宅したところ、二人が死んでいるのを見つけたという。彼によると、普段は閉まっている玄関の鍵が開いており、妙に思って廊下を抜けていくと、居間の掃き出し窓が開いていた。暗い庭に声を投げたが反応はなく、いつもブッツァーティが繋がれているロープが地面に投げ出されているばかりだった。両親はしばしばブッツァーティを家に上げて遊んでやっていたので、通常ならば違和感をおぼえることもない光景だったが、そのときは家の中があまりに静かすぎた。姿の見えない両親や飼い犬に声をかけつつ、家の奥にある台所に入ってみると、流し台の前で母親が死んでいた。彼は慌てて階段を駆け上り、父親がいつも夜の時間を過ごしている書斎に飛び込んだ。すると、デスクの手前で、椅子から転げ落ちたような格好で、父親も死んでいた。彼はすぐさま警察に連絡し――その通報が午後九時二十二分。被害者の死亡推定時刻はどちらも午後七時前後なので、犯行から二時間ほどが経過していたことになる。

遺体を解剖した結果、二人を刺した凶器はナイフか包丁のような片刃の刃物。第一発見者の息子によると、自宅にあった刃物といえば台所の包丁くらいで、その包丁は一本もなくなっていない。つまり犯人は、持参した刃物で二人を刺殺したあと、その凶器を持ち去ったことになる。もっとも、たいがいの刺殺事件がそうなのだが。

事件が起きた住宅地は、昼間でも人通りが少ない場所だが、夜間はなおさら静けさを増す。犯行時刻前後に被害者宅を出入りする人物を見た者は誰もいない。ただ、周囲の家に聞き込みを行った結果、ちょうど七時頃に、ブッツァーティが激しく吠え、威嚇するような声が聞こえたという。

そのブッツァーティが現場から忽然と消え、いまも見つかっていない。

「理由を聞かなきゃ、仕事は受けられねえ。警察からの依頼なんて面倒だしな」

「気持ちはわかるけど、あなたはそれでいいの？」

「どういう意味だ？」

「今後もこの商売をつづけたくないのかなと思って。あなたの仕事のやり方について、わたし、いろいろ知っちゃったわけだし」

江添の両目が、自動販売機のコイン投入口のように細くなった。

「わかってると思うけどな……あんたがやってることは脅迫だ」

わたしは逆に両目を広げてみせた。

「べつに、わたしに弱みなんて握られてないでしょ。それとも、やっぱり後ろ暗いところがあるの？」

捜査の頭を張る八重田は、ある人物を加害者として疑っていた。木崎家の隣に暮らす、いわゆる引きこもり息子。名前は小野田啓介《おのだけいすけ》、歳は十九。五歳の頃に両親が離婚して以来、母親と二人でその家に住んでいる。彼はせっかく現役合格した大学をほんの二ヵ月半で中退して以降、二階の自室にこもりきりで、昼夜を問わずゲームに興じていた。シングルマザーの母親は働きづめで、事件発生時も家にはいなかった。

啓介は以前に隣家の木崎家とトラブルを起こしており、その理由がブッツァーティだった。彼の部屋の窓は木崎家の庭を見下ろす位置にあるのだが、深夜の鳴き声がうるさいというのだ。事件の一ヵ月ほど前、啓介は木崎家の呼び鈴を押し、妻の明代にそのことを伝えた。だが、深夜にブッツァーティが吠えている声など、木崎家の人間も近隣の住民も聞いたことがなかった。さらに二週間後、つまり事件から二週間ほど前の夕刻には、啓介が木崎家の庭に入り込もうとしているところを、夫の春義が目撃している。声をかけたところ、彼は何でもないような顔で出ていったが、その右手に包丁が握られているのを、春義ははっきりと見たらしい。しかし、隣家とのことなので警察沙汰にはしなかった。

事件当夜、通報を受けたわたしと八重田はすぐさま署を出て現場に向かった。まず第一発見者である木崎家の息子から話を聞いたあと、即座に周辺への聞き込みをはじめたのだが、八重田が最初に選んだ相手は啓介だった。

声や物音などを聞かなかったか。不審な人物を見なかったか。何か気づいたことはないか。玄関先にぼんやりと立つ啓介に一通りの質問をしたあと、八重田は唐突に訊いた。

――怪我をしているのかな？

そのとき啓介は季節外れともいえる厚手の長袖シャツを着ていたが、布地の様子と、左腕の動きから見て取ったらしい。わたしのほうは、すぐそばにいながら、まったく気づくことができなかった。

――してますけど？

――どんなだか、見せてもらってもいいかい？

そのとき啓介の目に一瞬、敵意のようなものが浮かんだ。しかし彼はその目を伏せ、無言で左袖をまくった。肘のあたりに真新しい包帯が巻かれ、明らかに軽い怪我ではなかった。

――その怪我は、どういう理由で？

――説明する必要があるんですか？

けっきょく、現時点まで啓介の怪我の理由はわかっておらず、包帯の内側がどうなっているのかも確認できないままだ。

啓介を犯人として疑っていることを、いまのところ八重田は言葉にしていない。あの男はいつもそうだ。故意《わざと》のように自分の考えを話さず、腹の底を見せないまま、独自に手柄を立てようとする。そして実際、何度もそれを成功させてきた。

しかし今回に限っては、八重田が考えていることは明らかだった。あの怪我を負わせたのはブッツァーティだと踏んでいるのだろう。殺された春義と明代の遺体、また室内の状況に、犯人と争った形跡はなかった。つまり、犯行時、彼らが犯人に怪我を負わせたという可能性は低い。啓介が隣家に入り込んで二人を殺害したとき、そこにいたブッツァーティが彼に向かって吠え、威嚇し、左腕に噛みついた。彼は持っていた刃物を犬に向け、その刃物によってブッツァーティは怪我を負ったかもしれないし、負わなかったかもしれない。とにかくその場から逃げ出して行方不明になった。もしそうだとすると、ブッツァーティの身体から啓介のDNAが検出できる可能性がある。たとえば口のまわり。たとえば鼻腔《びこう》。いつもつけていた革の首輪。——要するに、ブッツァーティは〝動く証拠〟なのだった。もちろん、啓介によって殺され、処分されていなければの話だが。

「うるせえから、切るか取るかしろ」

わたしのハンドバッグの中で、スマートフォンが震えていた。

取り出してみると、八重田からだった。

『俺だ』

意図的にドスを利かせた声。まるで相手の顔がすぐそこにあるように、はっきりと目に浮かぶ。かつてドラマで見た刑事に、いまも憧れつづけているかのような、わざとらしい無精ひげ。無意味に鋭い目つきと、汚いワイシャツの襟元。

『その後、どうだ』

「いまのところは何も。そっちは、見つけられたんですか？」

犬を、とは言わなかった。江添が聞いていたからだ。

『まだ見つからねえ。昨日からの雨で、においが途切れてんだろうな』

やはり頼るべきは人間だったのだろう。いかに警察犬の鼻が利くとはいえ、この天気では能力を発揮できまい。

『上と話したんだが、警察犬の出動は今日でいったん打ち切ることになった』

「そうなんですね」

日本では警察犬が不足している。人の高齢化により、認知症の行方不明者が増加し、警察犬の出動機会が格段に増えたからだ。しかし警察犬の数はどうかというと、指導者や指導機関の減少にともなってむしろ減っており、一つの事件に警察犬を出動させつづけることは難しくなっていた。

「すみません、いまバスの中なので」

嘘をついて早々に電話を切った。江添に顔を戻すと、嫌な笑みを浮かべてわたしを見ている。

「ムカついてしょうがねえって顔だな」

「もともとそういう顔なの」

「多少はな。でもいまは、さらにひでえ」

わたしが言い返す前につづける。

「会話からすると、あんたら警察犬を使ってあの犬を捜してるみてえだな。何かの事件に関係してるんだろうとは思ってたけど、けっこうでけえ事件だ。で、あんたは先輩刑事より先に犬を見つけて、だしぬこうとしてる」

まさに図星だった。

「つまり、俺に相談してんのは警察じゃなく、あんた個人で、昨日から一度も警察手帳を見せねえのも、これが個人的な依頼だからってわけだ」

それもまた図星だった。しかし、つぎの言葉はダブルで外れた。

「女だてらに単独行動してんのも合点《がてん》がいった。刑事は二人一組が基本だって聞くからな」

「二人一組で動くのは大きな組織での話。うちみたいな小さな署に、そんな余裕はない。それに、いま〝女だてらに〟って言ったけど、単独行動は男の専売特許でも何でもないでしょ。ところであなた——」

さっきから、いや、昨日から言いたかった言葉を、わたしは咽喉《のど》から先に押し出した。

「わたしが男でも同じ口の利き方する？」

警察官になって二十年と少し。交通課にいた頃も、刑事になってからも変わらない。聞き込みでも、被疑者の聴取現場でも逮捕現場でも、こっちが女とみると、男たちはきまって横柄な態度をとる。わたしの職業よりも、女であることを先に意識し、無根拠な優位性を誇示しようとする。

「あんただってタメロだろうが」

「あなたみたいに汚い口の利き方はしない」

「俺は相手が男でも総理大臣でも同じ態度をとる。そこそこ丁寧になるのは、依頼人に対してだけだ」

「わたしも依頼人のつもりだけど？」

「俺が断ってんだから、依頼人じゃねえ。依頼人になりたきゃ、犬を捜してる理由を教えろ」

そう言ったあと、江添は先ほどのわたしと同じ作戦をとった。

「あんたが個人的に依頼してきましたって、警察に連絡してもいいんだぞ」

（三）

自宅に戻るなり、ダイニングテーブルに突っ伏した。

テーブルのへりごしに覗くタイトスカートに、短い茶色の毛がついている。江添が以前にあの事務所で匿っていた動物のものだろうか。犬なのか猫なのか、それとも何かほかの動物なのか判然とせず、なんとなく指でつまんで嗅いでみても、当たり前だがわからなかった。

あれからわたしは江添に、ブッツァーティを捜している理由を余儀なく話した。知っているとは思うけど、と前置きをしてから夫婦殺害事件について切り出したのだが、なんと彼は知らなかった。

――自分が暮らす街で、人が二人も殺されたのに？

――新聞もニュースも見ねえし、人と日常会話を交わすこともねえからな。

わたしは事件のことを説明した。すでに報道されている内容に、ブッツァーティの行方不明をプラスして。現場からいなくなった犬の身体に、事件を解明する何らかの証拠が残っているかもしれないことも。もちろん、疑われている人物が存在することは伏せた。

――なかなか捜し甲斐《がい》があるな。

女性蔑視の横柄なペテン師は、最終的にわたしの依頼を引き受けた。

――共同経営者の吉岡さんには、依頼の内容は言わないでほしいの。詳細を知ってる部外者は、できれば増やしたくないから。

――あいつに依頼内容を話したことなんてねえ。

――経理担当か何か？

――んな器用なことできるか。あいつはアナログ作業担当だ。

それがどんな作業なのかはわからないが、いずれにしても好都合だった。わたしは用意していた五万八千円と、警察が作製したブッツァーティ捜しのポスターを江添に渡した。ポスターには複数のブッツァーティの写真とともに、身体や性格の特徴など、細かい情報が書かれている。

――いつも、どうやって捜すの？

事務所を去り際に訊いた。

――勘と経験だ。

そんなことを言っていたが、本当に大丈夫なのだろうか。

顔を上げ、壁のカレンダーを見る。すべての日付が丸印で囲んであり、三色ボールペンで描かれたその丸は、青が昼勤、黒が夜勤、赤が非番。しかしそれらはあくまで予定でしかない。事件が起きればシフトなど無関係になり、捜査中の刑事には労働基準法も適用されない。どんな事件でも、発生から三週間――いわゆる「一期」と呼ばれる期間に犯人を逮捕できなければ、捜査は長期化するので、この期間は休むことなどできはしない。もしわたしに配偶者がいたら、おそらく不平を言われていることだろう。いや、責められているに違いない。懸命に働いたとき、男性は妻から労をねぎらわれ、女性は夫から責められる。

きっと、そんなものだ。

（四）

翌朝、木崎家から出てきた江添と、そばの路地で合流した。

「ちゃんと打ち合わせどおりに話した？」

「ああ、ボランティアだってな。疑ってる感じはなかった」

江添は海の逆側――東に向かって歩き出す。ここは比較的古い住宅地だが、建て替えられた家もあるので、目に映る建物の新旧がばらばらだ。このまま真っ直《ます》ぐ路地を抜けていくと、畑が広がる一帯があり、その向こうには樹林地がある。

「ブッツァーティを捜してもいいって？」

「いいも何も、捜すのは勝手だろ。まあ協力的だったけどな」

江添が会ってきたのは木崎貴也《たかや》。殺害された春義と明代の息子で、遺体の第一発見者だ。ブッツァーティに関する詳細な情報が必要だということで、いま江添は彼と話してきた。一人で行かせたのは、貴也がわたしの顔を知っているからだ。街でたまたまブッツァーティ捜しのポスターを見かけ、ボランティアで協力させてもらえればと思い、家を訪ねた――という設定だったが、どうやら上手くいったらしい。

「ほかに、ばあさんもいたぞ」

「父方の祖母。孫の貴也さんが心配で、事件以来、県外から泊まりに来てるみたい」

「もともとなのかもしれねえけど、痩せ細って幽霊みてえだったな。敬老の日だってのに」

今日はシルバーウィークの三日目だ。昨日までの二日間とうってかわり、空には秋晴れが広がっている。

「録ってきたんでしょ？」

訊くと、江添はリュックサックからブルートゥースの無線イヤホンを取り出した。片方を自分の耳にねじ込み、もう片方をわたしに手渡す。ついで彼がスマートフォンを操作しはじめたので、その隙にわたしはイヤホンをシャツの裾で拭ってから耳に入れた。江添がスマートフォンの録音アプリを再生する。力に――ボラン――でしょうから――お代は――彼が喋る冒頭部分がパパッと飛ばされたあと、聞こえてきたのは貴也の声だった。

『世の中には……やっぱり素晴らしい人もいるんですね』

貴也は江添を室内《なか》に通したらしく、それらしい物音と、冷蔵庫とグラスの音、そのグラスに何かを注ぐ音が聞こえた。江添が下品なノイズとともにそれを飲む。

『でその、いなくなった犬についてなんですけど、街の中だとどのあたりに馴染みがありますかね？　たとえば、散歩でよく連れていった場所とか』

『両親は、いつも向こうの、林のほうに連れていってました。遊歩道があるじゃないですか。そこを奥のほうまで歩いたり、木の中へ入ったり』

いま江添が向かっているのは、その場所なのだろう。

『海岸のほうには？』

『まず行きませんでした。海をひどく怖がって、そっちに連れていこうとすると、脚をふんばって動かなくなるんです』

『ああ、いますね、そういうワンちゃん』

依頼人には丁寧な口を利くと言っていたが、どうやらあれは本当だったらしい。しかしわたしに対しては、依頼を受けたいまも相変わらずの口調だ。もちろん女だからなのだろう。

『林を北のほうにずーっと抜けて行くと、大通りに出るじゃないですか。それを渡った向こう側にも、よく行ってたみたいです』

江添の事務所がある、街の北東部だ。

『そこの動物病院がかかりつけだったんですけど、待ち合いでけっこう犬同士が友達になったりするらしくて、近くを通ると、いつも病院の中に入ろうとして大変だって言ってました』

『動物病院、はいはい、あそこ』

『ええ、二階建ての。やっぱり犬も、友達に会いたいんですかね』

警察が得ている情報と、いまのところほとんど変わらなかった。江添にそれを言うと、彼はいいから聞けというように自分のイヤホンを指さす。

『僕も、あいつのことは仔犬の頃から可愛がってるんです。もうほんと、兄弟みたいなもんで』

『呼びかけるときは、いつも名前で？』

『いえ、名前ではあまり。なにせ長いですから』

『縮めて、ぶっちゃんとか？』

『両親は、たまにはそう。でも僕は――』

思い出すような間。

『ただ、おい、って言ってましたね。両親に、おい、なんて言わないから、僕がそう呼びかけると自分のことだってわかって、いつも駆け寄って来ました。おい、ワン、みたいな』

貴也はしばらく黙ったあと、鼻声になり、ブッツァーティとの思い出を話しはじめた。庭で互いに転げ回って遊んだこと。そのあといっしょに風呂に入ったこと。中学校時代、父親に叱られて泣いていたら、涙を舐めてくれたこと。

『どこでどうしてるのか、ほんとに心配です。迷い犬をいじめるような悪い人もいるかもしれないし、それこそ隣の……』

まずい。

『隣の？』

間。

『いえあの……隣に住んでる男の子が、たしか四歳下だからいま十九歳かな、なんていうか、社会に適合できない子なんですけど、その子が以前に――』

『たーちゃん』

貴也の祖母だろう、離れた場所から声がした。細い咽喉から無理に絞り出されたような、かすれた声だった。彼女が表情で何かを伝えたのか、貴也は軽く咳払いをし、それ以上は言葉を継がない。啓介の名前が出なかったことに、わたしがひそかに安堵していると、江添が再生を停めた。

「隣の息子がなんとかってのは……あんた、何か聞いてるか？」

「犬が吠える声がうるさくて、前に苦情を言いに来たみたい」

必要最低限の言葉で誤魔化すと、江添は軽く頷《うなず》いてイヤホンを耳から外した。

「ま、よくあることだわな」

わたしもイヤホンを外して彼に返す。

「これだけの情報で、見つけられるの？」

「充分だ。むしろこの情報がなきゃ、まったく違う場所を捜してた」

「勘と経験でね」

嫌味を無視し、江添はリュックサックから、これも無線のスピーカーを取り出す。スマートフォンを操作し、録音アプリの別ファイルを再生すると――『おい』――『おーい！』――スピーカーから貴也の声が響いた。

「頼んで、声を録らせてもらった。犬の場合は、こいつがけっこう有効だ。それからこれ」

リュックサックに入っている弁当箱ほどのタッパーウェアを、こつこつと爪の先で叩く。中身は……何だろう、しわくちゃのタオルに見える。

「犬小屋の中にあったのを借りてきた。どうしてかブッツアーティが気に入って、前に犬小屋に持ち込んだんだと」

「これを持ってれば寄ってくるの？」

「いや、別の使い道だ」

樹林地に到着した。江添はアプリの録音をリピート再生させながら、遊歩道の入り口に足を踏み入れる。『おい』――『おーい！』――『おい』――『おーい！』――木々のあいだに貴也の声が響く。犬どころか人の気配さえなく、見渡すかぎり動くものはない。地面には落ち葉が積み重なり、昨日までの雨のせいで、湿ったにおいを放っていた。わたしたちが歩く遊歩道の土も、だいぶぬかるんでいる。

「このあたりは、もう警察犬を使って捜したけど」

「動いてる相手を見つけようとしてんだから、関係ねえ」

「動いてると思う？」

当たり前だ、と江添は即座に声を返した。

「発見率九十パーセントって、ほんとなのよね？」

「いや、そりゃ全体での話だ。鳥やなんかはかなり難しい。こないだのヨウムみてえに簡単に見つかるケースは稀《まれ》で、発見率はまあ、五十パー以下だ。ハムスターとか蛇になると、もっと下がる」

「なのに、全体で九十パーセントの成功率？」

「犬猫で、ほぼ百パーいくからな」

そんな業者が、ほかにあるのだろうか。

「あなたが依頼を引き受けてくれて、助かった」

「ヨウムの仕事で稼げなかったしな。昨日、あんたと事務所で話す前に依頼人が来て、打ち切りになったよ。鳥が戻ってきたから、もう捜さなくていいってさ」

「じゃあ、ほんとは仕事がほしかったの？」

「稼げそうな仕事なら、もっとよかった」

いつものように、捜索対象を発見していながら事務所に隠し、料金を吊り上げていくことは、今回に限ってはできないと考えているのだろう。もちろんそんなことはさせない。それにしても、稼げないと踏んでいるということは、早期にブッツァーティを発見する自信があるのだろうか。

「稼いだお金、いつも何に使ってるのよ？」

「ネトゲとパチンコ」

「恋人とかいないの？」

少々意地の悪い気持ちで訊いてみると、江添の目がふっと焦点を失くした。特定の誰かのことを思い浮かべているような印象だったが、本当のところはわからない。

「いるわけねえだろ……こんなのに」

独り言みたいに呟き、年季の入った双眼鏡をリュックサックから取り出す。自分の顔を隠すように、それを両目にあて、江添は周囲を観察しはじめた。全体をまんべんなく見るのではなく、ポイントからポイントへ双眼鏡の先を向けていく感じだったが、何を基準にしているのかはわからない。彼は双眼鏡を両目にあてたまま、つまずきもせずに凸凹の遊歩道を歩いていく。色褪《いろあ》せたTシャツの右肩には、木崎家の犬小屋からあのタオルを引っぱり出したときについたのか、白い毛のかたまりが引っかかっていた。ブッツァーティのものだろう。毛のかたまりはしばらく彼の肩口で揺れていたが、やがて風が吹くと、そこを離れて木々の奥へと飛んでいった。

「ところであんた、このままずっとついてくるつもりか？」

「何か手伝えることがあればと思って」

「目と耳は多いほうがいいけど、ペット捜しの仕事は体力使うぞ」

「学生時代に陸上やってたから大丈夫」

「ずいぶん昔の話だな」

（五）

「ご協力、感謝します」

通話を切り、江添はスマートフォンをポケットに戻した。電話をかけたのは市の清掃局で、四日前の夜から現在まで、街で動物の死骸を回収した記録があるかどうかを調べてもらったのだ。担当者によると、その期間には路上で車に撥《は》ねられた死骸が三体回収されており、それぞれ猫と狸と犬。犬の種類はラブラドール・レトリバーではなくポメラニアンだった。

「ポメラニアンは、たぶん誰かのペットだったのね。もしかしたら猫のほうも」

江添はぞんざいに頷き、目の前の大通りに視線を向ける。普段はトラックが目立つ道だが、祝日のせいだろう、ファミリーカーらしい車が多く行き来していた。

食事も休憩もとらないまま、時刻はもう午後三時を回っていた。樹林地を北端まで確認し終え、たったいまこの大通りへ行き着いたところだ。通り沿いにある紳士服店の駐車場が、歩道から一段高くなっており、わたしたちはそのへりに二人並んで座っていた。

「ここ、昔は廃工場だったよな」

江添が紳士服店を振り返る。

「十年以上前ね。当時は不良のたまり場にもなってたから、綺麗な店ができてくれてよかった」

犬の捜索は、たしかに体力勝負だった。遊歩道を歩くだけかと思ったら、江添は木々の中や低木の奥に分け入り、ときに三メートルほどの高さにある大枝に登って周囲を確認し、カラスの姿を見つければそれを追いかけ、そうかと思えば急に路地へ走り出て樹林を外から観察した。それらの動きに一貫性はまるでなく、まさに勘を頼りに行動を決めている様子だった。わたしは必死に彼のあとをついていきながら、周囲に目をこらしつづけたが、いまのところ何の力にもなれていない。デニムの裾には落ち葉の切れ端がびっしりとこびりつき、スニーカーはもとの色がわからないほど泥まみれで、染み込んだ水が靴下をびしょ濡れにしていた。樹林地を北上してくるあいだ、スピーカーから貴也の声が再生されつづけていたせいで、いまも聞こえている気がする。

「さっきみたいに電話をかけて、捜してるペットの死骸が見つかったこともあるの？」

「何度かある」

江添は立ち上がり、そばにあった自動販売機のほうへ向かった。

「それを報告したときの依頼人の顔は、悲惨なもんだ」

事故に遭ったのが人間であれば、警察に連絡が入る。こんな小さな街でも交通事故は多く、交通課にいた頃は日々処理に追われていた。わたしの担当ではなかったが、まさにいまいるこの場所でも、死亡事故の報告があったのを憶えている。交通ルールを知っているはずの人間が、それだけ事故に遭うのだから、迷い犬や迷い猫が路上で命を落とすケースは、きっと想像以上にたくさんあるのだろう。

江添はペットボトルのお茶を二本買い、戻ってきて一本をこちらへ差し出す。わたしは財布を出そうとしたが、面倒くさそうに断られた。仕方なく、礼を言ってペットボトルを受け取った。

「このあとは、通りの向こう側を捜す。もっときついけど、あんた大丈夫か？」

「正直、樹林地より楽なのかと思ってた」

「市街地は見通しが利かねえし、物陰も多い。歩く距離も、確認しなきゃならねえ場所も、段違いに増える」

「わたしは大丈夫」

もらったペットボトルで、太腿《ふともも》をとんとん叩いた。

「でも、思ったより大変な仕事なのね」

「たぶん、あんたもだろ」

意外な言葉に、声を返しそびれた。そのまま太腿を叩きつづけていると、江添もべつに返事を期待していたわけではなかったのか、咽喉を鳴らしてお茶を飲む。

「あなた、どうしてペット捜しの仕事をはじめたの？」

「きっかけはまあ、家出だな」

六歳の頃の話だという。

「当時、街の北の住宅地に住んでたんだ。ちょうど一昨日《おととい》の、ヨウム飼ってる家があるあたり。もう三十年も前の話だけど、両親と三人で。でも、あるとき父親が、家も家族も捨てて出ていった」

「何でよ」

「母親がヘビー級にだらしない人で、いま思えば、外に男もいたんだろうな。そんな気配があったし、それを隠そうともしてなかった。父親はいちおう俺のこと考えてくれたのか、そこそこの額の現金を置いていったみたいで、シングルマザーになってからも、生活はまあ、できてたけどさ」

ところがその現金が、あるとき家から消えた。

「普通は泥棒だって考えるだろ？　でも母親は、俺が金をどうにかしたって言い出したんだ。そのとき言われたこと、いまでも憶えてるよ。わたしがこんな人間だから、お前は大事なものを取り上げて仕返ししたんだって。当時は意味なんてわかんなかったけど、その言葉だけははっきり記憶してる。——にしてもよ、六歳児が大金盗むなんて、あまりにファンタジーだわな。酒もよく飲んでたから、アルコールで脳みそイカれてたのかも」

もちろん六歳の江添は、お金のことなど何も知らないと言いつづけた。

「そんでも、俺の言葉なんてぜんぜん聞いてくれなくてさ。狂ったように同じこと喚《わめ》きつづけて……意味は上手く理解できなかったとはいえ、母親に信じてもらえないのが、とにかく哀しかった」

だから、家出をしたのだという。

大きなリュックサックに、ありったけの缶詰やお菓子を詰めて。

「仕返しって言葉だけは知ってたから、たぶん、ほんとに仕返ししてやろうと思ったんだろうな。母親に心配かけて、俺のこと捜させて。大人に見つかったら連れ戻されちまうから、俺、人がいない場所を探して歩き回ってさ。でもそんな場所、なかなかなくて、ひたすら歩いて歩いて……最終的に、湾の南側にほら、使われなくなった古い排水路があっただろ。いまはもう撤去されただろうけど、海に向かって口あけてた、ちっちゃいトンネルみてえな」

見たことはないが、子供時代に聞いたことがある。湾を「つ」の字としたとき、下側の先端あたりにある場所だ。

「あそこに隠れてた」

「どのくらい？」

一ヵ月だという。

「……は？」

「しかも、家出したのが年末の寒い時期でさ、除夜の鐘もそこで聞いた。あとで知ったところだと、母親は俺をあちこち捜したけど、警察には連絡してなかったみてえだな。ピーターパン並みに子供じみた人だったから、警察に叱られるのが怖かったのかも」

話の内容にそぐわない呑気《のんき》な顔で、江添はペットボトルのお茶を飲む。

「それで、どうなったの？」

「あんたらのおかげで助かった」

「わたしたち？」

「いや、そうか……あんたは当時まだ警察官やってないわな」

それは、こんな顚末だったという。一月の下旬、住宅地で盗みを繰り返していた窃盗犯が逮捕され、その男が取り調べで白状した余罪の中に、江添の自宅があった。警察が被害の状況を確認するため家に向かうと、母親の様子が明らかにおかしく、部屋も荒れ放題で、おまけに六歳の息子はどこにもいない。警察は母親を追及し、そこで彼女はすべてを白状した。

「そのへんみんな、母親が死ぬ前に教えてくれた。酒のせいもあったのか、平均寿命の半分くらいで早死にしちまったな。俺にその話をしたときも、酔ったうえでの独り言みたいな感じで、喋りながら笑ってたよ」

警察はすぐに捜索を開始し、翌日の夜に排水路で江添を見つけたのだという。

「あのままだったら、さすがに野垂れ死んでたかも。リュックサックの食いもん、ぜんぶなくなってたし、風邪もひいてたし」

大通りに向けられた目の中を、車の影が小さく行き交う。

「だから俺、いまでも警察は嫌いじゃねえんだ」

不意に、その目がやわらかく笑う。

「あそうか……この仕事をはじめた理由な」

その質問をしたこと自体、わたしのほうもすっかり忘れていた。

「当時このあたり、野良犬がけっこういたろ。俺が隠れてたその排水路ってのが、そいつらの隠れ家みたいになっててさ。中には首輪つけてるやつとか、明らかに最初から野良犬じゃなかったようなやつもいたりして、そいつらはたぶん、逃げてきたか、迷ったか、捨てられたかしたんだろうな」

その、元ペットだったと思われる犬たちと最初に「仲良く」なり、するとすぐにほかの野良犬たちも「打ち解けて」くれたのだという。

「で、そこでいっしょに暮らしたわけ。排水路で。昼は中でかくれんぼとか鬼ごっことかして、夜はいっしょに、人の目を避けながら街を歩き回って。食べ物がある場所、あいつらよく知ってんだよ。俺も、自分が食えそうなもんがあったら、ちょっと犬たちに分けてもらったりして。そんでまた排水路に戻ってきて、寝て。起きたらまた遊んで。近くに野良猫のたまり場もあって、一週間くらい経ったら、そいつらとも仲良くなってた。犬と猫はまあ、お互い無関心だったけどさ」

信じられないような話だが、嘘をついているようには見えない。

「でかめの犬に抱きついて寝ると、あったかかったな」

江添は大通りを眺めて黙り込み、ペットボトルをぱきぱき鳴らした。

「それがあってから、なんとなくわかるようになった。そのへんにいる野良犬とか野良猫とか、飼われてるやつらとかぼんやり見て、つぎはこんなことするだろうなって思うと、ほんとにするんだ。これこれこういう犬や猫がいなくなったって聞けば、そいつらがいそうな場所も頭に浮かぶ。どうしてわかるのかは上手く説明できねえけどな。なんていうか、自転車に乗れはするけど、どうやって乗ってるのか人に訊かれても上手く説明できねえのと似た感じで。あでも、この仕事しようって考えたのは、俺じゃなくて、高校の同級生だった吉岡な。卒業したあと俺がフリーターやってたとき、久々に会った吉岡にいまの話をしたら、あいつがペット探偵の仕事を思いついた。お前の才能、活かせるんじゃねえかって」

そして、実際に活かせているというわけだ。

「だから今日は、なんちゅうか……」

何を言おうとしたのだろう。まるで理解できない絵を目にした子供のように、江添は虚空を見つめた。しかし、けっきょく言葉を継がず、ペットボトルのお茶にキャップをして立ち上がる。

「いいや、行こう」

（六）

夜十一時、わたしはふたたび遊歩道の入り口に立っていた。

月は雲に隠れ、あたりは真っ暗。近くには街灯もなく、光といえば、向かいの民家の二階でカーテンごしの明かりがともっているだけだ。

市街地の捜索でも、ブッツァーティを見つけることはできなかった。

大通りを北へ渡ったあと、最初に江添は、貴也が言っていた動物病院「菅谷《すがや》ペットクリニック」を訪ねた。院長やスタッフ、ペットを連れてきていた人々に聞き込みをするためだ。しかし成果は得られず、そのあとはまたフィールドワークとなった。あらゆる路地、公園、ビルの駐輪場。貴也の声をスピーカーで再生しながら回ったので、どこへ行っても人々が振り向いた。江添の動きは相変わらず不規則だったが、家出生活の話を聞いていたので、わたしは彼の勘を信じてついていった。そうして二時間、三時間と経つうちに、江添の顔には苛立《いらだ》ちが浮かびはじめ、言葉もまったく発さなくなった。やがて彼の行動に迷いのようなものが見えるようになり、そのことに、わたしはひそかな違和感をおぼえた。いかにこれまで高確率で行方不明のペットを見つけてきたといっても、初日で見つからないことなどいくらでもあっただろう。それを思うと、どうも、江添の様子がしっくりこなかったのだ。とはいえ、もちろん普段の仕事ぶりを見たことがあるわけではないので黙っていた。

江添は日が暮れても休まず、夜が来ても足を動かしつづけ、しかし時刻が十時に近づいたとき、何もない場所でぴたりと立ち止まった。暗くてよく見えないその顔には、昼間にふと見せた、あの表情が浮かんでいた。理解できない絵を見せられた子供のような。彼はスマートフォンで天気予報を確認し、明日が雨であることを知ると、小さく溜息をついた。

――仕方ねえ、あいつに頼むか。

――誰?

吉岡という意外な答えが返ってきた。

――十一時に、遊歩道の入り口からやり直す。俺は吉岡といっしょに行くけど、あんたは無理しないでいい。

もちろんわたしも同行を願い出て、いったん彼と別れた。そのあと一人でブッツァーティを捜しつつ、路地のあちこちを歩き回ってここへ戻ってきたのだが――。

「よう」

暗い路地の先から、懐中電灯の光が目を射た。眩《まぶ》しくてよく見えないが、どうも人影は一つしかないようだ。

「吉岡さんは？」

「ここにいる」

「……え、どういうこと？」

江添の隣を歩いているのは、大きな犬だ。懐中電灯から拡散した光の中に、だんだんとその容貌が浮かび上がってくる。毛は茶色。垂れ耳で、顔は面長。左右の頬肉が下顎よりも低く垂れ下がり、歩調に合わせてぶるんぶるんと揺れている。そばまでやってくると、犬はじろりとわたしを見上げた。気難しい老職人が、工房を訪ねてきた相手を無言で誰何《すいか》するかのように。

「何、どうして犬なの？　共同経営者の吉岡さんは？」

「人間の吉岡は死んだ。こいつはその直前に俺たちが出会ったブラッドハウンドで、まだ名前がなかったから、吉岡のフルネームを引き継いでもらった。下の名前は精一だ」

驚いたことに、説明はそれだけだった。

「いわばファイナルウェポンだから、こいつに出張《でば》ってもらって見つからなきゃ、あきらめるしかないと思ってくれ。……よし、はじめるか」

呆気《あっけ》にとられるわたしをよそに、江添はリュックサックからタッパーウェアを取り出す。中に入っているのは、木崎家から借りてきたあのタオルだ。ブッツァーティが気に入って犬小屋に持ち込んでいたという、しわくちゃのタオル。彼はそれを吉岡の鼻先に持っていき、垂れ耳の外から囁《ささや》く。

「申し訳ねえけど、頼むわ」

鼻先にあるタオルを嗅ぐかわりに、吉岡は江添に目を向けた。まるでそれは人間が、片眉を上げながら「わかってるだろうな」とでも言っているような表情だったが、どうやらそのとおりだったらしい。

「終わったら、肉球マッサージだ」

溜息をつくような仕草のあと、吉岡はようやくタオルを嗅いだ。そして江添が懐中電灯で遊歩道の奥を示すと、のそりと動き出し、そちらに向かって歩きはじめた。少し間をあけて江添もついていく。よく見ると吉岡はリードをつけていない。

「あの犬、怪我してるの？」

江添に追いついて訊いた。歩くシルエットが不自然で、身体の右側に重い荷物でもくくりつけられているような様子だったのだ。

「ずっと昔、車に撥ね飛ばされた。後遺症ってやつだ」

今度も説明はそれだけだった。

「高い発見率の秘密は、彼だったってわけね」

「後遺症のこともあるし、そもそも歳だから、あんまり働かせたくねえんだけどな。

俺一人でどうしても駄目なときは、こうして手伝ってもらってる。俺だけじゃ発見率はせいぜい八十五パーってとこだ」

それでも充分に高いが。

「ブラッドハウンドって犬種はベルギー生まれで、魔法の鼻を持つなんて言われてる。その中でも吉岡の鼻は特別だ」

「でも……においの追跡は、警察犬がもうさんざんやったのよ？」

「天職じゃねえんだろ。犬にも才能ってもんがある。人間も犬も、訓練である程度まではスキルは磨けるけど、いくら努力したところで天才には敵《かな》わねえ」

前を行く吉岡の尻を、江添は懐中電灯で照らす。

「それに昔から、難事件を解決するのは警察じゃなくて探偵だろ？」

何と返せばいいのかわからず、曖昧に首を振った。遊歩道の土はもう乾き、しんと静まり返った暗がりに、落ち葉を踏む足音だけが響く。吉岡は首を低く垂れて地面のにおいを嗅ぎながら、ぎくしゃくとした足取りで進んでいく。

「雨が降り出す前に、なんとか――」

言いかけたとき、デイパックの中でスマートフォンが振動した。歩きながら取り出してみると、また八重田からだ。眩しいディスプレイを見下ろし、わたしは迷った。

江添にブッツァーティの捜索を依頼したことも、彼に木崎家を訪問させたことも、すべて秘密にしてある。

「お疲れ様です」

なかなか鳴りやまないので仕方なく応答すると、耳障りな〝刑事声《デカごえ》〟が即座に耳へ飛び込んだ。

『俺だ』

電話に出たことを早くも後悔した。

『連絡がないから、気になってな』

「報告すべきことが何も起きていないので」

前方で、不意に吉岡が進行方向を変えた。遊歩道からそれ、右側の木々の中へ入り込んでいく。何か嗅ぎつけたのかもしれない。胸の中でにわかに鼓動が速まるのを意識しながら、わたしは江添とともに吉岡のあとを追った。

『お前いま、外か？』

普通の会社で、男性上司が女性の部下を「お前」と呼ぶことなどあるのだろうか。

「そうですが」

『一人か？』

「はい」

答えると、八重田はしばらく黙ってから声を返した。

『その後、どうだ』

わたしが何か知っていながら報告していないのではないかと、疑ってかかるような口調だった。

「何かあれば、こちらから報告します」

衝動的に通話を切ると、それを待っていたように、江添がリュックサックから例のスピーカーを取り出した。スマートフォンを操作し——『おい』——『おーい！』——貴也の声が、夜の樹林地に吸い込まれていく。前を行く吉岡はそれに驚く様子もなく、鼻先を地面にこすりつけるようにして木々の中を進む。一歩ごと、身体の右側をがくりがくりと下げながら。

「あんたみたいな部下、俺なら絶対に使いたくねえな」

「部下を〝使う〟なんて言ってる人は、部下なんて持つべきじゃない」

樹林の奥へ向かっていた吉岡が立ち止まる。ワンとひと声鳴いたので、すぐさま駆けつけると、揃えた前足の先に白い毛のかたまりが落ちている。江添が地面に膝をつき、どうだという顔でこちらを振り向いた。わたしは全身に緊張が走るのを感じつつ、しかし、どうもその毛のかたまりに見憶えがあるような気がした。いや、毛のかたまりなんてどれも似たような見た目なのかもしれないが——。

「昼間、あなたの肩についてたやつだと思う」

飛んでいった場所も、ちょうどこのあたりだった。わたしがそれを話すと、江添は舌打ちをして地面の毛を拾い、タッパーウェアに仕舞った。

（七）

明け方、わたしたちはマンションの駐輪場にいた。

「殺人事件なんて……何で起きるんだろうな」

自転車を何台かよけて無理矢理つくったスペースに、江添は胡坐《あぐら》をかいていた。隣では吉岡が腹ばいになり、疲れ切った様子でコンクリートの床に顎をあずけている。

わたしはざらついた壁にもたれかかり、雨の音を聞きながらそれを眺めていた。最初はしゃがんだ状態で、尻を下へつけないよう頑張っていたのだが、少し前から、とうとう座り込んでしまった。

「ほとんどの動物は、仲間内で殺し合ったりなんてしねえのに。手加減の仕方とか、降参の合図とか、お互いわかってるから」

マンションの玄関口のほうが、ぼんやりと明るい。おそらくもう朝六時を回っている頃だろうが、腕を持ち上げて時計を見る気力もなかった。

「一概には言えないけど……わたしが見てきたかぎり、万引きでも、傷害でも、窃盗でも、満たされている人間が犯人だったことはなかった」

「殺人は？」

「今回が初めてだから」

しかし、きっと同じなのだろう。

あれから吉岡は樹林地の全域を歩き回り、わたしと江添はそれに従った。暗がりに目をこらし、貴也の声をスピーカーでリピート再生しながら。しかし、収穫は何もないまま時間だけが過ぎた。もともとブッツアーティの痕跡がなかったのか、それとも前日までの雨でにおいが消えてしまったのか。

やがてわたしたちは樹林地の北端から、また大通りに出た。車がほとんど走っていないその道を渡り、市街地のほうへ移動したときには、もう空がかすかに明らんでいた。その光が時刻のわりに弱かったのは、一面に広がっていた雲のせいだ。

ほどなく、天気予報のとおり雨が降り出した。

——いったん、吉岡を休ませねえと。

周囲を眺め渡し、雨のあたらない場所を見つけて入り込んだのが、このマンションの駐輪場だった。雨の早朝に自転車置き場へ来る人なんていないだろうからと江添は言ったが、どうやらそのとおりだったらしい。たぶんもう一時間近くこうしているが、いまのところ、入ってきた住民に驚かれるようなことはなかった。

雨音は一度も途切れることなくつづいている。玄関口のほうからは、ときおり人が出ていく足音や、傘をひらく音が聞こえ、そのたび吉岡の垂れ耳がピクンと動いた。

「不満を意識する生き物なんて、人間だけだよな」

江添が両足を投げ出し、汚れたその足先を吉岡がちょっと嗅ぐ。

「ゾウは哺乳類で唯一ジャンプできないっていうけど、ジャンプできればいいのになんて、たぶん考えたこともねえ。ニワトリとかペンギンも、飛べないことを不満に思ったりしねえだろうし、吉岡だって、すんなり歩けないことに苛ついたりしねえ。顔見てりゃわかる」

人間だけが不満を意識する。わたしだって、仕事や人生がどうしても上手くいかないとき、たとえば誰かにわざと足を踏まれたら、いつも以上に激昂《げきこう》してしまうかもしれない。とはいえ、まさか相手を殺そうなんて考えはしない。積み重なった不満だけで、人は罪を犯さない。そこには必ず理由というものがある。いや、犯罪だけではなく、すべての行動には理由がある。

「六歳の頃に家出したとき、あなたはお母さんに仕返ししてやろうって考えてたのよね。家のお金が消えたのを、自分のせいにされたのが哀しくて……お母さんに心配かけようとして」

「たぶんな」

「お母さんに、直接の仕返しをしようとは思わなかったの？」

「六歳児がケンカして勝てるかよ」

「そうじゃなくて、たとえば言葉とか」

「んなことしたら、もっと嫌われちまう」

半笑いで呟いたあと、江添はコンクリートの上に大胆に横たわり、吉岡に抱きついた。排水路の中で犬たちといっしょに寝たときのことを思い出しているのか、そのまま目を閉じてしまう。

わたしも、壁に背中をあずけたまま目蓋を下ろした。思い出されるのは、事件発生直後の出来事だった。あの夜、通報を受けたわたしと八重田はすぐさま署を出て現場に向かった。第一発見者である貴也から話を聞いたあと、即座に周辺への聞き込みをはじめ、八重田が最初に選んだ相手が啓介だった。

──怪我をしているのかな？

──してますけど？

──どんなだか、見せてもらってもいいかい？

八重田がそう訊《たず》ねたとき、啓介の目に一瞬だけ浮かんだ敵意のような表情。

左肘のあたりに巻かれた包帯。

──その怪我は、どういう理由で？

——説明する必要があるんですか？

一ヵ月ほど前、啓介は木崎家の呼び鈴を押し、深夜のブッツァーティの鳴き声がうるさいと明代にクレームを入れたという。しかし深夜の鳴き声など、ほかに誰も聞いていなかった。その二週間後、啓介は隣家の庭に入り込もうとしているところを見られている。そのとき彼の手には包丁が握られていた。啓介の行動と、左腕の怪我。それを指摘されたときに見せた表情《かおいろ》。殺された夫婦。現場から消えたブッツァーティ。

…………。

……。

「起きろ」

声に目を開けた。いつのまにか眠り込んでしまったらしく、江添が正面に立ってわたしを見下ろしている。隣で吉岡が長いあくびをし、ばくんと空気を嚙んだ。

「行けるか？」

優しく声をかけた相手は、わたしではなく吉岡だ。返事のように吉岡が鼻を鳴らすと、江添はくるりと身体を反転させて玄関口のほうへ向かう。その後ろを吉岡がついていき、わたしも慌てて腰を上げた。雨音はまだつづいており、先ほどまでよりも強くなっているようだ。しかし江添はその雨に気づいていないように、路地に踏み出して歩きはじめる。

「どこ行くの?」

江添が向かっているのは、さっき渡ってきた大通りのほうだ。

「なんとなく、わかったんだ」

「何がよ?」

答えず、その歩調が次第に速まっていく。大通りを渡ると、樹林地ではなく、海がある方向へと進む。

「市街地をまだ捜しきってないでしょ?」

「そっちはもういい」

速まる足はやがて駆け足となり、吉岡がそれを追いかけ、わたしは我武者羅《がむしゃら》に両足を動かしてついていった。路地を何度か曲がると、雨空を映した灰色の海が正面に広がった。その手前にある湾岸通りを、江添は迷いのない動きで左へ折れる。人の姿もない早朝の街を、海を右手に、南へ下っていく。大粒の雨が顔をなぶり、息をする口にも入り込み、服と靴は濡れてどんどん重たくなり、しかし江添はペースを緩めず駆けつづけた。とうとう湾の南側まで行き着くと、漁港のそばを抜けてさらに進む。こんな距離を走って移動した経験など、学生時代の陸上以来だ。前を行く江添の足が乱れはじめ、喘《あえ》ぐような呼吸が背後まで聞こえてきたが、それでも一向に速度を落とそうとしない。やがてわたしの肺と両足が限界に近づいたとき、雨の向こうに見えてきたのは、長いあいだ開発から取り残された一帯だった。不意に吉岡が地面を強く蹴り、事故で負った後遺症が治ったかのように、スピードを上げて江添を追い越す。目指しているのは前方にある低木林のようだ。荒れ放題のその場所から、黒い鳥影が一つ、飛び立つのが見えた。

（八）

そこは、かつて江添が犬たちと暮らしたという、あの排水路だった。

海に向かって口をあけた、直径一・五メートルほどの丸い暗がり。内側《なか》は雨に濡れることもなく、乾いた砂が薄く積もっている。

「まだ、あったんだな」

わたしも知らなかった。いくらこのあたりが開発から取り残されているとはいえ、とっくに撤去されたものと思っていた。

「こっちのほうじゃねえかって気はしたけど……まさかこことはね」

無感情な江添の声が排水路に反響する。コンクリートのトンネルの中には、昔のように野良犬たちはおらず、かわりにぽつんと横たわっているのはブッツァーティの身体だった。

臭気から、すでに死んでいることは明らかだ。

「切られてるな」

江添が懐中電灯でブッツァーティを照らす。人間でいうと腰のあたりに、痛々しい一直線の傷がある。白色の短毛種なので、赤黒いその傷口がはっきりと見えた。犯人に刃物で傷を負わされ、逃げ出してきたのだろうか。だとすると、ここへ来たのは事件当夜である可能性が高い。ブッツァーティの目撃情報がまったくないからだ。ブッツァーティは傷を負った身体で夜の街を走り、この排水路へ逃げ込んだ。人間に恐怖をおぼえ、一度も外に出ることのないまま、ここで死んだ。あるいは、犯人に現場で殺され、死体の状態でここまで運ばれてきたという可能性もある。いずれにしても――。

「あなた、どうしてわかったの？」

「なんとなくだ」

「そんなはずない」

「それより、例の先輩に連絡しなくていいのか？」

江添の目がわたしに向けられる。

ガラス玉のような、感情がシャットダウンされたような目だった。

「まず、調べないと」

排水路の奥に入り込み、死体の脇に膝をついた。江添が背後に立ち、肩口から懐中電灯で照らす。その光をたよりに、わたしはブッツァーティの全身を確認した。口のまわりに血が付着しているのは、自分の傷口を舐めたからだろうか。それとも犯人に噛みついたときのものだろうか。身体のほうも、白い毛がところどころぼんやりと赤くなっている。その赤味は、自分の舌が届かない、首元のあたりにも見られた。つまりブッツァーティの血ではない。現場で被害者の血液が付着した可能性もあるが、犯人のものである可能性も、もちろんある。

用意していたビニール袋を、わたしはデイパックから取り出した。

「準備がいいな」

言葉を無視し、ブッツァーティの身体に手をかける。毛をとおして、冷たい肉の感触が伝わってくる。筋肉は粘土のように弾力がなく、力を込めた指先が容易に埋まった。

「わかった理由……教えてやるよ」

反響する雨音に、江添の声がまじる。

「ラブラドール・レトリバーはもともと鳥猟犬で、ハンターが撃った水鳥を回収してくるのが仕事だった。水が好きで泳ぎが上手くないと仕事にならねえから、そういうやつらが選ばれて、ずっと繁殖されてきた。だからいまでも、たいがいのラブラドール・レトリバーは水が大好きだ。とくに海なんか、喜んで行きたがる」

わたしの手が止まる。

「動物病院が大好きな犬ってのも珍しい。いろいろと不愉快なことをされる場所だし、犬は記憶力がいいから、動物病院があるほうへ行こうとするだけで嫌がることが多いもんだ。もちろん飼い主が上手く対処して、嫌がらないようになるケースはあるけどな、大好きってのは聞いたことがねえ。だから今回は、最初からずっと違和感がつきまとってた」

「……どういう意味？」

振り返ったが、入り口を背にして立つ江添の表情は見えない。

「あいつに言われたことをぜんぶ無視して考え直したら、このあたりが頭に浮かんだ。海の近く……街の南」

「貴也さんに嘘を教えられたってこと？」

訊くと、江添の唇から長々と息が洩れた。これまで一度も耳にしたことがないほどの、暗い溜息だった。

「俺に人間のことなんてわかるかよ」

唇をほとんど動かさずに呟いたあと、彼はさらに驚くべき言葉をつづけた。

「いずれにしても、隣の引きこもりは、たぶん犯人じゃねえ」

胸が冷たくなり、雨音が遠のく。

「……どうしてそんなことまで知ってるの？」

「あの家で録音を停めたあと、庭の犬小屋を覗いてたんだ。そこで例のタオルを見つけたから、それを借りていいかって息子に確認した。そしたら近づいてきて、ばあさんに止められた話のつづきを聞かされた」

「何て？」

「隣の引きこもり息子が、自分の両親を殺した犯人かもしれねえって。鳴き声がうるせえって文句言ってきたこととか、包丁持って庭に入り込もうとしてたこととかも説明されてな」

「……ほかは？」

江添のシルエットはしばらく静止していたが、やがて首が小さく横に振られた。

「何も」

本当だったのかもしれないし、嘘だったのかもしれない。わたしが言葉をつづける前に、彼は入り口で待機していた吉岡を振り返った。

「あいつの肉球、マッサージしねえと」

そのまま江添はわたしに背を向け、排水路を出ていった。吉岡とともに雨の中へ歩き出すとき、だから人間は嫌なんだ、と小さく呟くのが聞こえた。

（九）

自宅のドアを開けたのは、それから二時間ほど後のことだった。

ずぶ濡れの身体で薄暗い廊下を進み、ダイニングに入る。壁に近づき、三色の丸印が並んだカレンダーの前に立つ。

自分の中に、充分な勇気がわいてくれるのを待つ。

江添があの場を去った直後、八重田から連絡があった。暗い排水路でスマートフォンを耳にあてた瞬間、わたしの耳に事件解決の報が届いた。

――ホシを確保した。

木崎夫妻殺害の容疑で逮捕されたのは、二人の息子である貴也だった。

――杜撰《ずさん》な嘘ばかりだったおかげで、早々に一段落だ。まあ、長くかかるとは思ってなかったけどな。

そのあと八重田は、自分が調べ上げた事実を、電話ごしにつぎつぎ話した。

事件があった夜、木崎貴也は会社から帰宅した際に両親の遺体を発見したと言っていた。自宅近くのコンビニエンスストアで車の雑誌を買い、家に帰ったとき、父親と母親が死んでいるのを見つけて警察に連絡したのだと。しかし八重田が会社に確認したところ、貴也が勤務を終えたのは午後六時半で、通報時刻の三時間近くも前だった。自宅と会社はバスを使って三十分の距離であり、計算がまったく合わない。

——それに加えて、目撃情報もあった。

午後八時前後に、海岸で貴也らしき人物が目撃されていた。その時間はちょうど、犯行時刻と通報時刻とのあいだにあたる。

——昨日の午後、付近の海底を調べさせたら、包丁が見つかった。

指紋こそ出なかったが、包丁からは被害者二人の血液がかすかに検出された。八重田はその包丁を、貴也の世話をしに来ていた祖母に、それとなく見せてみた。すると、木崎家で使われていたものに似ているという。そこで彼女に台所の包丁入れを確認してもらったところ、消えている包丁はないと貴也が言っていたにもかかわらず、一本足りなかった。

——そのやり取りの最中で、孫が事件に関係してるかもしれねえと気づいたんだろうな。祖母《ばあ》さん、何も喋らなくなっちまった。

しかしその時点ですでに、八重田は祖母の合唱サークル仲間に聞き込みをし、こんな証言を得ていた。祖母は半年ほど前から、息子夫婦に貴也のことで相談され、悩んでいたのだという。研究職に就かせるつもりが、一般企業の営業マンになったこと。

いまからでもやり直せると説得しても、まるで聞かないばかりか、攻撃的な口調で言い返してくること。会社でのストレスが原因なのか、兄弟のように仲良しだったブッツァーティに対し、夜な夜なひどい暴力をふるうようになったこと。

——今朝一番で、木崎貴也を任意同行して絞ったら、あっさり吐いた。あの夜は帰宅してすぐに両親を包丁で刺し殺して、そのあと凶器を海まで捨てに行ったってな。貴也の証言でただ一つ、警察への通報前に、コンビニエンスストアで車の雑誌を買って帰宅したという点についてだけは本当だったらしい。

——親の生命保険で、車が買えるかもしれねえと思ったんだと。

木崎貴也逮捕についての経緯《いきさつ》は、それで終わりだった。

——消えた飼い犬の件は？

目の前に転がるブッツァーティの死体を見つめたまま、わたしは訊いた。

——両親を刺し殺したあと、家の中にいた犬にでかい声で吠えつづけられたもんで、まずいと思って切りつけたそうだ。犬は掃き出し窓から庭に飛び出して、そのまま逃げていった。ちなみにいまも見つかってねえ。

樹林地だの動物病院だのと、貴也が警察や江添に話したのは、ブッツァーティが見つかるとまずいと思ったからなのだろう。自分が呼びかけるあの声を江添に録音させたのも、その声をブッツァーティが恐れるのを確信していたからに違いない。ブッツアーティが発見されて戻ってくれば、また自分に向かって吠え、威嚇するかもしれない。すると警察が自分に疑いを抱く可能性がある。だから貴也は、実際に両親がブッツァーティを散歩させていたのと、正反対の場所を教えた。とうに自分が疑われていることなど知らず、そうして幼稚な嘘を並べていたのだ。

——八重田さんは……重要な証拠をとっくに摑んでいたんですね。

いつもそうだ。いつもこの男は腹の底を見せようとしない。もっとも今回に関しては、捜査に加わってもいないわたしに情報を伝える義務など最初《はな》からないのだが。

——こちらからも、報告があります。

たったいま偶然ブッツァーティの死体を見つけたと、わたしは伝えた。

——そうか、そら助かった。犬の身体に何かの証拠が残っていれば、木崎貴也を起訴するのに役立つかもしれんからな。すぐに向かわせる、どこだ？

わたしは場所を説明した。八重田はそばにいたらしい捜査員にそれを伝えたあと、ふと黙り込んだ。言葉をためらっていることも、その言葉が何なのかも、容易に想像できた。

——犬を見つけたのは、ほんとに偶然なのか？

抑えた声で訊かれた。

——小野田、お前……自分で捜していたんじゃないのか？

——どうしてです？

訊き返すと、ふたたび言葉を探す間があったが、けっきょく八重田は何も言わなかった。わたしは電話を切り、捜査員の到着を待たずに排水路を出た。それからは、自宅に足を向けることがどうしてもできないまま、雨の街を長いこと歩き回った。ダイニングのカレンダーを前に、濡れた身体で立ち尽くす。胸の中に勇気がわいてくれるのを待つ。それがわいてくれることなんて、いつまでもないとわかっていながら。

二階で床が鳴った。

ドアが静かに開く音。しかし人が出てくる気配はなく、しばらくするとドアはふたたび閉じられた。胸は、まだ勇気でいっぱいになってはいない。それでもわたしは、動かない両足を引きずるようにして、壁際を離れた。ダイニングを出て、二階へと階段を上る。物音がしないドアの前に立つ。咽喉を押さえつけられたように声が出ない。名前がただ胸の中で繰り返されるばかりで、どうしても呼びかけることができない。

「入れば？」

ドアごしの声に、先を越された。こんなふうに、息子がわたしに向かって声を発したのは、いつ以来だろう。五日前の夜に声を聞きはしたけれど、それは八重田の質問に答えたときのものだった。その後、わたしが何を訊いても言葉を返さず、彼はいつものようにこの部屋に閉じこもった。

震える手を伸ばし、その手で無意味にドアをノックしてから、ノブを握る。

ドアを開けると、パソコンデスクの手前で、啓介は床に胡坐をかいていた。眼鏡の向こうから、びしょ濡れになったわたしの全身を、じっと眺める。

「今朝、隣に警察が来てたね」

青白い首をねじり、啓介は木崎家に面した窓に目を向けた。半袖のTシャツを着たその身体は痩せていて、すぐに体調を崩して学校を休んでいた小学校時代から、何も変わっていないようにさえ見える。あの頃も、わたしは仕事を抜けられず、息子といっしょにいてやれなかった。夫と離婚し、わたししか親がいなかったというのに。学校を休んだ啓介はいつも、この家で一人きり、自分自身の看病をしていた。それでもわたしが帰宅すると、きまって笑顔を見せ、お帰りなさいと言ってくれた。そして、その日に学校でやるはずだった勉強をちゃんとやっておいたと、綺麗な字が並んだノートを、鼻をふくらませてわたしに見せた。何だって一人でできる、心が強い子供なのだと思った。やがて中学生になり、高校生になった頃には、日常の世話も最低限のものになっていた。せっかく入った大学を勝手にやめ、この部屋から出てこなくなってからも、いつか自分で立ち直ってくれると信じていた。手を差し伸べたりしてはいけない。そんなことをしたら、いつまでも一人前になれない。そう思い込んでいた。

「やったの、貴也さんだったでしょ」

啓介の顔がふたたびこちらを向く。わたしは頷く仕草にまぎらわせて視線をそらす。部屋は、これまで想像してきたように乱雑ではなかった。啓介がここに閉じこもって以来、隣家の事件が起きてからでさえ、わたしはここに入ることができなかった。以前のように、ものを投げられるのが怖かったから。それをふせいだ両手の痛みが、どうしても忘れられなかったから。

「さっき、上司から、そう連絡があった」

「驚いた？」

努力して相手の顔を見ると、今度は向こうが目をそらす。

「まさか僕も、あの人がそこまでおかしくなってたとは思わなかった」

「どういうこと？」

訊くと、啓介はしばらく黙った。そして、用意していたような言葉で、わたしが知らなかったことを話して聞かせた。

貴也が夜な夜な庭に出てブッツァーティを殴りつけるところを、啓介はこの部屋の窓から見ていたのだという。

「頭とか、背中とか、何回も何回も。逃げようとしても、首にロープが繋がってるから、無理で。あの犬、最初は細い声を上げてたんだけど、貴也さんが鼻と口を押さえつけてまた殴るから、そのうちぜんぜん声を出さなくなった。だから、おじさんもおばさんも気づいてないみたいで」

「だから……奥さんに、夜中の鳴き声がうるさいって言ったの？」

あの日のことはよく憶えている。夕刻過ぎに昼勤から帰ってくると、木崎家のドア口に啓介が立っていた。部屋から出ているところさえほとんど見ていなかったというのに、隣家の木崎明代と立ち話をしていたのだ。わたしが急いで近づいたときにはもう、啓介はその場を離れて家のドアを入っていた。何の話をしていたのかと明代に訊くと、彼女はしばらく迷ってからこう答えた。

——うちの犬が、夜中に鳴いてるのがうるさいって……。

しかし、深夜の鳴き声なんて、わたしは聞いたことがなかったし、近所でもそんな話が出たことはない。わたしは戸惑い、そして、目の前で木崎明代が見せていた戸惑いも、自分と同じものだと思い込んだ。どうしてでたらめなクレームなど入れるのだろう。何で息子はそんな嘘をつくのだろう。

「はっきり伝えちゃうとまずいから、そういう言い方した。そうすれば、おじさんかおばさんが、夜中にちょっと犬の様子を確認してみようって思って、そのとき貴也さんがやってることを知るかもしれないし。もしくは、おばさんがクレームの話を貴也さんにすれば、貴也さんはもうあの犬をいじめなくなるかもしれないし」

しかし八重田によると、少なくとも半年前から、両親はすでに知っていたのだ。貴也が夜な夜なブッツァーティに暴力をふるっていることを。

「そのときのおばさんの顔からして、どうも、わかってる感じだった。貴也さんがやってること。それでけっきょく、つぎの日からも何も変わらなくて、夜中になると、貴也さんが庭であの犬を殴ってた」

「包丁を持って庭に入ろうとしたのは――」

あの日の夕刻、わたしが夜勤明けで眠っていると、玄関の呼び鈴が鳴った。ドアの外に立っていたのは木崎春義で、その顔は怒りに満ちていた。ついさっき、啓介が木崎家の門を開けて勝手に庭へ入り込もうとし、声をかけると、何でもない顔で去っていったというのだ。その手に包丁が握られていたと聞き、わたしは狼狽《ろうばい》した。いったい啓介が何をしようとしていたのか、まったくわからなかった。すぐに二階へ上がり、啓介の部屋の前で問いかけたが、いくら待っても返事はなく――わたしはそのまま玄関に戻り、何ひとつ理解できない状態で、ただひたすらに頭を下げた。そうしているあいだ春義はずっと、どうしようもなく駄目な人間に対して投げかけるような、汚れたものを見るような目をわたしに向けていた。ドア口を去るときには、哀れみの表情さえつくってみせた。貴也が飼い犬にやっていたことを知っていたくせに。自分の息子のおかしさをわかっていたくせに。

いや、わたしには、何を言う資格もない。

「あの犬、夜中に貴也さんが庭に出てくると、いつも最初は逃げようとするんだ。でも、そのたび首に繋がったロープがぴんと張って、捕まっちゃってた。だからロープを切ってやろうと思って。切り離すまでいかなくても、自分で千切ることができるくらいに」

「お隣の事件が起きたとき……どうして、その話をしてくれなかったの？」

答えをわかっていながら訊いた。

「お母さんが、僕を疑ってるみたいだったから」

わたしも江添の母親と同じだったのだ。家から現金が消えたとき、江添を問い詰めた彼女と。いちばん信じなければいけない相手を疑ってしまった。だから啓介はわたしに、自分が知っていることを話そうとしなかった。きっと、仕返しだった。六歳の江添が家出をしたのと同じ気持ちだった。

事件の夜を思い返す。木崎貴也からの通報があったとき、署に詰めていたわたしは、八重田とともに現場へ駆けつけた。もちろんその時点で、現場が自宅の隣家であることも、被害者たちと知人であることも、八重田に説明していた。現場に到着すると、八重田は第一発見者の貴也から話を聞いたあと、周辺への聞き込みをはじめた。

最初の相手に啓介を選んだのは、部屋の窓が隣家の庭に面していたからだ。そのとき八重田は、啓介が左腕に怪我をしていることを見抜いた。同じ家に暮らしていながら、わたしはまったく気づけていなかったというのに。

もしかしたらあの瞬間、八重田は啓介に疑いを抱いたかもしれない。しかしそれはきっと、刑事として誰にでも抱くべき程度の疑いだった。先ほどの電話の内容からすると、八重田の疑惑ははじめから木崎貴也に向いていたのだ。

わたしだけが、啓介を疑っていた。わたしだけが啓介を殺人犯かもしれないと思っていた。ブッツァーティの鳴き声がうるさいと文句を言いに行ったから。隣家の庭に包丁を持って入り込もうとしたから。事件のあと腕に怪我をしていたから。何を訊いても答えてくれないから。二人きりで暮らしてきたのに、どんなに頑張っても心が読めなかったから。

被害者が隣人であるという理由で、わたしは自ら願い出て捜査から外れた。しかし、本当は怖かった。隣家の夫婦を殺したのが自分の息子かもしれないと考え、身体中の震えがおさまらなかった。眠れないまま一夜が明けた頃には、署に向かう足が動かなくなり、その場で八重田に電話をして休暇を申し出た。八重田はぶっきらぼうにそれを承諾したが、わたしの心がどこまで見透かされていたのかはわからない。

その電話を切ったあとに向かったのが、「ペット探偵・江添&吉岡」の事務所だった。以前に詐欺の疑いで相談を受けていたのを思い出し、あの業者なら、警察よりも早く、しかも秘密を守らせた上で、ブッツァーティを捜してもらえるかもしれないと思ったのだ。殺人現場から消えたブッツァーティの身体には、啓介による犯行の証拠が残っているかもしれない。それを捜査班に発見させるわけにはいかない。自分が先に捕まえなければいけない。ブッツァーティを見つけることができたとき、もし生きていれば、わたしはその身体から証拠を徹底的に洗い流すつもりだった。死んでいれば、死体をひそかに処分するつもりでいた。

「何も喋らない引きこもりで、しかも隣の家とトラブルを起こしてたから、お母さんが僕を疑うのも無理はないけどね」

「違う……」

「違わないよ」

取り返しがつかないという言葉を、最初に知ったのはいつだろう。いつだったとしても、その言葉はこれまでずっと、割れ物が粉々になるようなイメージとともにあった。しかし、物理的に何ひとつ変わっていなくても、取り返しがつかないことは存在する。ほんの数日間でも、わたしが息子を疑ったという事実は、永遠に消えない。啓介の中からも。わたしの中からも。

「頑張って、やり直そうとしてたんだけどね」

頬から下だけで笑い、啓介は床を見つめる。雨はやんでいるのか、カーテンは少し明るみ、しかし、空から消えた雨雲がわたしの中に押し寄せているように、胸の内側が重たく濡れてくる。立っていられないほどに重さを増していく。

「しばらく前から、お母さんが仕事のとき、漁港に行って漁師さんにいろいろ訊いてた。漁の仕方とか、どんな生活なのかとか。朝でも夜でも、仕事してる漁師さんが漁港のどこかにはいるから」

「そんなことしてるなんて――」

「だって、興味ないでしょ?」

やってきたことの、すべてが間違っていた。

「でも、お母さんが興味持ってくれなくても、そうやって自分なりに動いてた。こないだは、無理にお願いして、水揚げ場までカサゴを運ぶのを手伝わせてもらって、そしたら、これ」

床に向かって話しながら、包帯が巻かれた左腕を持ち上げてみせる。

「転んで、カサゴだらけの籠に、肘から突っ込んだ」

何ひとつ、本当のことなんて見えていなかった。

「隣の犬が嚙んだと思ってたみたいだけど、残念ながら、カサゴ」

見ようとさえしていなかったのだ。

「ごめんなさい……ごめん……」

両目が刺されたように痛み、涙があふれて流れ、しかし、啓介が味わった心の痛みとは比べものにならない。どれだけ謝っても足りない。床に膝をつき、両手を伸ばすが、啓介にふれることができず、指先はただ空気を摑んで震える。

「いいよ、べつに」

母親から目をそらし、息子は膝を立てる。見捨てるように。置いていくように。窓辺に立ち、啓介はカーテンを脇へよける。その視線が、隣家のずっと先、海のほうへ向けられる。眼鏡に縦長の光が映り、その光がわたしの目の中で粉々に壊れる。

「綺麗だよ」

嗚咽《おえつ》がつづけざまに咽喉へ突き上げ、もう言葉を口にすることさえできなかった。

「光が、綺麗だよ」

カラマーゾフの毒

大山誠一郎

Message From Author

本作は、「小説新潮」に連載していた、悪役専門俳優が安楽椅子探偵を務める連作の一編です。

本作でモチーフにしたドストエフスキーの『カラマーゾフの兄弟』を読んだのは、高校生のときでした。個性的な登場人物たちや高貴さと卑俗さが入り混じる作品世界に圧倒されたのを憶えています。

この作品をモチーフにしようと決めたとき頭に浮かんだのは、家長フョードル・カラマーゾフ殺しのことでした。フョードルのような男が死に、三人の息子が疑われることにしたら？　苦心惨憺の末、書き上げたのが本作です。ほんの少しでも「カラマーゾフっぽいな」と思っていただけたらうれしいです。

大山誠一郎（おおやま・せいいちろう）
1971年、埼玉県生まれ。京都大学在学中は推理小説研究会に所属。海外ミステリの翻訳を手掛けたのち、2004年、『アルファベット・パズラーズ』でデビュー。13年、『密室蒐集家』で本格ミステリ大賞を受賞。18年、『アリバイ崩し承ります』で「2019本格ミステリ・ベスト10」第1位を獲得。22年、「時計屋探偵と二律背反のアリバイ」で日本推理作家協会賞短編部門を受賞。

1

「あたしねえ、家政婦としてうかがったおうちで、初日に殺人事件に出くわしたことがあるんですよ」

山園丸江《やまぞのまるえ》さんは、にこにこしながら言った。七十代半ばの、小太りで人の好さそうな顔をした女性だ。長年、家政婦として働いてきたそうで、そのためか、そのお年とは思えないほどきびきびとしている。近所のマンションに住んでいて、今日は叔父の家にお茶に招かれているのだった。

「それはすごいですね。すごいと言ったらいけないかもしれないけど」とわたし。

「どんな事件だったんですか」と叔母が訊く。

「毒殺事件。そのおうちの主人が、あたしの目の前で毒を盛られて殺されてねえ。本当に怖かったわ」

「犯人は誰だったんですか」

「それがね、とうとうわからなかったのよ。怪しい人はいたんだけどね」

「迷宮入りしたっていうことですか」

「そうなの。犯人がわからなかっただけじゃなく、どうやって毒を盛られたのかもわからなかった」

わたしは興味を引かれた。

「どんな事件だったんですか」

「お金持ちのお爺さんが殺された事件。お爺さんと言っても六十代半ばだったから、今のあたしよりも年下なんだけど、当時のあたしから見たらお爺さんだった。三人の息子が集まった場でお爺さんが毒殺されたの」

そこで山園さんは叔父を見た。

「そのお爺さんと三人の息子が、まるで鹿養《かよう》さんが出たドラマみたいでねえ。何て言いましたっけ、カラマツ兄弟？」

「『カラマーゾフの兄弟』ですね」

叔父は微笑しながら答えた。

「それそれ、『カラマーゾフの兄弟』。そのお爺さんは、あのドラマで鹿養さんが演じた一家の父親そっくりだったんですよ」

叔父の鹿養大介《だいすけ》は俳優である。今年で五十五歳になるが、その三十余年の俳優人生のほとんどを、悪役を演じて過ごしてきた。鋭い眼差しと強面の容貌、そして顔をほとんど動かさずに頬に浮かべることのできるふてぶてしい笑みのおかげだ。若い頃はヤクザ映画で虫けらのように殺されるチンピラ役を多く演じ、年齢を重ねると幹部に出世（？）した。最近では、企業の悪辣な重役を演じることも多い。

叔父は何年か前、一九二〇年代の日本に舞台を移してテレビドラマ化された『カラマーゾフの兄弟』で、父親のフョードルに当たる役を演じた（登場人物の名前はもちろん日本風に変えられていたが、タイトルは『カラマーゾフの兄弟』のままだった）。

フョードルは、居候の身分から才覚一つで成り上がった男で、粗暴で好色で強欲、馬鹿騒ぎが好きで、自ら道化になることもいとわない。そんな男を叔父は見事に演じていた。それは素顔の叔父からは想像もつかない姿で、わたしは叔父の演技力のすごさにあらためて舌を巻いたものだった。

「それだけじゃなく、三人の息子がまた、『カラマーゾフの兄弟』の三兄弟そっくりでねえ」

わたしは、三兄弟を脳裏に浮かべた。長男のドミートリーは、フョードルと最初の妻アデライーダとの間の子だ。退役軍人で、父と同じく粗暴で好色、金と女を巡って父と争っている。次男のイワンは、フョードルと二番目の妻ソフィアとの間に生まれた最初の子。大学を出たインテリで無神論者。三男のアレクセイは、フョードルとソフィアの間に生まれた二番目の子で、見習い僧。純真で、誰からも愛されている。ドラマでは、三兄弟は日本風に名前を変えられ、それぞれ元陸軍士官、法律学者、神父という設定になっていた。

「あと、住み込みの料理人だけど、本当は一家の父親の血を引いている、三兄弟の異母兄弟がいたでしょ？　それにそっくりな人もいたわ」

スメルジャコフのことだろう。昔、女乞食がカラマーゾフ家の敷地で産み落とした子で、父親は不明だが、フョードルではないかと噂されている。陰気だが、イワンのことを崇拝している青年だ。

「そんな一家の父親が殺されたのだとしたら、ますます『カラマーゾフの兄弟』みたいですね」

『カラマーゾフの兄弟』では、フョードルは他殺死体で見つかり、金と女を巡って父親と争っていたドミートリーが犯人として逮捕されるのだ。

「ほんと。でも、事件で犯人だと思われたのは、長男じゃなくて、異母兄弟の方だった」

「犯人がわからなかったんじゃないんですか」

「事件後、その人が失踪しちゃってね、犯人ではないかと思われたんだけど、はっきりとした証拠は見つからなかったの。それに、たとえその人が犯人だったとしても、どうやって父親を殺したのかはわからないままだし」

わたしは山園さんに言った。

「よかったら、詳しく話していただけませんか。実は叔父は、ちょっとした謎解きの名人なんですよ」

「まあ、そうなんですか？」

山園さんは目を丸くして叔父を見た。

「いや、名人でも何でもありませんよ」

叔父は苦笑して言った。だが、謎解きの名人というのは嘘ではない。叔父はこれまで何度も、お茶に招いた人たちの話す過去の事件を聞いて、鮮やかに謎を解き明かしてみせたのだ。

「あら、謙遜しなくてもいいのに」叔母がからかうように言う。

「じゃあ、聞いていただこうかしらねえ。あの事件じゃ、あたしもいっとき疑われてね。真相を知りたいとずっと思っていたんです」

叔父は頭をかいた。

「うかがっても、解き明かせるかどうかはわかりませんが……」

「もちろんそれで結構ですよ」

山園さんは紅茶を一口飲むと、ゆっくりと語り始めた。

2

あたしは高校を出たあと、はたち過ぎで結婚したんだけど、三十のときに亭主が事故で亡くなってね。小さい頃から母親にみっちり仕込まれて、家事だけは得意だったから、家政婦として働くことにしたんです。家政婦協会に登録して、そこからお客さんのところに派遣されるという仕組みでね。

あれは、昭和四十四年の暮れのことだったかしら。あたしは唐村龍男《からむらたつお》というお客さんのおうちに派遣されることになったんです。

あらかじめ知らされたところじゃ、お年は六十五歳、不動産業を手広く営んでいる人ということでね。奥さんをかなり前になくして、三人のお子さんも独立して、おうちで独りで暮らしているということでした。

あたしが訪問したのは日曜日の午後三時。まずは面接をして、それでOKだったら、そのまま夕方まで働くという約束でした。

唐村家は成城の住宅地にありました。塀で囲まれた二階建ての大きなおうちで、庭も駐車場も広くてねえ。こんなおうちに独りで暮らすなんてもったいないと思いましたよ。お客さんが来ているのか、駐車場には車が二台、停まっていました。

あたしが玄関のチャイムを鳴らすと、頭を青々と剃り上げた、二十代前半の青年がドアを開けてくれました。あたしが名乗ると、青年はにこりと笑って言いました。

「あなたが来てくれて本当に助かりました。一時はどうなるかと思いましたが」

家政婦がいなくてよほど困っていたみたい。

広々とした玄関を上がり、長い廊下を通って食堂に案内されました。男の人が三人、テーブルを前にして座っていて、年かさの人があたしをじろじろと見たわ。それが唐村龍男でした。

山園丸江と申します、どうぞよろしくお願いいたします、とあたしは頭を下げたけど、龍男は何も言わず、あいかわらずあたしをじろじろと見ていた。中肉中背で、どてらを着て、髪が薄いのか、頭にキャップを被っていたわね。六十五歳と聞いていたけど、顔の色艶がよくて、肌も脂ぎって、とてもそうは見えなかった。

やがて龍男はぼそりと、「あんまりきれいじゃないな」と言いました。

「まあ、家政婦としてはその方がいいけどな。きれいだと気が散ってしまっていけない」

あまりに失礼な言い草に、開いた口がふさがりませんでしたよ。

龍男の右隣に座っていた三十前後の男の人が、げらげらと笑い出しました。

「前の家政婦は、親父が手を出そうとしたんで辞めちまったからな。家政婦協会も、今度は親父が手を出そうと思わないようなのを寄こしたんだろう」

龍男の息子のようだけど、言うことが父親に輪をかけて失礼よね。さすがのあたしも、怒りで顔が強張ったわよ。

「父さんも春夫《はるお》兄さんも、初対面の人に変なことを言わないでください」

玄関ドアを開けてくれた二十代前半の青年が、たしなめるように言いました。それからあたしを見ると、にこりと笑って、

「失礼しました。僕は秋彦《あきひこ》と言います。唐村龍男の三男です」

この人はまともみたいでした。頭を剃り上げているところを見ると、お坊さんのようです。

悪かったな、と龍男があたしに言いました。

「ま、冗談だ。気にせんでくれ」

はあ、とあたしは無理に笑みを浮かべました。家政婦をしていたら、変な雇い主にも出くわすから、こんなことでいちいち気にしていられない。もっとも、ここまで失礼なのは初めてだったけど。

「俺は春夫。長男だ」と三十前後の男の人。父親に似て、脂ぎった感じで、一目見て嫌いになったわ。

残りの一人、眼鏡をかけた二十代後半の男の人は、何も言わずに、冷ややかな眼差

しであたしを見ているの。仕方なく、秋彦が、「次男の夏樹《なつき》兄さんです」と紹介してくれました。

よろしくお願いいたします、とあたしが頭を下げると、夏樹は黙ってうなずきました。冷たくて人を見下すような雰囲気だけど、頭はとてもよさそうだったわね。

「皆さん、こちらにお住まいなんですか？」

あたしは秋彦に尋ねました。この人が一番まともで話しかけやすかったのよ。

「いえ、僕たち息子は皆、別のところで暮らしています。今日はたまたま父のところに集まったんです」

「お茶が飲みたいな」

龍男がじろりとあたしを見ました。

「はい、すぐにお淹れしますね。ええと、湯呑みはどれがどなたのものと決まっているんでしょうか」

「いや、特に決まってない。どれでもいい」

あたしはさっそく台所に立ちました。やかんでお湯を沸かし、急須に茶の葉を入れ、お湯を注ぎます。それからお盆に湯呑みを四つと急須を載せて、食堂に戻りました。

そのとき四人が座っていた位置だけど、あたしから見て龍男の右隣が春夫、テーブルを挟んで龍男の向かいが夏樹、そして夏樹の右隣で春夫の向かいが秋彦だったわね。

あたしは四人の前で急須から湯呑みにお茶を注ぎ、龍男、春夫、夏樹、秋彦の順番で湯呑みを配ったわ。

龍男は黙ってお茶を飲みました。するとどうしたのか、かすかに顔をしかめたの。そして十秒ほど経ったときかしら、急に胸を押さえ、苦しみ始めたんです。そのままテーブルに突っ伏しました。

「親父、どうしたんだ？」

春夫が龍男のからだを揺さぶりますが、龍男は歯を食いしばってうなるだけです。

「救急車を呼ぼう」

夏樹が部屋の隅の電話に駆け寄りました。

そのあいだにも龍男の苦しみようはますますひどくなり、突っ伏していたテーブルから床に崩れ落ちました。

あたしたちは皆、なすすべもなく、床に転がった龍男を茫然として見下ろしていました。苦悶の動きは次第に消えていき、肌の色が青ざめていきました。やがて、救急車のサイレンが聞こえてきた頃、龍男は動かなくなりました……。

3

あたしは春夫に言われて、門扉のところまで救急隊員たちを迎えにいきました。担架を抱えた救急隊員たちを先導して食堂に戻ると、息子たちは彫像のように固まって、床に横たわった龍男を見下ろしていたわ。

救急隊員は唐村龍男のからだを調べたけど、すぐに首を振りました。そして、あたしたちに言ったの。

「毒物中毒のようですね。この方は毒物を飲んだんですか？」

「──毒？」

息子たちがいっせいにあたしを見たんで、どきっとしたわ。

「山園さん、あんた、お茶に毒を入れたのか」

夏樹があたしに冷ややかな口調で言いました。

「と、とんでもありません！　そんなことするわけないじゃありませんか！」

「じゃあ、どうして父さんが毒で死んだんだ」

「ご自分で毒を入れたんじゃ……」

「そんなわけないだろう。あんたがお茶を運んできてから父さんが苦しみ始めるまで、父さんは湯呑みに何かを入れるような仕草はまったくしていない。あんただってそんな仕草は見ていないだろう」

あたしは記憶を探り、「……そうですね」と認めました。

「とすれば、毒はここに運ばれてくる前に湯呑みにすでに入っていたことになる。毒を入れる機会があったのはあんただけだ」

このままでは、あたしが殺したことになってしまう……。あたしは血の気が引くのを覚えました。

「でも、夏樹兄さん、この人には動機がないじゃありませんか」と秋彦がかばってくれます。

「さっき、親父がこの人のことを、『あんまりきれいじゃないな』って言っただろう？　それで腹を立てて殺すことにしたんじゃないか」

春夫がにやにやしながら言いました。冗談だとわかってはいたけど、いい気持ちはしなかった。だいたい、親が死んだばかりなのににやにやするなんてどういう神経だろうと思ったわ。

「とにかく、警察に通報しよう」

夏樹が冷静な口調で言い、一一〇番に電話をかけました。

十五分ほどして警察が到着すると、さっそく捜査を始めました。まずは、検視官というんですか、その人が龍男の遺体を調べ始めたわ。鑑識課員たちがさかんに写真を撮ったり、指紋を検出する粉をあちこちに振りかけたりしてたわね。

やがて、検視官が言いました。

「司法解剖の結果を待たなければ正確なことは言えませんが、青酸カリ中毒のようですね。特有の臭いがする」

あとで知ったんだけど、青酸カリって、収穫前のアーモンドに似た臭いがするんですってね。

あたしはすぐにも逮捕されるものと怯えていました。実際、警察も最初はあたしのことを疑っていたみたい。だけど、捜査を進めるうちに、あたしが犯人だとは思えないような状況が浮かび上がったんです。

第一に、青酸カリは粉末の結晶だから、持ち運ぶには容器や包みが絶対に必要だけど、そうしたものがあたしの衣服からも持ち物からもまったく見つからなかった。あたしが唐村家に着いてから歩いたのは廊下と食堂と台所ぐらいですけど、そこからも見つからなかった。あたしが犯人なら、青酸カリの容器や包みをどこに捨てたのかという問題が生じるわけね。

第二に、こんな状況で毒を飲ませたら、あたしが犯人だと疑われることが一目瞭然。そんな状況で毒を入れるとは考えられない。

第三に、あたしには龍男を殺す動機がない。あたしが唐村家を訪れたのはその日が初めてで、それまで龍男には会ったこともありませんでした。毒殺魔というのも考えられるけど、そういうのは疑われないようにこっそりと犯行に及ぶものじゃないですか。

そうした理由から、警察はあたしを疑うのをやめました。

次に考えられるのは龍男自身が自分で毒を入れた可能性ですけど、警察が来る前に夏樹が言ったように、あたしがお茶を運んでから龍男が苦しみ始めるまで、龍男が自分の湯呑みに何かを入れるような仕草はまったく目にしなかった。

「龍男様はあらかじめカプセルに入れた毒をお飲みになっていたんじゃないでしょうか」

あたしはそう言ってみたんですけど、刑事さんたちは首を振りました。ふつう、自殺するときは、いつ効き始めるかわからないカプセル入りの毒なんて用いないと言うんです。考えてみればそうよね。自殺するときは、できるだけ苦痛や恐怖なしにすぐに死にたいって思うものでしょう。いつカプセルが溶けて毒が効き始めるかわからないなんて、ものすごく怖いじゃない。自殺する人がそんなことをするなんて思えない。

そもそも、親父が自殺するわけがない、と息子たちは口を揃えて言いました。親父は金と女が大好きで、その二つをこれからも楽しむ気満々だったと言うんです。

警察が次に疑ったのは、息子たちでした。春夫も夏樹も秋彦もお金に困っていて、父親から何度も借金していたというんです。

春夫はいかにもお金や女にだらしなさそうだから、父親から何度も借金していると聞いても意外じゃなかったけど、夏樹や秋彦も借金していると聞いてちょっと驚いたわね。

まず春夫だけど、もともとは証券会社に勤めていたんですって。だけど、顧客から預かった金を使い込んだことがばれて、クビになった。そのときは龍男が弁償してくれたんで、刑事告訴だけは免れた。その後は証券ブローカーとして食いつないでいたけど、博打が大好きで、いつもお金に困っていたみたい。博打好きで証券ブローカーって最悪の組み合わせよね。父親の会社に雇ってもらえばいいのにと思ったけど、これは龍男が許さなかった。自分の会社でも使い込みをされたら大変だと思ったんでしょうね。

夏樹は大学の理学部の博士課程まで行って、そのまま助手になったんだけど、教授と衝突して大学を辞めたんですって。とても優秀だけど、他人とうまくやっていくことができなかったみたい。これまでにない画期的な濃縮法の研究をしているとかで、実験設備にいろいろお金が必要で、父親に何度も借金をしていた。初めは龍男も「そのうちノーベル化学賞を取るぞ」なんて言って喜んでお金を出していたけど、なかなか研究の成果が出ないので、事件直前にはお金を出し渋るようになっていたみたい。

秋彦は、蔵島寺《ぞうしまじ》というお寺の見習い僧だった。秋彦もお金に困っていたと言ったけど、正確に言えば、秋彦自身じゃなくて、蔵島寺の住職が困っていたのね。住職は人が好くて、友人の連帯保証人になったんだけど、その友人が行方をくらまして、住職は借金を肩代わりする羽目になった。お寺の敷地を担保にして何とかしのいだんだけど、返済の目途は立たず、このままではお寺が人手に渡るところだった。秋彦は住職に心酔していたから、我がことのように心を痛めて、父親に何度か借金をしたんだけど、それも焼け石に水だったみたい。

というわけで、息子たちは三人ともお金に困っていた。遺産目当てで父親を殺す動機は充分にあったわけね。

だけど、三人には湯呑みに毒を入れる機会はなかった。湯呑みが食器棚に入っている段階で青酸カリを入れておいたのではないか、と警察は考えたけど、これは、湯呑みを運んだとき、何も入っていなかったというあたしの証言で否定されました。あたしはとても目がいいんです。青酸カリは白い結晶だそうで、そんなものが湯呑みに入っていたらすぐに気がついたはず。そもそも、青酸カリをあらかじめ湯呑みに入れておいたら、その湯呑みが自分に当たる可能性もあるわけで、とても危険よね。湯呑みはどれも同じだったから、見た目で区別することもできなかった。

龍男には薬を飲む習慣があって、その薬の中に青酸カリが混ぜられたのではないか、とも警察は考えたけど、龍男は何の薬も飲んでいませんでした。

そのうちに、一人の刑事さんが変わった説を出したの。龍男は最初、毒を飲まされて苦しむ芝居をしていたのではないか、と言うんです。テーブルに突っ伏した龍男に春夫が駆け寄って揺さぶったが、あのときに、芝居をしている龍男に春夫が毒を飲ませたのではないか。それで龍男は本当に苦しみ出し、死亡した……。

龍男が苦しみ出したとき、わざとらしい様子はなかったか、とあたしは聞かれました。そう言われてもねえ。毒を飲んだ人間を見るなんて初めてだったし、苦しみ方がわざとらしいかどうかなんてわからないわよ。

そもそも、龍男は歯を食いしばっていたから、毒を飲ませることができたとは思えないし、春夫は龍男の口には手を触れていませんでした。あたしがそう言うと、刑事さんはがっかりした様子で、間違いないかと何度も聞かれたけど、あたしは間違いないと答えました。

そうすると、刑事さんは新たな説を出しました。救急隊員が到着したとき、あんたは門扉のところまで迎えに行き、食堂まで連れて戻っている。大きな家だから、そうするのに一分はかかっただろう。そのあいだに、三兄弟の誰かが、苦しむ芝居を続けている龍男に毒を飲ませたのではないか……。

それもないです、とあたしは答えました。救急隊員が到着するまでに、龍男の顔は青ざめて、どう見ても生きている人間の顔色じゃなくなっていたんです。顔の色まで演技で変えられるわけないでしょう。救急隊員が到着した時点で、龍男が本当に死んでいたことに間違いなかったわ。

つまり、毒で苦しむ芝居をする龍男に、あとから本当に毒を飲ませたという可能性も否定されるわけね。

翌日、あたしは司法解剖の結果を知らされました。龍男の死因は、嚥下した青酸カリによるもの。胃の中から青酸カリが検出されたそうよ。

どうしてそこまで詳しく知らされたんだって、皆さん思うかもしれないわね。実はね、あたしの登録していた家政婦協会の会長が、警視庁捜査一課の理事官の伯母だったの。あたしはなぜか、会長に気に入られていてね。会長は、あたしが事件に巻き込まれていると知るや、甥に圧力をかけて、捜査情報を明かさせたわけ。

その情報から、三兄弟以外に有力な容疑者が浮かび上がったことも知ったわ。龍男の営む不動産会社で、龍男の秘書をしていた羽場《はば》清司《せいじ》という青年。事件の翌日の月曜日、羽場は出社しなかったの。休むという連絡もない。社員たちは変に思ったけど、社長が殺されててんやわんやで、気にかけている余裕はなかった。

だけど、翌日も羽場は出社しなかった。皆、さすがに変に思って、専務が羽場のアパートを訪れてみた。すると、ポストには二日分の朝刊が入っていた。専務が大家に鍵を開けてもらって部屋に上がり込むと、もぬけの殻だった。

連絡を受けた警察が調べてみると、部屋の中から羽場のつけていた日記が見つかった。そこにはとんでもないことが書いてあったの。

羽場の父親は、龍男だったのよ。

龍男は昔、春夫たちの母親と結婚する前、別の女と付き合っていた。だけど、春夫たちの母親との結婚話が持ち上がって、その女を捨てた。彼女は妊娠していて、赤ん坊を産んだ。それが羽場だったというわけ。女は龍男に子供を認知するよう求めたけど、龍男は自分の子ではないと言って拒否し続けた。女は自殺して、羽場は祖母に育てられた。羽場は祖母から、龍男への恨みつらみを聞いて育った。そして、龍男に復讐するため、彼の会社に入り、龍男の気に入るように働いて、秘書のポストについたの。

日記には、龍男への嫌悪や憎しみが記されていた。ただ、実際に殺そうと考えていた形跡はなかったし、青酸カリについても一言も記されてはいなかった。それに、羽場は事件当日、龍男の家に足を踏み入れていない。どうやって毒殺したのかもわからない。犯人と断定することはできなかった。警察は羽場を重要参考人として捜し回ったけど、行方はとうとうわからなかったそうよ。

羽場は異母兄弟たちとも面識があったけど、日記によると、春夫や夏樹には悪感情を抱いていたみたい。春夫は龍男の小型版だし、夏樹は冷たくて人を見下すような雰囲気だしね。だけど、羽場は秋彦のことだけは尊敬していたみたいで、日記に『あの父親からどうしてあんなすばらしい人間が生まれるのか』なんて書いていたんですって。カラマーゾフ家じゃ異母兄弟のスメルジャコフは次男のイワンを崇拝しているけれど、唐村家じゃ羽場は三男の秋彦を尊敬していたわけね。

三人の息子は、龍男の遺産を受け取ることになった。遺産目当てで人を殺したら、あるいは殺そうとするだけでも、相続欠格といって相続の権利を失うんですって。でも、三人にとっては幸いなことに、三人とも容疑は濃いものの、犯人とは見なされなかったわけね。

受け取ったのは遺産だけじゃなくて、保険金もね。龍男は亡くなるしばらく前に息子たちを受取人にした保険にも入っていて、それが当時のお金で五千万という大変な支払額だったの。

あたしはその後、三人の誰とも会っていないから、遺産と保険金を受け取った彼らがどんな人生を送ったかは知らない……。

4

山園さんは喋り終えると、おいしそうに紅茶を飲んだ。

わたしは山園さんの話にすっかり興奮していた。衆人環視の中で起きた毒殺。誰にも毒を飲ませる機会はなかった……まるで、推理小説に出てくるような事件ではないか。

犯人が、その場にいた春夫、夏樹、秋彦の誰かであるのは間違いない。だが、どうやって龍男に毒を飲ませたのかがわからない。

わたしはそこでふと奇妙なことに気がついた。

「テーブルに突っ伏した龍男に春夫が駆け寄って揺さぶったとき、春夫は龍男の口にはまったく手を触れなかったんですよね」

ええ、と山園さんはうなずく。

「それって、よく考えたら変じゃないでしょうか」

「そうかしら」

「龍男の苦しみ方は、明らかに毒を飲んだとわかるようなものです。それなのに、春夫はなぜ、龍男の口に指を突っ込んで吐かせようとしなかったんでしょうか」

山園さんは虚を突かれたような顔になった。

「もしそのとき春夫が龍男の口に指を突っ込んでいたら、龍男に毒を飲ませたと疑われていたでしょう。とすると、春夫が口に指を突っ込まなかったということは……龍男にどのように毒を飲ませたのかわからないという状況になることを、春夫は予期していたということじゃないでしょうか。つまり、春夫が犯人だということになります」

「いい線行っているじゃない」

叔母が感心したような顔になったので、わたしはうれしくなった。

山園さんもうんうんとうなずく。

「考えてみれば、あなたの言うとおりね。やっぱり若い人の頭は違うわねえ」

「でも、春夫が犯人だとしても、どうやって龍男に毒を飲ませたかは依然として謎なんですよね」

わたしはそこで叔父を見た。

「叔父さんの推理を聞かせてよ」

「あなたはどう思うの？」

わたしと叔母に期待の眼差しで見つめられて、叔父は照れた顔をした。

フョードルとも見紛う男が殺された事件を、フョードルに当たる登場人物を演じたことのある叔父が推理する。いわば、フョードルが自分が殺された事件を推理するようなものだ。そう思って、わたしは何だかおかしくなった。

「春夫は龍男の口に指を突っ込まなかった。そこから考えて、龍男にどのように毒を飲ませたのかわからないという状況になることを、春夫は予期していた、つまり春夫が犯人だという推理は私も正しいと思う」

「でしょう？」

「ただ、そうすると、新たな疑問が生じてくる」

「新たな疑問？」

「春夫は、龍男を揺さぶったときに毒を飲ませたと疑われるのを避けるために、口に指を突っ込まなかった。そこまで用心するならば、そもそも、龍男のからだに触れなければよかったのではないだろうか？」

「……そう言われれば、そうね」

「龍男のからだに触れず、苦しむ龍男に『親父、大丈夫か？』とおろおろ声をかけるだけでもよかったはずだ。そうすれば、龍男を揺さぶったときに毒を飲ませたと疑われることは決してないだろう。それなのに、春夫はそうしなかった。おかしいと思わないかい」

「……確かに」

「考えられることは一つしかない。春夫は龍男のからだに触れる必要があったんだ」

「……触れる必要があった？」

わたしは首をひねった。叔母も山園さんもわけがわからないという顔をしている。

「毒の摂取経路は口だけじゃない。血管からも摂取される。たとえば、濃縮したニコチンは、嚥下しても毒になるけれど、血管に注射しても毒になる。春夫は龍男を介抱するふりをして、濃縮ニコチンを塗った針を刺したのではないだろうか。濃縮ニコチンは猛毒で、数分で死に至ることもあるという」

山園さんが首を振った。

「それはありえませんよ。さっきも言いましたけど、司法解剖の結果、龍男は嚥下した青酸カリで死亡したってわかったんです。胃の中から青酸カリも検出されました。毒針を刺されて死んだなんてありえません」

叔父は微笑した。

「そうですね。龍男が嚥下した青酸カリで死んだことは間違いないと思います」

「じゃあ、春夫が龍男を介抱するふりをして毒針を刺したなんてありえないじゃない」

わたしは言った。叔父がいったい何を考えているのかわからなかった。

「龍男は嚥下した青酸カリで死んだ。しかし、春夫が介抱するふりをして毒針を刺した相手は、龍男ではなかった」

「……え？」

「山園さんが会った龍男、山園さんの目の前で毒殺された龍男は、偽者だった。その人物が死んだあと、本物の龍男の死体とすり替えられたんだ」

5

「──偽者？」

「そう。偽者が龍男に変装していたんだ。山園さんはそれまで龍男に会ったことがなかったので、偽者であることに気づかなかった」

「でも、夏樹も秋彦も気がつくはず……二人とも共犯者だったの？」

「そうだ。実行犯は春夫だけど、龍男の偽者を本物のように扱って山園さんをだました夏樹と秋彦も共犯者だ」

「あたしが会った龍男は偽者だった……？」

山園さんは茫然として呟いた。

「はい。偽者が死んだ直後、救急車が到着し、山園さんは春夫に言われて門扉のところまで救急隊員たちを迎えに行ったそうですね。そのときに、三人の兄弟は力を合わせて、偽者の死体を龍男の死体と入れ替えたのでしょう。食堂の隣りの部屋に置いていた龍男の死体を食堂に運び込み、偽者の死体を隣の部屋に運び込んだのです。救急隊員を先導して戻ってきた山園さんに不審に思われないため、死体の位置や格好が入れ替え前後で変わらないよう細心の注意を払ったに違いありません。

そういえば、山園さんが会った『龍男』はどてらを着ていたそうですね。これにも意味があったと思います。偽者の龍男が死んだあと、本物の龍男の死体と入れ替えられますが、そのとき問題になるのが服装です。同じ服を着ていないと、入れ替わりに気づかれる恐れがある。しかし、同じ服を用意するのは難しい。かといって偽者の龍男の死体が着ていた服を脱がせてそれを本物の龍男の死体に着せるのも時間がかかる。時間がかかったら、山園さんが戻ってきて、入れ替えている現場を目撃するかもしれない。そこで、偽者の龍男にどてらを羽織らせることにした。これならば、偽者の龍男の死体から脱がせて本物の龍男の死体に着せることが容易です。『龍男』はキャップを被っていたそうですが、これは本物と偽者で髪型が違うのを隠すためでしょう」

「あたしが会った偽者は誰だったんですか？」

「偽者は、変装の力を借りたとはいえ、死体を入れ替えても山園さんが気づかなかったほど、龍男と似ていた。龍男の血を引いている人物と考えていい。春夫、夏樹、秋彦以外には、そんな人物は一人しかいません。羽場清司です」

「じゃあ、事件のあと、羽場が失踪したのは……」

「山園さんの目の前で、龍男として殺害されたからだと思います」

山園さんは茫然として聞いていた。

「……羽場の死体はどうなったのかしら」と叔母が訊く。

「警察が到着する前に、息子たちが隠したんだ。駐車場に車が二台あったことから考えて、春夫、夏樹、秋彦の誰か一人は車で来ていたはずだ。車のトランクにでも羽場の死体を隠し、事情聴取を終えて車で立ち去るときに、死体を運び去った。そして、どこかの山中にでも埋めたのかもしれない」

わたしは首をかしげた。

「それにしても、息子たちはなぜ、こんな面倒なことをしたのかしら。ただ単に父親を殺すだけではだめだったの？」

「息子たちがこんな面倒なことをしたのは、彼らが父親を殺していないからだ」

「え？」

「たぶん、龍男は青酸カリを飲んで自殺したんだ」

「自殺？」

「龍男は、支払額五千万もの保険に入っていたそうだね。保険には自殺免責条項があって、契約してから一定期間内に自殺した場合、保険金は支払われない。龍男が死んだ時点で、その一定期間がまだ過ぎていなかったのだろう。息子たちが保険金を得るためには、龍男が事故死した、または殺されたように見せかけなければならない。青酸カリを飲んでいるので、事故死に見せかけるのは無理だ。殺されたように見せかける必要がある。では、どうしたら、殺されたように見せかけることができるだろうか。息子たちは、一つの計画を考え出した——別人を龍男に変装させ、その別人が実際に毒殺される場面を第三者に目撃させる。そのあとで、別人の死体と龍男の死体を入れ替えるんだ」

あまりに悪魔的なアイデアに、わたしたちは絶句した。

「もちろん、龍男殺害の犯人として捕まったら元も子もないから、息子たちの誰も投毒できない状況を作ったうえでだ。

別人の毒殺を目撃する第三者として選ばれたのは、山園さんだ。山園さんはもともと、龍男が新たな家政婦として午後三時に呼んでいた。龍男が自殺したあと、息子たちは、山園さんがやって来るのでパニックになっただろう。だが、彼女が来ることを逆手に取って、彼女に別人の毒殺を目撃させるという計画を考え出した。唐村家の玄関で、秋彦は山園さんに『あなたが来てくれて本当に助かりました。一時はどうなるかと思いましたが』と言ったけど、これはそういう意味での言葉だったんだろう。

そして、毒殺される別人として選ばれたのは、龍男の秘書の羽場だ。彼は龍男の血を引いているので、龍男に変装させることができる。息子たちは、羽場が龍男の血を引いていることを知っていたのだろう。もちろん、羽場は自分が殺されるとは知らない。彼は事実の一部を隠した計画を持ち掛けられたんだと思う」

「一部を隠した計画？」

「息子たちは羽場に、こんな計画を持ち掛けた――父の死を他殺に見せかけたい。そのために、毒を飲まされて倒れ、動かなくなる芝居をしてくれないか。家政婦にそれを見せたあと、父の遺体と入れ替える……。羽場はこの計画に同意した。しかし彼が知らなかったのは、生きた羽場と龍男の死体を入れ替えるのではなく、死んだ羽場と龍男の死体を入れ替えることが、真の計画だということだった。

山園さんが来ると、羽場は龍男として振る舞ってみせ、三兄弟も羽場を父親として扱った。考えてみれば実に皮肉だね。羽場は、憎んでいた相手に変装し、嫌っていた振る舞いをそっくり真似することになったんだから。

羽場はお茶を飲み、それから苦しんで床に倒れる芝居をした。羽場に春夫が駆け寄り、からだを揺さぶった。そのとき、羽場は歯を食いしばっていたから、その口に毒を入れることはできないように見えたし、そもそも春夫は羽場の口には手を触れていない。しかしこのとき春夫は、羽場のからだを揺すぶりながら、濃縮ニコチンを塗った針で羽場のからだを刺した。そして羽場は絶命した。救急隊員が到着すると、春夫は山園さんに門扉のところまで迎えに行かせ、その隙に兄弟三人で死体を入れ替えた。また、羽場の湯呑みに父親の使い残しの青酸カリを入れておくことも忘れなかった」

山園さんが思い出すように言った。

「確かに、大きなおうちでしたから、門扉のところまで救急隊員を迎えに行って戻ってくるのに一分はかかったと思います。それだけあれば死体を入れ替えることができたかもしれません。でも、羽場と龍男は亡くなった時刻が違いますよね。あたしは素人だから気がつかなかったけど、救急隊員や警察は、龍男の死体が死亡から時間が経ちすぎていると不審に思わなかったんでしょうか」

「龍男が死んだのは、山園さんの前で演じられた芝居からさほど前ではなかったのだと思います。龍男の死は毒によるもので、血が流れたわけではないから、血の凝固状態から死亡後の経過時間が長いと気づかれることもなかった」

「叔父さんの推測では、春夫は濃縮ニコチンを塗った針で羽場を刺したわけよね。でも、龍男の自殺を他殺に見せかける計画は、急遽、立てられたものでしょう。濃縮ニコチンを塗った針をすぐに用意できるものかしら。濃縮には時間がかかるんじゃない?」

「三人の息子の誰かが、父親を殺すために濃縮ニコチンを塗った針を常に持ち歩いていたんだろう。ただ、勇気が出なくて、あるいはいい機会がなくて、なかなか実行に移せなかった。たぶん、その人物は夏樹だと思う。夏樹はこれまでにない画期的な濃縮法の研究をしていたそうだ。物質を濃縮するのはお手の物だっただろう」

「実行犯は春夫、凶器を提供したのは夏樹で、秋彦は羽場を父親として扱うというかたちで兄たちに協力したわけね」

「いや、秋彦こそが、この計画の立案者だと思う」

「――秋彦が？」

「三人の息子の計画は、羽場を龍男に変装させ、毒を飲まされた演技をさせることにかかっている。春夫や夏樹なら、羽場が言うことを聞くか確信を持てないから、計画に羽場を組み込もうとはしなかっただろう。しかし秋彦なら、羽場が自分を尊敬していることを知っているから、自分の頼みを聞くだろうと確信を持てた。だから、計画に羽場を組み込むことを考えるだろう」

山園さんが信じられないという顔をした。

「あんないい人が、そんな恐ろしい計画を自分から考えたって言うんですか？　それに、お坊さんなのに」

「秋彦は、蔵島寺の住職に心酔していたそうですね。羽場を殺す行為は許されないが、それにより父親の遺産だけでなく保険金も受け取れるならば、住職に寄進する金が増え、住職をさらに助けることができる。そして住職は世の中にさらに善を為すことができる。だから、羽場を殺すことは善を為すことに等しい……秋彦はそう考えたのかもしれません」

叔父は口調をあらためると続けた。

「龍男の自殺の状況と、そのあとに起きたことを推測してみよう。先ほど言ったように、龍男が死んだのは、山園さんの前で演じられた芝居よりさほど前ではなかったと思われる。だから、三人の息子は、龍男の自殺直後に発見したか、あるいは自殺を目の当たりにしたのだろう。また、別の場所にいた羽場を呼び寄せる時間があったとは思えないから、羽場もその場にいたと考えていい。ここから、龍男は、春夫と夏樹と秋彦と羽場、血を分けた四人の息子を呼び寄せ、彼らの前で、青酸カリを呷って自殺してみせた――という状況が浮かび上がる」

「四人の息子の前で毒を呷った……」

「息子たちは山園さんがやって来るのでパニックになるが、秋彦がすぐにそれを逆手に取った計画を思いついた。彼は羽場に、龍男に変装して、毒を飲まされ動かなくなる芝居をしてほしいと頼み、羽場は秋彦のためならと思って了承した。しかし秋彦は、羽場の目を盗んで、春夫と夏樹に真の計画を伝えた……」

わたしたちは沈黙した。やがて叔母が言った。

「それにしても、龍男はなぜ、自殺したのかしら」

「あくまでも想像ではあるけれど、一つその場を演じてみようか――」

叔父は私たちを見回して微笑した。

その微笑が徐々に消えていき、代わりに別の表情が浮かび上がった。強欲さ、狡猾さ、好色、猜疑心、失意、それらすべてが混ざり合った表情。そこにいるのは叔父でありながら叔父ではなかった。

「お前たち、よく来てくれたな」

叔父は――いや、唐村龍男は低い声で言った。その目の前には、血を分けた四人の息子が本当にいるかのようだった。唐村龍男は右手を掲げた。そこには何かが握られていた。

「壜に入った白い結晶、こいつは何だかわかるか？　青酸カリだよ。俺はこれから、こいつを飲んで死ぬことにする。おっと、騒ぐなよ。どうしてそんなことをするのかって？

お前たちは皆、俺を殺したがっている。いや、否定しなくてもいい。事実だからな。春夫と夏樹と秋彦は俺の金を喉から手が出るほど欲しがっているし、羽場は母親を捨てたことで俺を恨んでいる。そうだろう？　じゃあ、喜んでくれよ。

実はな、健康が衰えてきたんだよ。このままじゃ近いうちに、お前たちの世話を受けることになる。お前たちに生殺与奪の権を握られることになる。俺を殺したがっているお前たちに生殺与奪の権を握られたら、いったいどうなることか。俺はそんなみじめな境遇に陥るのはごめんだ。だから死ぬことにしたんだ。

息子を人殺しにさせないなんて親切心じゃないぞ。父親を殺すことは、ある意味で父親を乗り越えることだ。お前たちに、父親を乗り越える機会など与えるつもりはない。お前たちは、永遠に俺を乗り越えることはできない。

どうして今、死ぬのかって？　今しかないんだよ。今より衰えたら、自分で死ぬこともできなくなる。それにな、もうすぐ保険金の自殺免責の期間が終わるんだ。自殺しても、莫大な保険金がお前たちに払われるってことだよ。しかしそれじゃあ面白くない。自殺免責の期間が終わる前に自殺してやろうと思ってな。そうそう、言うのを忘れていた。午後三時に新しい家政婦が来ることになってるんだ。俺の自殺は彼女に発見されるだろう。お前たちがどうするか見物だな。……じゃあな」

「――というわけだ」

唐村龍男は目に見えない壜から白い結晶を左の手のひらに落とすと、素早く口に運んだ。

叔父はにこりと微笑んだ。一瞬の沈黙のあと、わたしたちは盛大な拍手をした。

アイランドキッチン

芦沢　央

Message From Author

これまでは一つ一つのエピソードが伏線として機能するような短編ミステリを目指して書くことが多かったのですが、伏線としては「無駄」に思えるエピソードや描写の積み重ねが説得力を生み出す作品に憧れて書き方を変えてみた作品です。

自分としては新しい挑戦だったので、こうして本格ミステリ作家クラブのベストアンソロジーに選んでいただけて光栄です。

なお、これまでシリーズものも書いてきませんでしたが、今後本作の主人公、正太郎のシリーズを始めていく予定です。正太郎の出会った数々の事件、そしてこれから対峙する出来事も見届けてもらえたら嬉しいです。

芦沢　央（あしざわ・よう）
1984年、東京都生まれ。千葉大学文学部卒。2012年、『罪の余白』で野性時代フロンティア文学賞を受賞しデビュー。『許されようとは思いません』で吉川英治文学新人賞候補、『火のないところに煙は』で静岡書店大賞受賞、山本周五郎賞候補、本屋大賞ノミネート。『汚れた手をそこで拭かない』が直木賞候補及び吉川英治文学新人賞候補となる。近著に『神の悪手』など。

思いついたのは、ホームセンターで種を見ていたときだった。

ミニトマト、バジル、チンゲン菜、きゅうり、こまつな、パセリ、枝豆、ししとう、アスパラ菜――棚にずらりと並んだ色鮮やかな写真の前で、さて、どれならベランダのプランターでも栽培できるだろう、と物色していると、ぽん、と後ろから軽く肩を叩かれたように唐突に、

――そうだ、家を買おう。

と、考えが浮かんだのだった。

正太郎《しょうたろう》は、手にしていたチンゲン菜の種を棚に戻し、大股で店を出た。

一昨年、ミニトマトの栽培を始めようと思いついたのも、この店にいるときだった。

定年退職したばかりの頃、なんとなく家でじっとしているのが落ち着かなくて、日曜大工用品でも見ようかとホームセンターに行ったはずなのに、気づけばミニトマトの種と土とプランターを買っていたのだ。

妻は、あら、と目をしばたたかせてから、懐かしいわねえ、と笑みをこぼした。家

庭菜園だなんて、孝則《たかのり》の小学校の宿題以来じゃないの。

そう言われて初めて、正太郎は自分がなぜミニトマトの種を買ったのかわかったような気がした。

もう二十年も昔のことだ。

息子が小学生だった頃は、正太郎の人生の中で最も忙しい時期だった。刑事課強行犯係に配属され、ほとんど家にも帰れず、たまに目にする息子の顔は寝顔ばかりだった。

それでもたまたま、種を植える宿題の日が非番だった。息子が土の上にパラパラと種を落として水をかけようとしていたので、ちゃんと埋めないとダメだと声をかけ、隣にしゃがんで土に穴を開けてやった。

正太郎がやったのはそれだけだったが、ある日、いつものようにとっくに孝則が寝ているはずの時間に帰宅すると、息子は目をしょぼつかせながら起きていた。

あのね、どうしても、お父さんが食べてくれるところが見たいんですって。

ミニトマトが乗った小皿を差し出され、一瞬、なんだこれ、と思ったところで、ああ、あのときの種か、と気がついた。

息子にじっと見つめられながら口元に運び、わずかに萎《しぼ》んだ実に歯を立てた。ぷつりと皮が破れ、中から汁が溢《あふ》れ出す。

酸味が強く、味に締まりがない。だが、うまいな、とつぶやいた言葉は本心だった。実際、ミニトマトをあれほど美味《おい》しいと感じたことは後にも先にもない――

そんな思い出をなぞる自覚さえないままに選んだ退職後の趣味だったが、いざプランター栽培を始めてみると、思いのほか性に合っていた。

毎朝ベランダに出て、新鮮な空気を胸に吸い込みながら様子を確かめ、水をあげたり雑草を抜いたりと世話を焼く。収穫したものを妻に渡すと、妻は早速その日の食卓に並べてくれる。

いくつ種を植えて、いくつ収穫できたのかを記録して表にするのも楽しく、警備会社や自動車安全運転センターに再就職した同期たちからはせっかくの斡旋《あっせん》先を使わないなんてもったいないと口々に言われたが、これはこれで悪くない老後だと満足していた。

プランターは二つ、三つと増え、ベランダは手狭になってきている。

どちらにしても来年の春には今のマンションの契約更新時期が来るから、次は庭がある物件を借りようとは漠然と考えていた。だが、考えてみれば、このタイミングで家を買うという選択肢もあったのだ。

退職金は手つかずで残っているし、貯金もそれなりにある。夫婦二人で暮らすくらいの大きさの家ならば、ローンを組まずとも買えるはずだ。妻にも長年迷惑をかけてきた。同じ神奈川県内とはいえ、異動のたびに引っ越さなければならない官舎暮らしは気苦労が多かったことだろう。労《ねぎら》いを込めて、二人でのんびりした老後を過ごす家を贈るというのは妙案ではないか。

善は急げと、その足であざみ野駅前の不動産屋へ向かった。駅の東側に四軒、西側に三軒。記憶を探りながら駅前のコインパーキングに車を停め、東口を出てすぐ右にある売買専門のひまわり不動産を訪れる。

ガラスの全面窓に貼られた物件情報紙を順に眺めていくと、良さそうだと思うものが二つあった。庭付き一戸建ての中古物件と、〈ガーデニング好きにおすすめ！〉と書かれた分譲マンションの一階。どちらも値段は予算内で、間取りも２ＬＤＫ、３ＬＤＫと申し分ない。

ごめんください、と声をかけながら引き戸を開けた。文房具屋を営んでいた実家を思わせる時代に取り残されたような空気を懐かしんでいると、はーい、どうぞーという間延びした声が返ってくる。

四つあるカウンター席の奥のパーテーションから、銀縁の眼鏡を首から下げた白髪の男性が顔を出した。

〈宅地建物取引士　山中昭弘《やまなかあきひろ》〉という名札を胸につけた男には、見覚えがあった。名札ホルダーは少し左に傾いていて、それも記憶と重なる。

たしか十年ほど前、鑑取りで訪れた際に応対してくれた男性だ。当時は年配だと感じたが、印象がほとんど変わっておらず、未だに現役のところを見ると、正太郎よりも少し年上なくらいだったのかもしれない。

「気になる物件がありましたかね」

山中は十年も前に聞き込みに来た刑事の顔など覚えていないようで、のんびりと言った。

店内を見渡すと、いつから貼られているのかわからない横浜大洋ホエールズのポスターが目に入る。

正太郎にとって、不動産屋とはもっぱら聞き込みをするための場所だった。被害者や被疑者の金銭状況、近隣トラブル、人柄、生活習慣などの情報が集まっているからだ。

それ以外の目的で不動産屋を訪れたことが、一度もなかった。

警察学校を出た後は独身寮に入り、結婚してからはずっと官舎だった。引っ越しはもう嫌になるほどしているが、こうして不動産屋で物件を選んだことはない。息子が大学進学時に一人暮らし用のアパートを探したことはあったものの、正太郎は治安についてアドバイスをしただけで他はすべて妻に任せていた。

「夫婦で暮らす家を探しているんですが」

正太郎が切り出すと、山中は、心得たようにうなずいた。

「それじゃあ、とりあえずこれを書いてもらえますかな」と使い込まれたバインダーを差し出してくる。

正太郎はカウンター席に座りながら、〈受付票〉という紙を見下ろした。印刷したものを何度もコピーして使っているのか、線が粗《あら》く滲《にじ》んでいる。

氏名や生年月日、現住所、職業、資金計画などの他、マンションか戸建か、新築か中古か、沿線、駅、駅徒歩分数、平米数、間取り、築年数、駐車場の有無などの希望を記入する欄があった。

一つ一つ考えながら書き込んでいくほどに、期待が膨《ふく》らんでくるのを感じた。

それほど大きな家でなくてもいいが、とにかく広い庭が欲しい。庭仕事に疲れたら縁側に座って一服し――いや、防犯的には縁側ではなく、菜園を眺められる位置にベンチを置く方がいいだろうか。

できるだけ多めに物件を見せてもらおうと、心持ち幅を持たせて記入を終えると、山中は老眼鏡をかけながら向かいの席に座った。

「新築も中古もOK、マンションも戸建もアリ、と」

「どちらかと言えば戸建の方がいいが、築年数は二十年以内くらいなら問題ない。――もっと絞り込まないと、ものすごい数になりますかね」

「そんなことはないですよ」

山中は受付票に目を通しながら言う。

「見ていくうちに細かい条件を足していけば、あっという間に当てはまる物件は減っていくもんですからね。こだわらない部分は絞り込まない方がいいです」

「なるほど」

「逆に、絶対に譲れない、こだわりたいポイントはありますか」

山中が老眼鏡をずらして顔を上げた。

「野菜の地植えをやりたくてね。庭が広い方がいいんだが」

「だから戸建か、マンションでも一階が希望、と」

受付票に何かを書き込んでいく。

「外に貼ってあったやつなんかがイメージに近いなと」

正太郎が入り口を指さしながら言うと、どの物件のことを示しているのか理解しているのか、他にもいろいろありますよ、と腰を上げた。

それまでのゆったりとした口調とは打って変わり、無駄のない動きで次々にキャビネットを開け、分厚いファイルから物件情報紙を取り出していく。

またたく間に机には物件情報紙が積み上がり、正太郎は感嘆した。

「大したもんですな。全部頭の中に入ってるんですか」

まあ、この稼業も長いですからねえ、と山中は目尻に皺を寄せる。

「今はこう、パソコンでね、不動産屋なら誰でも流通物件が検索できるようになってるんですよ。チェーンだろうが小さい街の不動産屋だろうが、それほど手に入れられる情報が変わるわけじゃない。でも、それだと検索条件にないものは取りこぼしちまうでしょう。そもそもパソコンはあまり得意じゃないですしね、アタシみたいなタイプには頭に入れておく方が楽なんですよ」

ああ、そうだ、あれもあった。ひとりごちながら机の引き出しからもファイルを取り、バサバサとめくって紙を取り出す。

「とりあえず庭というところ以外は緩めに条件を取って出してみました。ここから、これはないというものを外していきましょう」

物件情報を見始めると、なるほどたしかに駅徒歩分数が十一分だったり、予算を少しオーバーしていたり、築年数が二十年を超えていたりするものが混じっていた。

「おそらく、いろいろ見ていくうちに、庭以外にも譲れないところがはっきりしてくるはずですよ」

山中の言葉通り、最初は特に気にしていなかった条件も気になり始めた。ある物件でバリアフリーという言葉を目にすると、三階建ては歳を取った後使いにくいかもしれないと引っかかり出す。間取りは2LDKあれば充分だと思っていたが、3LDK

の物件情報紙を見て、孝則たちが孫を連れて遊びに来たときに泊まっていってもらえるなと思ったら、部屋数は多いに越したことはない気がしてきた。

いまいちと思うものを脇へ避けていくうちに、あれほど大量にあると思っていた物件情報紙は六枚に減っていた。

「本当に減るものなんですな」

正太郎がつぶやくと、山中は、そういうもんです、と笑った。絞り込まれた物件情報紙を見比べ、なるほど、と顎《あご》を撫《な》でる。

「意外にマンションもアリですか」

「いや、初めはなんとなく戸建の方がいい気がしたんだが、よく考えたら老後を過ごす家なんだし、階段がない方が楽でいいのかもなと」

「それは確実にそうですよ」

山中はきっぱりと言った。

「歳を食ってくると、どうしても足腰にきますからね。旦那さんは大丈夫でも、奥さんの方が先に弱っちまうこともある。ずっと戸建に住んできたけど、老後はマンションに住み替えたいって人も少なくないです」

「そうなんですか」

「実際、マンションってのは歳を取ってくるほどいいもんだと思いますよ。修繕とか清掃とかね、管理会社がやってくれるのは大きい。いちいち個人で業者を探して依頼するのは何かと面倒でしょう」

山中は、よし、それならまだ少しありますよ、と言って立ち上がった。再びキャビネットを開け、物件情報紙を引き抜いて机に置く。

正太郎は追加された二枚を手に取り、間取りと数枚の写真が載った方に目を落とし

——あれ、と思った。

ここは、知っている。

焦《こ》げ茶色とクリーム色の外壁がスタイリッシュに組み合わされた八階建ての建物、エントランスの左右にある小さな二体のシーサー。

山中は正太郎の視線の先を確認し、

「ここも人気の物件ですよ」

と楽しそうに言った。

「築年数は少しいってますが、この部屋はフルリフォームしてますし——」

弾んだ声が遠ざかり、記憶が蘇ってくる。

たしか警部に昇任する直前の頃だから、今から十二年前か、と正太郎は思う。

グランドシーサーあざみ野は、正太郎がこの街の所轄で刑事をしていた頃、捜査のために何度も訪れたマンションだった。

＊

県警の通信指令室に一一〇番が入電したのは、二〇〇七年七月十二日の深夜一時過ぎ。

通報者は、グランドシーサーあざみ野の二階に住む舟島洋平《ふなしまようへい》という三十四歳の男性だった。

寝付けずにテレビを見ていたら、外から何かが破裂するような大きな音が聞こえた。何事かと確認しに行ったところ、死体を発見することになったという。

死因は高所からの転落による脳挫傷と内臓破裂。即死だった。

亡くなったのは、同マンションの八階に住む豊原実玖《とよはらみく》、二十八歳のOLで、初動捜査に当たった機捜が初めに下した判断は自殺だった。

遺書は見つからなかったが、現場の状況に事件性は見られなかった。彼女は二ヵ月前から心療内科に通院しており、鬱《うつ》病との診断書を勤め先である三丸百貨店に提出して休職していたという。

この時点で問題になったのは、事件性の有無ではなく――それは早い段階で結論が出ていた――彼女が休職する前、ゴールデンウィーク明けの五月七日に、取引先の人間の家族から嫌がらせを受けているという相談のため生活安全課を訪れていた事実だった。被害届を受理しなかったことが自殺の原因だと遺族から糾弾されたのだ。

事の始まりは、二〇〇六年の十一月。

当時、豊原実玖は三丸百貨店の子ども服売り場で仕入れ担当の仕事をしており、卒園・入学シーズンに向けてキッズフォーマルウェアのコーナーを拡充するために、有限会社トレインに発注をかけていた。

商品は期日までに届いたものの、サイズ間違いがあった。納品担当者である有吉勝《ありよししよう》吾《ご》に連絡を取ったところ、すぐに手持ちで正しい商品を納品すると言う。

だが、指定された時間になっても有吉は現れなかった。

会社に問い合わせたが、納品のために出発したはずだと言うばかりで埒《らち》が明かない。どうしてもその日に届かないと困るほど切羽詰まった状況ではないとはいえ、連絡がつかなければ帰るわけにもいかない。

ちょっとルーズすぎるのではないかと同僚に対して愚痴をこぼしていると、定時を過ぎた頃になって、有吉が納品に向かう途中の路上で脳卒中を起こして倒れ、死亡していたことがわかった。

有吉は連絡もせずに救急搬送されてしまうのはまずいと慌てたらしく、救急車を呼んでくれた人に、三丸百貨店の豊原さんに連絡してくれ、申し訳ない、後で必ず納品すると伝えてくれ、と繰り返していたという。

だが、残念ながら彼はそのまま命を落とし、結局、実玖に対する伝言が最期の言葉になってしまった。

実玖は後味の悪さを覚えた。

仕事のことなんて気にしなくてよかったのに。たしかに納品が遅れて自分は困ることになったけれど、命を落とすような緊急事態だったのなら仕方ない。自分なんかへの言伝《ことづ》てはいいから、亡くなる前にご家族と話せたらよかったのに、と。

もちろん、有吉自身、これで自分が死ぬなどとはつゆも思わなかったからこそ、仕事のことを気にしたのだろう。直近の約束のことしか頭になかったのだ。

三丸百貨店としても、そういう事情だったのならと咎《とが》めることはせず、弔意を示した。商品は翌日には別の担当者によって納品され、事なきを得たという。

だが、話はこれで終わらなかった。

亡くなった有吉勝吾の妻、希美《のぞみ》が豊原実玖に電話をかけてきて抗議を始めたのだ。

きっと夫は、倒れる前には具合が悪いのに気づいていたはずだ。あんたが急な仕事なんて寄越すから、夫は病院に行く時間が取れずに死んでしまったんだ、と。

実玖はその場で上司に相談し、上司が代わりに電話口に出た。お悔やみの言葉を述べながらも、有吉が手持ちで納品することになったのはトレイン側が納品する商品のサイズを間違えたせいであったこと、有吉は具合が悪いのなら社の他の人間に頼めたはずだということ、脳卒中では前兆があるとは限らないことを丁寧に説明した。

上司は、婦人・子ども服売り場に配属される前、クレーマー対応の専門部署であるお客様相談室にいたこともあり、謝罪をする際の線引きを心得ていたらしい。

有吉希美は一旦引き下がり、以降は五日に一度ほどのペースで様々な偽名を使いながら電話をしてくるようになった。

実玖が出ると、あんたは夫が死んだことを何とも思わないのか、とまくし立てる。実玖は相手が有吉希美であるとわかった時点で、無理やりにでも電話を保留にして上司や同僚に代わってもらうようにしていたが、一度だけ、思わず謝ってしまったことがあった。

あんたさえいなければ、あたしは夫に最期の言葉を遺してもらえたはずだったのに、と言われたからだ。

それは実玖自身も申し訳なさを感じていたことで、だから自分は関係ないと割り切ることができなかったのだという。

豊原実玖は、優しく、善良な女性だったのだろう。

そして、時にそうした善良さは、困った人間の困った性質を増幅させてしまうことがある。

以来、有吉希美は毎日のように三丸百貨店を訪れては、実玖が謝罪した一点に内容を絞り、あんたのせいだ、と泣きわめくようになった。

報告を受けた上司は、希美本人を説諭するだけでなく有限会社トレインに対しても、おたくの社員の家族がこれ以上こうした行為を続けるようなら、今後の取引は考えさせてもらう、と通告を出した。

この社としての対応も、特段誤りだったとは思えない。むしろ、一社員のためにきちんと対応する良心的な会社だと言えるだろう。

後から調べたところによれば、この段階でトレイン側も有吉希美に対し、注意を行なっていた。お気持ちはわかりますが、取引先に責任はありません。こういうことをされるとあなたが業務妨害の罪に問われることにもなりかねませんよ、と。

有限会社トレインとしては、事は三丸百貨店との関係だけに留まらなかった。もし社員の家族による嫌がらせが原因で取引を切られでもしたら、他の百貨店でもブランド展開が難しくなるかもしれない。さらに悪評が広まれば、顧客の耳に入ってしまうことさえ考えられる。

ひとまずこの念押しが効いたのか、希美が三丸百貨店を訪れることはなくなった。

だが、代わりに希美は、実玖個人を付け回すようになった。

会社のそばで待ち伏せし、尾行して住所を特定し、マンションの前で声をかける。

あんたのせいだと責め続け、謝罪をしても受け入れない。見かねた実玖の恋人が通勤の行き帰りに同行するようになると、あたしからあの人を奪ったくせに、と逆上した。

この辺りから、希美の主張は妙な方向へと傾き始める。

希美自身、夫が仕事中に急死したこと、取引先の社員に納品について連絡することで頭がいっぱいで、自分への最期の言葉を遺さなかったことは、同情を引くことはできても、自分の言動を正当化する理由としては認められないと理解したのだろう。

希美は、「夫と豊原実玖は不倫関係にあった」と主張し始めた。

だから夫も、最期に自分へではなく実玖に電話しようとした。そもそも実玖が有限会社トレインに発注をかけたのも、夫に好意があったからだ。百貨店での展開を望んでいた夫は、取引をちらつかされて応じてしまった。実玖は夫への個人的な感情から取引を始めたから、夫が亡くなった途端、取引を切ると言い始めたのだ、と。

実玖からすれば、まったくもって寝耳に水の話だった。

そんな事実は一切ない。そもそもトレインに出店を呼びかけたのはバイヤーであって、実玖ではなかった。取引を切るというのも、実玖の独断でどうこうできる話ではない。

実玖は有吉勝吾とは発注と納品に関する連絡を取ったことしかなく、携帯の番号さえ知らなかった。

第一、希美だって、不倫などという話はそれまで一切していなかったのだ。周囲から相手にされないことに不満を抱いた希美が、何とかして味方を増やすために虚言を吐き始めた――実玖を含め、当初からの経緯を知っている人間からすれば、それは疑いようもないことだった。

「異常な人間だとはわかっていたけれど、あそこまでヤバいやつだったとは思わなかった」というのは、実玖の恋人だった岡本春平《おかもとしゅんぺい》が後に語った言葉だ。

だけどね、刑事さん、それよりヤバかったのは、そんな嘘を信じるやつがいたってことなんですよ――

希美はまず、岡本に「あんたも裏切られていたのよ」と言い聞かせ、彼が動じないと知ると、三丸百貨店の本社宛に匿名でクレームを入れ、実玖の住むマンションのすべての郵便受けに豊原実玖を告発する文書を投函した。

少し前から夫の様子がおかしかった。帰りが遅くなり、帰宅後も、仕事でトラブルがあったと言って家を出ることが増えた。夫を問い詰めて携帯を見せてもらうと、たしかに通話先は百貨店だったが、興信所を使って調べた結果、取引先の女が浮気相手だった。

夫は私を裏切ったまま亡くなった。女のことが許せない。

実のところ、これをそのまま鵜呑《うの》みにした人はそれほどいなかった。出どころの不明な怪文書で、ひどく感情的な筆致だったからだ。

だが、それでも、豊原実玖が面倒なトラブルに巻き込まれているということは伝わった。そして、詳細についてはともかく、不倫自体は本当の話なのだろうと考える人も少なくなかった。

実玖と両親は慌てて近所に真実と経緯を説明して回ったが、後手に回った分弱かった。

なかったことを証明することは非常に困難だ。しかも、不倫相手だとされた有吉勝吾は既に亡くなっている。

何より、取引先の男性と不倫をした女というのは理解しやすくても、急死した夫が死の間際、仕事相手に連絡をしようとしただけでその相手をつけ回し、嘘まで言いふらして追い詰める人間は理解しづらい。

希美は常識では考えられない言動をしたからこそ、ありがちな嘘を信じさせることができたのだった。

「正常性バイアスというやつですね」と、当時、正太郎と一緒に聞き込みをしていた同じ班の小野航基《おのこうき》が言ったのを、正太郎は今でも覚えている。

実玖の置かれた状況は、あまりにも唐突で理不尽で、誰もが巻き込まれたら回避することが難しい災難だった。自分の日常は平穏に続いていくのだと信じたい人間としては、豊原実玖は人様の夫を寝取ったから、報いとして悪い噂を流されている、という筋書きの方が受け入れやすかったのだ、と。

実玖が怪文書を手に恋人の岡本と署の生活安全課に相談に訪れたのは、この段階だった。

署員は時間をかけて被害状況を聞き、調書を取った。

対応した上田佳苗《うえだかなえ》という女性警察官は、すぐに警察のデータベースで有吉希美の情報を調べた。そして、彼女が六年前、元夫へのストーカー行為で接近禁止命令を出され、それに違反して罰金刑を受けていたことを知った。

該当行為は裁判所の判決が出て以降収まったようだが、経歴から考えて、豊原実玖の訴えに真実味があると感じたという。

けれど、当然のことながら、実玖に対して有吉希美の前科を話すわけにはいかなかった。名誉毀損罪、業務妨害罪に該当するかを検討しなければならない以上、状況を正確に把握しなければならない。できるだけフラットに事実関係、出来事の日時を整理していったそうだ。

だが、警察に来るまでに疲弊しきっていた豊原実玖は自分の訴えが疑われていると感じ、もういいです、と泣きながら話を打ち切ってしまった。

実玖は心療内科に通い始め、鬱病との診断書をもらって休職した。外に出るのが怖い、と引きこもるようになってしまった実玖のところへ、岡本は足繁く通い続けた。

そんな時期がひと月ほど続いたある日、岡本は、いっそこのまま仕事を辞めて結婚するのはどうだろうと提案した。

ひどい災難に巻き込まれてしまったけれど、職場の同じ部署の人たちは実玖が完全なる被害者であることを知っているし、転職するとなれば応援してくれるだろう。こんなことのために退職するのは不本意だろうが、いつまでもあの女にかかずらっていたのでは人生がもったいない。ちょうど自分には大阪本社への転勤の話が来ていたところだから、それを受けて二人であちらに新居を構え、新しい勤務先を探してはどうか。物理的に距離ができてしまえば、あの女もさすがにあきらめるだろう。

実玖は快諾し、気持ちは上向いてきていたという。夫の転勤に合わせて転職するというのは珍しくない話だ。周囲に残された誤解も、ほとぼりが冷めれば時間をかけて解いていくことはできる。

何より自分には、信じて支えてくれる恋人や家族がいる。何もすべてを壊されてしまったわけではない――岡本に対してそんな言葉を口にし、岡本も、やっと前向きな彼女に戻ってくれたと安堵《あんど》していたそうだ。

それから二週間後、二人で宮崎県にいる岡本の両親に挨拶《あいさつ》に訪れ、新居はどんな間取りがいいか話しながら帰宅し——けれど、その翌日、豊原実玖は自宅マンションの八階の外階段から転落して死亡した。

自殺のわけがない、と岡本は主張した。

実玖は新しい生活に対して希望を持っていた、こんなタイミングで自ら命を断つわけがない、と。

ただ、実玖の両親の話では、死亡当日、実玖は朝から様子がおかしかったという。岡本の実家から戻って以降、疲れた、と言って部屋に閉じこもっていたそうだ。

両親としては、不安を抱きつつも、本当に疲れているのだろうと考えていた。久しぶりの外出で飛行機にまで乗ったのだし、そうでなくとも婚約者の両親に会いに行くというのは緊張するものだ。帰宅した途端にどっと疲れが出たのだろう、と。

しかし、その夜に転落死したとなれば、話は変わってくる。

いくら精神状態が回復傾向にあったとしても、揺り戻しというものはある、というのが、実玖を診察していた心療内科医の見解だった。

新生活への期待が芽生えたからこそ、もし引っ越し先にも有吉希美が現れたら、という不安はかき消せないものになったのではないか。どうせまたどん底に突き落とされるくらいならば、幸せな可能性が残っているうちに人生を終わらせてしまいたい

——鬱病の患者の中にはそうした考え方をする者も少なくないらしく、起き上がることもままならない急性期よりも、多少動けるようになった回復期の方が要注意なのだと心療内科医は語った。

実玖の両親は、聞き取りを行った機捜隊員に対し、どうして被害届を受理してくれなかったのか、もっと真摯《しんし》に対応してくれていたら、娘はここまで追い詰められることもなかったのに、と訴えた。

捜査員個人としては、不憫《ふびん》に思う気持ちもあっただろう。けれど警察官として、ここで、謝罪することはできなかった。それは公的機関である警察の判断を否定することだからだ。非があったと一度認めてしまえば、取り消すことはできなくなる。生活安全課の対応について不適切な点はなかった旨を説明し、弔意を示す以外に、一捜査員にできることはなかった。

実玖の両親も、本当に警察にすべての責任があるとは思っていなかったようだ。どうしてちゃんと娘の話を聞いてやらなかったのか、ずっとそばについていれば、夜中に家を出たのにも気づけたはずなのに、と自分たちを責め、捜査員たちも、これ以上警察にできることはないと判断して豊原家を辞去した。

だが、翌日、「マンションの外階段で人影を見た」という女性の声の通報が入ったことで状況が一変する。

目撃者は名乗らず、証言の信憑性も不明だったが、何やら二人の女性が揉めている様子だった、会話の内容は聞き取れなかったものの、片方は中年のように見えた、という情報を受け流すわけにはいかなかった。

飛び降り自殺だと断定したところから一転、殺人事件である可能性が浮上したのだ。

真っ先に挙がった容疑者は、当然のことながら有吉希美だった。

機捜から捜査を引き継ぐことになった所轄署の刑事課強行犯係は、有吉希美に任意同行を求め、改めてマンション住民への聞き込みを開始した。

正太郎が最初に小野と共に聞き込みをしたのは、グランドシーサーあざみ野の一〇一号室に住む原口《はらぐち》家だった。

豊原家のある八〇一号室の真下に当たる部屋だ。

家族構成は、四十代の夫婦に、小学生の男の子が二人。

訪問時には全員が在宅していて、夫婦は困惑気味に「うちは豊原さんとは特に交流がなかったから」と顔を見合わせ、子どもたちは「警察！」「すげえ、マジもんじゃん！」とはしゃいだ。

正太郎が「上がらせていただいても」と尋ねると、夫人は「散らかってるので……」と渋い顔をしたが、他の住民が通りがかったのをちらりと見て、「ちょっと待っててください」とドアを閉めた。

五分近く待っただろうか。

室内はそれほど乱雑なようにも見えなかったが、廊下に面したドアがすべて閉じられていて、中から「何で俺の部屋に洗濯物入れんだよー」という子どもの声が聞こえてきた。

通されたダイニングテーブルの端にはふりかけの袋や小学校のものらしいプリントが寄せられており、椅子の背には戦隊モノのシールが所狭しと貼られている。

麦茶を入れたグラスを持って現れた夫人に礼を言って口をつけ、正太郎は「豊原さんの話なんですが」と改めて切り出した。

「話って言ってもねえ」

正太郎の正面に座った夫は、困ったように眉尻を下げる。

「豊原さんが亡くなった七月十二日の深夜はみなさんご在宅でしたか」

「もうみんな寝てましたけど……それが何か」

夫が、心持ち不安そうな視線を向けてきた。

正太郎が「こちらが転落地点から一番近いお宅なので、何か音を聞いていたりしないかと」と説明すると、「ああ、そういうことですか」と頬から強張《こわば》りを解く。

「そりゃあ聞きましたよ。すごい音でしたから」

「その前後に何か足音とか人の声を聞いたりとかは」

「さあ、音がする前は寝ていましたし、その後もまたすぐ眠ってしまったから……」

夫婦は申し訳なさそうに身を縮めた。

「何だろうとは思ったんですけど、翌朝も早く起きなきゃいけなかったもので」

「私も、あの、寝間着でいたものですから、様子を見に行って知り合いに会ったら嫌だなって……」

「なるほど」

正太郎は相槌《あいづち》を打つ。

実際のところ、マンション住民の中で転落直後に外まで確認しに出たのは、通報者の舟島洋平を含めた数人だけだった。救急車やパトカーが駆けつけたところで少し人数は増えたようだったが、彼らからも特に不審な目撃証言は出ていない。

夫人は持ち上げかけたグラスをテーブルに戻すと、「あの」とか細い声を出した。

「あれって、ただの自殺じゃなかったんですか」

ほんの一瞬、どこまで話すか迷った。匿名の通報があったと伝えれば、何か別の情報を引き出せるかもしれない。だが、正太郎個人の感触としては、通報はいたずらの可能性が高いと感じていた。

転落現場に他者がいたと示唆するものは、現時点で通報の内容しかない。本当に現場に他者が――それも、マンションの住民ではない有吉希美がいたのであれば、転落直後に外へ出てきた舟島たちにまったく目撃されていないというのもおかしい。捜査員の姿がなくなるまで隠れていられるような場所はマンションにはなかった。

ただし、現場の状況に気を取られていた住民たちが背後を通過した人間に気づかなかった、という線はありえなくもない。

結局、正太郎は「捜査ってのは、いろんなことを確認するものなんですよ」と曖昧《あいまい》にはぐらかす方を選んだ。

「他のお宅にもうかがっているんですよ」と言い添える。

夫の方が、幾分《いくぶん》かリラックスした、そしてわずかに好奇を滲ませた様子で、「豊原さんの娘さんって、あれでしょう、あの、不倫をしていたっていう」と尋ねてきた。

「いえ」と答えたのは小野だった。

「現時点で、そうした事実は確認できていません」

捜査員としては話しすぎだと正太郎は思ったが、小野の気持ちもわからないではなかった。自殺にしろ、他殺にしろ、誤った情報が残されるのは被害者にとって不憫なことだ。

「そうなんですか。……いや、何だかすごいことが書いてあるビラが入ってたから」

夫は、腑に落ちないような顔をしたものの、それ以上聞いてくることはなかった。

有吉希美の写真を他の無関係の男女の写真の中に混ぜて見せたが、特に感触はない。

「そういえば、納涼縁日の案内を見たんですが、こちらのマンションではああいう住民イベントをよくやっているんですか？」

正太郎は、できるだけ世間話のようなトーンになるよう意識しながら切り出した。この
エントランスの張り紙には、〈七月二十九日（日）、ピロティにて〉とあった。この手のイベントを通じて、他に豊原家と親しく交流している家族がいないかと思ったのだが、夫は「ああ、あれは初めての試みなんですよ」と答えた。

「どうも子どもの足音がうるさいって苦情が多いらしくて、今年新しく決まった理事会長さんが、交流が少ないからいけないんだって張り切っちゃって」

うちは一階だから足音は気にしなくてもいいですけどねえ、と首筋に手を当てる。

「こちらはお庭もあるし、お子さんものびのび遊べますね」

と正太郎は話を合わせた。

「いや、でもねえ」

夫は、眉根を寄せてグラスの外側についた水滴を拭《ぬぐ》う。

「正直、今回のことは外階段の方だからまだよかったけど、ベランダから飛び降りてたらと思うとゾッとしますよ」

嫌なものを見るような視線を窓の方へ向けた。半分開かれたカーテンの間からは、ネットに長いつるを巻き付かせたゴーヤが見える。

「もし昼間の時間帯だったら、庭で遊んでる子どもたちが巻き込まれたかもしれなかったわけでしょう」

夫は妻の方を向き、「なあ」と同意を求めた。

「やっぱりマンションってのはこういうリスクもあるんだよな」

今回のような特殊な事例を集合住宅のリスクと捉えるのは、いささか乱暴な気もしたが、夫は「俺の言う通りにして正解だっただろ？」と続ける。

何の話だろうと聞いていると、夫は正太郎に顔を戻し、

「いえね、実はうちはもうじきここを売って戸建に引っ越すんですよ」

と言った。

「子どもたちの学区が変わらない場所にいい物件を見つけましてね、ちょうど先週本契約を済ませたところなんです。今はローンの本審査中ですが、契約が終わり次第転居する予定なんですよ」

そこで唐突に席を立ち、廊下へ出てすぐに戻ってくる。

「おい、あれどこに置いた」

夫人を叱りつけるように言い、「物件のやつだよ」と語調を強めた。

夫人は、無言で顔を伏せて立ち上がり、リビングボードの上からパンフレットのようなものを取り、夫に渡す。

夫はひったくるように受け取ると、正太郎たちの方へと向き直り、「これなんですけどね」と声を弾ませながらパンフレットを開いた。

「いい家でしょう？」

正太郎と小野は、ひとまず視線を落とす。

目に飛び込んできたのは、〈ママの笑顔で家族も笑顔に！〉というポップな書体だった。

「キッチンから、リビングもダイニングも玄関も洗面室も和室も階段も見渡せるようになってるんですよ。逆に言えば、どこからでもキッチンが見える形でもあるわけです。いつもキッチンが家の中心で、どの部屋へも数歩で行けるっていう」

夫の言葉の通り、たしかに少し変わった間取りの戸建だった。

玄関から入って扉を開けるとすぐに大きなリビングダイニングがあり、その真ん中に浮かぶ島のようにキッチンが配置されている。

「ママのための家として設計されたそうでね、実はこれを家内の誕生日にサプライズでプレゼントしたんですよ」

「サプライズ？」

正太郎が聞き返すと、夫は満足げにうなずいた。

「こっそり探して、こっそり準備してね。で、誕生日に連れて行って、じゃーん、とお披露目したわけです」

夫人はどこか居心地が悪そうにうつむき、

「あなた、そんな話刑事さんに……」

と、小さく夫の袖《そで》を引いて咎めたが、夫は構わずに「この家のいいところは、家族のコミュニケーションが取れることなんですよ」と続ける。

「いつでもママが家族の近くにいて、会話が弾むようになっている。子どもたちが大きくなってからも交流が絶えないようになっているんです」

「ほお」

正太郎は入り口に暖簾《のれん》がかかったキッチンに目をやった。

「中古なんですけどね、前の住人が海外に移住することになって早く現金化したかったそうで、相場からするとかなり安めに不動産屋に売却したそうなんです。で、うちはその不動産屋から直接買うってんで、仲介手数料とかがかなり浮いて――」

夫は上機嫌だったが、これ以上ここにいても意味のある話は聞けそうになかった。

話が途切れたタイミングを見計らって席を立つ。

不満そうな顔をした夫へ、「また何かうかがいたいことが出てきたらお願いします」とお決まりの言葉を口にして辞去すると、隣から小野がため息をつく音が聞こえた。

正太郎も首を回して鳴らす。

無駄足は慣れている。元々、関係のない話を延々と聞いて回って、ごくたまに価値がある情報に辿《たど》り着けたら御の字の仕事だ。

だから、収穫がなかったことに気落ちしているわけでも、時間の浪費に終わったことに苛立《いらだ》っているわけでもなかった。

ただ、嫌な感じの疲労感があった。

マンションで自殺や他殺などの事件が起こった際、自宅の資産価値が下がることを懸念する人は少なくない。聞き込みに行って、どうしてくれるんだ、と食ってかかられたこともある。あんたたちが出入りするせいで売却話がダメになったじゃないか。あんまり大げさに捜査なんてされると外聞が悪くなるんだよ――

だが、安堵されたのは初めてだった。

家を買うというのは、人生の一大事だ。

大抵の人は何十年もローンを組んで購入する。住んでみたら不便があった、隣人が面倒な人だった、とわかっても、取り返しがつかない。

これまでに刑事として、あるいは交番勤務の頃に関わってきた事件の中でも、いわゆるご近所トラブルに端を発しているものはいくつもあった。騒音、ペット、ゴミの回収問題——一つ一つは些細《ささい》なことでも、生活の中で継続して起こるとなると黙っていられなくなる。

最も確実な解決方法は引っ越すことなのだが、購入した家ではなかなかそうもいかない。

だからこそ、購入するときは不安がつきまとう。本当にこの物件でよかったんだろうか、後悔することになりはしないか、と。

物件情報を購入希望者の次によく見るのは、既に家の購入を決めたばかりの人なのだという。ここよりは良い、ここよりは安い、とあえて少し見劣りする物件を探して気持ちを落ち着かせるのだそうだ。

エレベータに乗り込みながら小野に話すと、

「所帯を持つってのも大変ですね」

と同情と呆れが混じったような声が返ってきた。

次に正太郎たちが訪れたのは、六〇四号室の杉本《すぎもと》家だった。

家族構成は、五十代の夫婦と一人娘。土曜日の昼間だったが、夫は仕事中とのことで不在、在宅していたのは、妻と、里帰り出産で実家に戻ってきている娘、産まれたばかりの赤ん坊だった。

当たりをつけて行ったわけではなく、単に割り当てられた中の一つだったのだが、この家の陽子《ようこ》という娘が実玖の小、中学校の同級生だった。

先月出産したばかりで、嫁ぎ先は茅ヶ崎の方だという陽子は、胸に赤ん坊を抱えたスウェット姿のまま、「こんな格好ですみません」と小さく頭を下げた。

「みっちゃんのことなんですよね？　わたし、信じられなくて……」

陽子は化粧気のない目を赤らめる。赤ん坊よりも自分を落ち着かせるために上体を前後に揺すっているように見えた。

「実玖さんからお話は聞いていましたか？」

正太郎が尋ねると、いいえ、と首を振る。

「里帰りしてきたのは先月の頭なんですけど、予定日よりもちょっと早く産まれちゃったから、あんまり外に出ていなかったんです」

「産んだ後、一ヵ月くらいは家で赤ちゃんと過ごすものなんですよ」と言い添えたのは、ソファに並んで座った陽子とよく似た顔の母親だ。

「それじゃあここ最近で実玖さんと顔を合わせることは」

「なかったです」

陽子は悔いを滲ませるような声音で言ったが、実際のところ、彼女がよく出歩いていたとしても、おそらく実玖と顔を合わせる機会はなかっただろう。

実玖は休職して以来ほとんど外に出ていなかったようだし、この一週間で外に出たのは岡本の実家に行くときだけだったというのだから。

「みっちゃん、変な人につきまとわれてたんですよね？」

「その話は、どちらで」

「私が実玖ちゃんのお母さんから聞いたんです」

母親が顔の横で手を上げた。

「ほら、変な紙がポストに入っていたことがあったでしょう？　それで、エントランスで会ったときに、大変みたいだけど大丈夫って声をかけたんです。そしたら、違うのよ、あれはって……話を聞いて、そんな無茶苦茶なことがあるんだって驚いて」

困惑から未だ覚めないような表情で、娘の方を見る。

「怖いわねって、二人で話してました。そんな天災みたいなの、避けようがないわよねって」

正太郎は、ええ、と相槌を打ちながら、手帳に〈母親から詳細〉と書き込んだ。

「ちなみに、この辺りで不審な人物を見かけたことは」

「わかりません」

母娘は目を伏せて答えた。

「たぶんなかったと思うんですけど、来客自体は珍しいことじゃないですから。マンションの住民じゃない人を見かけても、別におかしくは思わずに通り過ぎてしまった気もします」

それはそうだろう、と正太郎も思う。

しかも、有吉希美は少なくとも外見だけは無害そうな中年女性だ。

そして残念ながら、このマンションには防犯カメラが設置されておらず、オートロックも付いていなかった。

原口家でしたように、有吉希美の写真を含む数枚の写真を見せて「この中で見たことがある人はいませんか」と尋ねたが、母娘は揃って首を振る。

短い沈黙が流れた。

陽子はすやすやと眠る赤子を見下ろし、とん、とん、と柔らかい手つきで尻の辺りを叩いている。

何かもう少し取っかかりが見つかってから改めて話を聞きに来た方がいいかもしれない、と考えたとき、

「みっちゃんが自殺だなんて、本当に信じられない」

陽子は、ぽつりとつぶやいた。

自殺――目撃証言については知らないのだ。ペンを持ち直し、陽子をじっと見つめ

る。

「なんていうか……うーん、上手く言える気がしないんですけど」

「気になることがありました？」

穏やかに促したのは、小野だった。

正太郎よりも二十歳以上年下の小野は、正義感が強く、熱くなりがちなところもあるが、声がいい。低く、相手を落ち着かせるような静かな温かみのある声なのだ。

「気になることっていうか」

陽子はそれでも口ごもり、さらに「変なふうに受け取られたら嫌なんですけど」と前置きをしてから続けた。

「なんていうか、わたし、みっちゃんは誰かを自殺させちゃうことはあっても、自分が自殺しちゃうことはない感じがしていたんです」

「自殺させちゃう？」

小野が問い返すと、えーと、やっぱり変なことを言っちゃってる気がする、と身を縮める。

「変なことじゃないですよ。よかったら話してください」

小野はゆったりとした声音で先を促した。

陽子は、それでも数秒考え込んだ後、意を決したように顔を上げる。

「みっちゃん、中学のときにも、なんていうか、あぶない子に振り回されていたことがあったんです」

「あぶない子」

小野は、子どもの話を聞くように復唱する。陽子は、はい、とうなずいた。

「あぶない子っていう言い方はひどいかもしれないけど、なんか、危なっかしい子というか。よくリストカットとかをしていて、誰と絶交した、とか、親友だから、とか、そういうちょっと子どもっぽい言葉を使う子で」

「誰かに依存しがちな？」

「そう、依存体質の子に依存されていたんです」

ちょうどいい言葉を見つけたというように、微《かす》かに身を乗り出す。

「で、みっちゃんはそういう子の相談に乗ってあげるんですよ。親身になって話を聞いてあげる。それでその子はどんどんみっちゃんに依存していって、みっちゃんを振り回すんです」

陽子は、赤ん坊を抱く腕に力を込めた。

「死にたいって電話がかかってきて、慌てて家に駆けつけたこともあるって言ってました。すごく怖かった、どうしたらいいかわからないって、みっちゃんまで不安定な感じになっちゃって」

「共依存になりがちなところがあった？」

小野が言葉を挟む。その表現で伝わるだろうかと正太郎は思ったが、陽子は理解したようで「いえ」と否定した。

「共依存って、あれですよね？　誰かに頼られる人間でいたいとか、弱っている子を助けてあげる自分に酔ってるとか、依存されている側も相手を必要としているってい う」

陽子の表現は一面的ではあったが、訂正せずにいると「そういうんじゃないんです」と続ける。

「これ以上は自分の手に負えないってところまで来ると、ちゃんと線を引いて、他の人に助けを求めるんです。限界を超えてまでつき合ってあげることはなくて、だから共依存とか、そういう感じじゃなかったんですけど」

自分でも納得がいかないように首を傾げた。

「なぜかみっちゃんって、そういう人を吸い寄せちゃうんですよね」

「中学のときのその子だけじゃなかった？」

「考えてみたら、小六、小六のときにも別の似たような子のことで困ってたなって」

正太郎は、小六、とだけメモを取った。

「人の頼みが断れないタイプとか、そういうんでもないんですよ。たとえば、クラスメイトに宿題を見せてとか頼まれたら、普通に断ってました。やだよー自分でやんなさいって、嫌味にならない感じで言って、ケチって言われても、ケチで結構、なんて答えて。だからわたしも、なんでなのかはわからないんですけど……やっぱり優しいからなのかなあ」

視線を宙にさまよわせ、数秒してから、ああ、そうだ、と姿勢を戻す。

「そういえば、前にみっちゃん、怒るみたいな感情が少ないんだって言ってたことがあったんです。悲しいとか、落ち込むとかはあるけど、あんまり人を嫌いになることがないんだって。もしかしたら、そういう絶対に拒まれない空気みたいなのを、依存したいタイプの人は感じ取るのかもしれない」

絶対に拒まれない空気を感じ取る——

「みっちゃんが悪いわけじゃ全然ないんだけど、でも、ちょっと心配だなって思うことはありました。なんか、そういう人を引き寄せちゃう感じっていうか……しかも、引き寄せられた側は、最初は救われるんだけど、結局彼女が手を引いたことで余計にひどい状態になってしまうんです。最後まで面倒がみきれないんなら、最初から優しくなんてしてあげない方がいいんじゃないかって……わたしが冷たいだけかもしれないですけど」

今回の人だって、みっちゃんはいったんは相手してあげちゃったわけでしょう、と陽子は表情を曇らせた。

赤ん坊の額をそっと撫で、息を吐く。

この子、優華《ゆうか》って名前なんです、とつぶやくように言った。

「優しい子に育って欲しいと思ってつけました。だけど……優しいって、何なんでしょうね」

もう一つ、この事件に関する捜査で印象に残っているのは、有吉希美の元夫の言葉だ。

都内のスポーツ用品店に勤める半田大祐《はんだだいすけ》は、正太郎たちが店を訪ねて行ったとき、客にバドミントンのラケットを紹介していた。

それぞれどんな特徴があって、どういうプレイスタイルにおすすめで、客の体型に合うサイズはどれか。売り込むというより本当に紹介している感じで、各メーカーのラインナップを丁寧に解説し、客の素振りを見ながらグリップの太さを調整して、その客にとって一番良い形を探っていく。

客が購入を決めると、さらに店の外に出て実際に打ちながらガットの硬さを調節し、ラケットを胸に抱いて満足気に帰る客を穏やかな笑みで見送った。

半田が一人になったところを見計らって、「随分お詳しいんですね。バドミントンをやっていたんですか」と声をかけると、半田は少し驚いた顔をしたものの、「いやあ、まだまだですよ」と短く刈り上げた黒髪を照れくさそうに掻いた。

「専門はテニスなんです。うちで扱っている商品についてはできるだけきちんと説明できるように勉強しているんですけど、専門でないものはなかなか」

謙遜《けんそん》するふうでもなく言い、「今日は何かお探しですか？」と健康的に焼けた顔を正太郎と小野に交互に向ける。

正太郎は、店内に客がいないことを横目で確認してから、実は、と用件を切り出した。

すると、それまでの朗らかな表情が、はたき落とされたように一瞬で消える。

「私は何も知りません」

半田は温度を感じさせない声で言い、唇を引き結んだ。

「有吉希美さんとは、」

「あれとはもう何の関係もないんです」

遮《さえぎ》るように重ねられた声は、口調に変化がなかったからこそ、悲痛に響いた。

資料によれば、半田と希美の出会いは半田が三十一歳、希美が二十五歳のとき、半田がインストラクターとして勤めていたテニススクールに希美が通い始めたのがきっかけだった。

最初は健気な子だと思っていた、というのは、半田が希美のストーカー行為について生活安全課に相談に来たときの証言だ。

たとえばね、私がテニス観戦が好きなんだって話をすると、彼女もテレビで観られる中継を全部観るんですよ。私の話についていけるように、選手の名前とかプレイの特徴とかをノートにまとめて勉強する。好きな芸能人を訊かれて答えると、次に会ったときはその人と同じ髪型で現れる。ちょっと自分というものがなさすぎるんじゃないかと心配になったりもしましたけど、でも、彼女の生い立ちを考えるといじらしい気もしたんです――

希美の生い立ちとは、両親から虐待を受けていた、というものだった。

現在の両親は再婚で、継父も母親も再婚後に産まれた弟ばかりかわいがって、あたしはしょっちゅうご飯を抜かれて押し入れに閉じ込められていた――聞けば聞くほど希美の話は具体的になっていったらしい。

母と実父が離婚したとき着ていた服、最初に継父に会ったときにもらったプレゼントがシルバニアファミリーのセットだったこと、弟が産まれた日に学校で食べた給食のメニュー――

だが、半田は結婚後、希美の両親にはそもそも離婚の事実はなく、弟も存在しないことを知った。

虐待に関する本や心理カウンセリングの本を読んで向き合おうとしていた半田は、呆然としたという。

それでも、押し入れに閉じ込められたりご飯を抜かれたりしていたのは本当だ、あなたに信じてもらえないと思って、つい大げさに話してしまった、と全身を丸めて泣かれると、希美が不憫に思え、嘘を咎める気にはなれなかった。

希美は、日によって精神状態が極端に変わった。

あなたみたいな人と初めて会った、あたしの今までの不幸はあなたに出会える幸運の代わりだったのかもしれない、と、半田に腕を絡ませて陶然と言う日もあれば、目を大きく見開き、こんなに冷たい人だと思わなかった、あんたはただ優しいふりがしたいだけの偽善者だ、と唾《つば》を飛ばして怒鳴り散らす日もあった。

怒鳴った後には必ず、ごめんなさい、自分でもどうしてこんなことを言ってしまうのかわからない、あたしなんかいない方がいい、と落ち込み、目の前で自殺をしてみせようとさえする。

半田は、希美がベランダから身を乗り出したり駅のホームから飛び降りようとしたりするたびに、やめてくれ、もういいから、俺が悪かったから、と必死に止めた。

しかし、結婚五年目に入ろうという頃、半田は限界を迎えた。

ある日ふと、思ったという。なんで自分はこんなに必死に止めているのか。そんなに死にたいなら死なせてやればいいじゃないか——

　どうせ許してくれないんでしょう、と首筋に包丁を当てて泣きわめく希美を止める気力もなく無言で眺めていると、希美は家を飛び出した。

　そして、「夫からDVを受けている」という相談を方々にして回るようになったのだ。

　半田の両親、友人、会社、近所の人——周囲の人々から向けられる視線が変わっていくのを感じながら、半田は、人の信用を失うのはこんなにも簡単なのかと痛感したという。

　いくら否定をしても、信じてもらえない。奥さんに暴力を振るっていただけでも最悪なのに、この上ごまかそうというのか、と責められる。

　何とかして希美を捕まえ、でたらめを言うのはやめてくれ、と説得しようとすると、その言動でさえもDVの傍証のように扱われた。

「過去には希美さんとの間にトラブルがあったと聞いていますが」

　正太郎は、過去、というところを強調し、DVという言葉は出さずに尋ねた。

　だが、半田の頰が痙攣《けいれん》するように引き攣《つ》る。

「……私は、DVなんてしていません」

「ええ、そう聞いています」

正太郎は慎重にうなずいた。

本当のところ、真実がどうだったのかはわからない。

半田と希美の主張は大きく食い違っており、事が家庭内のことだけに、他に証言者がいないからだ。

ただ、正太郎の個人的な感覚としては、DVの被害者がその加害者相手にストーカー行為をしていた、ということに違和感があった。

暴力を恐れていながら、その相手をつけ回すという心理が理解できないのだ。わからないからありえないと断言する気はないが、やはり筋が通っていないような気がする。

半田は、「あれは、目の前の人間を味方につけるためなら、平気でどんな嘘だってつくんですよ」と言って自らの手のひらを見下ろした。

「だけど、嘘をつくなと言われたのは私の方でした」

様々な感情を飲み込もうとするように、指先を丸めていって拳を握る。

「被害を訴えている人間がいるんだから被害はあったんだろう。DVの加害者には自分の行為がDVだなんて自覚がないものなんだ。あんたみたいに冤罪《えんざい》だと言い張る人間がいるから、被害者は余計つらい立場に置かれるんだ——そう、DV被害者の支援団体の人たちにも」

でも、本当にやってないんですよ、と半田は顔を上げて正太郎を見た。

「少なくとも、彼女が訴えていた内容は、どれも身に覚えがないことばかりでした。手を上げたことは一度もないし、日常的に怒鳴られていたっていうのも……たしかに彼女が自殺しようとしたときには大声を出しましたが、それ以外は、むしろ怒鳴られていたのは私の方だったんです」

実際のところ、本当は暴力を振るっていても、同じように主張する人間は存在する。だからこそ、密室空間で行われた加害の有無を証明するのは難しい。

「彼女がわざわざそんな嘘をつく理由がない、というのが、支援団体の人たちの言い分でした。離婚がしたいわけでも、慰謝料がほしいわけでもない。ただ、昔の優しかったあの人に戻ってほしいと泣きながら話している……そんな彼女に嘘をつくどんなメリットがあるんだと」

理由なんてはっきりしているのに、と半田は声を震わせた。

「では、希美さんは何を目的にそんなことを？」

「簡単な話ですよ。そう言えば構ってくれる人がいるからです」

「親から虐待を受けていたと半田さんに話したのと同じように？」

正太郎が合いの手を入れると、そうです、と身を乗り出す。

「それが、あいつのやり口なんですよ。俺が使えなくなったから、他の人間を探し始めただけで」

いつの間にか、半田の一人称は私から俺へと変わっていた。

「でも、その後も希美さんは半田さんに執着し続けたんですよね」

「なかなか次の相手が見つからなかったんでしょう。二十代で独身だった頃のようにはいかないとわかって、それで、やっぱり俺を元に戻すしかないと考えた。俺が慌てて止めようとするようなことをしでかせば、また構ってもらえるようになると思ったんでしょう」

しかし結局、半田は希美とは関係を断つ道を選んだ。

当時勤務していたテニススクールを退職し、家を出て離婚訴訟を始めたのだ。訴訟の間にも希美が半田へのつきまといを止めなかったことから、ストーカー被害の届けを出し、希美には裁判所から接近禁止命令が出された。離婚訴訟は長引いたものの、希美が接近禁止命令違反で罰金刑を受けたことを契機にようやく離婚が成立したという。

ただし、実際には希美が離婚に同意したのは、有吉勝吾との交際が始まったからだった。有吉に対し、元夫についてどのような説明をしていたのか、二人の関係がどのようなものだったのかは定かではないが、少なくとも有吉の存命中は希美が何かトラブルを起こしたという話は出てきていない。

「早く、あれを逮捕してください」

半田は、鍛えられていることがポロシャツの上からもわかる肩を細かく震わせて言った。

「あいつがやったんでしょう。目撃証言もあるなら間違いないじゃないですか」

お願いします、と背中を丸めるようにして頭を下げる。

「今年の春、再婚したばかりなんです。今、妻は身重で……」

正太郎は、〈妻、妊娠中〉と手帳に書きつけた。

ふいに、ある可能性が頭に浮かぶ。

半田は、有吉希美が逮捕されることを望んでいる。

有吉勝吾と交際を始めるまで自分にストーカー行為を続けていた希美の矛先が、有吉が死んだことで再び自分に――そして新しい妻に向くのではないかと怯《おび》えている。

今回はたまたま目撃証言があったから、殺人事件である可能性が浮上し、有吉希美に容疑の目が向いた。

そして、通報者は女性だった。

――もし、目撃証言が、半田の新しい妻によるものだとしたら。

たとえば、希美は夫が亡くなった段階で、半田に連絡を取ったとする。

希美の話を聞いた半田は、希美と豊原実玖の間に何があったか、おおよその事態を把握する。さらに、実玖が事故か自殺かすぐには判断できない状況で死んだことを知って、これは使える、と考えたとしたら。

正太郎は思考を巡らせながら、「もちろん、彼女が関与した証拠が出てくれば身柄を拘束することになります」と答えた。

「ただ、現時点ではまだ何も手がかりはありません」

ああ、と半田は呻《うめ》くような声を出す。

小野が、「ご心配な気持ちはわかりますが」と宥《なだ》める口調で言った瞬間だった。

「本当に？」

半田は、アスファルトに引かれた線をにらみつけながらつぶやくように言った。

顔を上げ、「本当にわかりますか？」と焦点の合わない目を小野へ向ける。

「刑事さんは、あれがどんな人間か知らんでしょう。あれにロックオンされるということがどういうことか」

「ロックオン」

耳慣れない言葉を正太郎が繰り返すと、先に口にしたのは半田の方だというのに、肩をぴくりと揺らした。

口を開きかけたが、結局何も言わずに閉じる。

この場で質問を重ねるべきか思案していると、半田の顔が見えない力で捻《ね》じられるように歪《ゆが》んだ。

「……ずっと、どうしてもっと早く逃げなかったんだろうと思ってきたんです。結婚なんてするんじゃなかった、せめて子どもの頃の話が嘘だとわかった時点で離れればよかった、と。でも」

今は、どうして止めてしまったんだろうと思っています、と半田は声を一段低くして言い、再び、自らの手のひらを見下ろした。

「あいつが死のうとしたときに俺が止めたりしなければ、今回被害に遭われた方だって死ななくて済んだんですよ」

——保身のためだけでもなかったのかもしれない。

正太郎は、ペンを持つ手に力を込めた。

目撃証言が出て、捜査をすることになったから、有吉希美の主張の信憑性が問題視されるようになった。

曖昧なまま放置されていた豊原実玖の不倫疑惑が、捜査の俎上に上がり、希美の狂言であることがほぼ確認された。

それが、有吉希美を生かしてしまった半田の、罪滅ぼしのようなものだったとすれば。

正太郎は思考を払い、一度聞き込みを切り上げることにした。

半田に確認しなければならないことはいくつもあるが、下手に憶測をぶつけるよりも、まずは裏取りを先にした方がいい。

礼を言って辞去し、店の駐車場に停めてあった車に乗り込むと、小野は、「一度も有吉のことを名前で呼びませんでしたね」とつぶやいた。

＊

「そこ、気に入りましたか」

正面から聞こえた声に我に返ると、山中は老眼鏡をかけ直して物件情報紙を覗《のぞ》き込んでいた。

「よかったら、内見《ないけん》してみますか。退去済みの物件だからすぐにでも見せてもらえるはずですよ」

「あ、いや」

正太郎は反射的に顔の前で手を振る。

「そうじゃなくて……たしか、前に事件があったマンションだなと」

捜査機密に触れないようにそれだけ言うと、山中は「よく知ってますね」と目を丸くした。

「かなり前の話ですけど……それに、殺人事件かなんて騒ぎになったのは一週間かそこらの話で、結局自殺だってことで片がついた」

片をつけたのは正太郎たちだ。

結局、有吉希美からは自供が取れず、証拠も上がらずに目撃証言の信憑性を疑う声が強くなってきた頃、豊原実玖の遺書が発見されたのだった。

発見したのは正太郎たちが聞き込みを行った一〇一号室の原口夫人で、庭に落ちているのを見つけて慌てて警察に届けに来たという。

角部屋である原口家は、転落地点から最も近い。風に飛ばされて原口家の庭に落ちた可能性は充分にあり、原口家に聞き込みに行きながら庭の確認を怠った正太郎たちは、上司の課長から大目玉を食った。

遺書の内容は家族や岡本への感謝と謝罪が主で、自殺の動機については短く触れられているだけだったが、どうやら岡本の両親から結婚を反対されたことを悲観したものと見られている。

息子から結婚相手として実玖を紹介された両親は、有吉希美の流している不倫の噂がまったくのデタラメであることを繰り返し説明されていたし、その点について実玖を疑っていたわけではなかった。

ただ、彼らは別のことに引っかかった。

実玖が心療内科に通院していることを案じたのだ。あなたが悪いわけじゃないのはわかってるのよ。だけど、結婚ってことはいずれ子どもを産むわけでしょう？

年齢や生活地域によっては、そうした偏見や差別が依然として存在することは珍しくない。だが、岡本が席を外した隙に、実玖にだけ話したということは、少なくとも息子に聞かれたら怒られるような考えである自覚はあったのだろう。

息子の前では結婚に反対する素振りを見せなかったことからして、それほど強い考えでもなかったものと思われる。実玖が岡本に相談していれば、岡本は両親に強く抗議して撤回させていただろう。

だが、実玖にはもう、そんな気力は残されていなかった。

一方、疑いが晴れて解放された有吉希美は「ほら、自殺だったじゃないの」と勝ち誇るように言ったという。

あたしは何もしていないって何度も言ったのに。あんたたち、訴えてやるから。

取り調べに当たった刑事は、自殺だったとしても、責任は感じないのか、と問わずにはいられなかった。

物理的に突き落としたんじゃなくても、精神的に追い詰めたのはおまえだろう、と。

だが、希美は『自殺ならいいじゃないの』と鼻を鳴らした。

『自分の意思で死ぬときを選べたんだから。……勝吾と違って』

『やっぱり、不倫は嘘だったのか』

刑事の問いに、希美は悪びれもせず『だって不倫みたいなもんじゃない』と開き直った。

『あたしとあの人の時間を奪ったことには変わりないんだから』

「このマンションはうちでも何軒か仲介をしてるんですけどね、当時は結構問い合わせが来て大変でしたよ。住民の方からとか、売却を考えていた方からとか、銀行の融資審査の方とか」

山中は、記憶を探るように宙を見上げた。

「まあ、でも、結局は自殺だったってことで落ち着きましたけど」

「自殺と殺人事件だとそんなに違うんですか」

「違いますねえ」

胸の前で腕を組んで、渋い顔をする。

「事故物件の告知ってのは、基本的に専有部――その部屋の中で死亡した場合じゃないと義務がないんですよ。外階段のような共用部で起こった飛び降りや事件は、別に買い主さんに伝えなくてもいいわけです。でも、殺人事件となるとニュースになっちまうでしょう。そうしたら告知もへったくれもないですからね。犯人が捕まっていない事件の場合なんかだと、下手をすると売却価格が半分以下になることだってある」

この物件はそういうことになる前にやっぱり自殺だったってことになったから大丈夫でしたけどねえ、と続けられた言葉に、口の中が苦くなる。

「どうしますかね、これ以外にも内見できる物件はいくつかありますけども」

山中は、物件情報紙をめくりながら言った。

「物件探しってのは縁ですからね。たまたま探しているときにいい物件が出てくるかってのは運ですし、すぐに決めなくても思い立ったときにいろいろ見てみるといいですよ」

現物を見ていくうちに、どんどん自分の中の基準がはっきりしてきますから、と目を細めたところで、顔を上げて老眼鏡を外した。

「そう言えば、今日は奥さんは」

正太郎は、いや、急に思い立ったもんで、と頭を掻く。

「それに、うちのはあんまりこだわりがないタイプだと思いますよ。今までいろんな家に住んできましたけど、どこでも上手くやってましたし」

実際のところ、官舎住まいを嫌がる警察官の伴侶は珍しくなかった。

職場での階級や人間関係が反映されることに疲れるという声もよく聞くし、子どもがある程度大きくなったところで家を買い、夫は単身赴任をする家庭も少なくない。だが、妻は、私は家族一緒がいい、官舎なら家賃が浮いて貯金ができるでしょう、と言って不平を唱えたことは一度もなかった。

近所付き合いも上手く、そつなくこなす方だったと思う。

押し出しは強くないが、流されやすいわけでもない。ほどほどの距離感をつかみながら、情報交換だけは抜かりなくやる。

「だけどねえ、台所の使い勝手だとか、家事の動線だとか、やっぱり奥さんじゃないとわからないこともあるでしょう。……今はこういう言い方をすると、台所に立つのは女の仕事だと決まったわけじゃないって怒られるんだけど」

山中はまた物件情報紙に目を落とす。

「いえね、ご家族で意見が合わなくてトラブルになることも結構あるんですよ。契約した後になって、やっぱり止めたいって相談されるケースとかね。まあ、大きい買い物ですから、気持ちはわかるんですよ。少しでも引っかかることがあると、今ならまだナシにできるんじゃないか、今を逃したらもう取り返しがつかないんじゃないかって、思っちまうんでしょう。ですがねえ、手付金を払った時点で既に取り返しはつかないんです。こればっかりはアタシにもどうもしてあげられません」

眉尻を下げ、ため息をついた。

「バブルの頃なんかじゃ、手付流しってんで、後で手付金を放棄することになってでも、とにかく良さそうな物件には片っ端から唾つけて回るなんて人もいましたけどね。普通の人にとっては手付金は大金です。通常は物件価格の一割だから三千万の物件でも三百万——とてもおいそれとあきらめられる金額じゃない」

「だけど、手付金を払って契約までしておいて、泣きついたら何とかなると思う方がおかしい気もするんですが」

正太郎は首を捻る。

気に入らない物件を買うことになるのも大金を捨てることになるのも嫌だ、というのはそれはそうだろうと思うが、やっぱり止めた、なんてことをいちいち受け入れて白紙に戻してやったりしていたら、売り主も仲介業者も商売上がったりだ。売り主は販売機会を逸することになるし、仲介業者は完全なるタダ働きになる。

「それがねえ、なまじっかローン特約なんてものがあるから、どうにかなるんじゃないかって期待しちまうらしいんですよ」

「ローン特約？」

「ローンの本審査が通らなかった場合だけ、買い主は契約を白紙に戻すことができるっていう特約です」

これが厄介《やっかい》なんですよ、と山中は眉根を寄せた。

「元々はね、買い主を保護するために盛り込まれたものなんですよ。契約して、いざ代金を支払うってときにローンの承認が下りなかったら、とてもじゃないけど払えんでしょう。そういう事態を防ぐために、契約前にローンの仮審査ってのをやるんですけど、これはあくまでも仮で、銀行の支店レベルでやるものなんで、稀に仮審査では通っても、本店で行う本審査では不承認ってこともあるわけです。で、これぱっかりは買い主の責任ではないんだから、仕方ないってことにしてあげましょうよって話で」

「なるほど」

「でね、お客さんの中には、何とかこれを使えば損をすることなく購入を止められるんじゃないかって考える人がいるんですよ。——あ、先に言っておきますけど、そもそもこれは無理な話なんで、覚えて帰らないでくださいね」

少し慌てたように言われて、正太郎は苦笑する。

「うちはそもそもローンを組むつもりがないんで」

「ああ、失礼。そうでした」

「これは完全に興味本位なんですが、どうして無理なんです?」

正太郎は、テーブルに肘《ひじ》をついて尋ねた。

「たとえば、仮審査から本審査までの間に別のローンを組んだりカードの支払いを滞《とどこお》らせたりすれば、信用情報にキズがついて本審査が不承認って形にできそうな気がするんですが」

「そういう故意に不承認にしたケースでは特約が認められないんです」

山中はきっぱりと答える。

「あくまでもローン特約ってのは、買い主に責任がない場合にのみ認められるものなんですよ。わざと使おうと思っても使えるもんじゃありません」

何か妙な話までしちまいましたね、お客さん、聞き上手ですなあ、と山中は笑った。

「ま、そんなわけで、家はちゃんと住む人全員の了解を取ってから決めた方がいいって話です。いやね、うちの母ちゃんなんかは、結構細かいことにうるさいんですよ。やれキッチンの形がどうの、やれ収納がどうのってダメ出しされて、あんたには任しちゃおけないって。一応アタシだってこの道四十年のプロなんですけどねえ、だけど母ちゃんにはかなわんです」

おどけた仕草で肩をすくめてみせる山中に、正太郎もつい笑ってしまう。

なるほどな、とテーブルに広げられた物件情報紙を眺めた。

たしかに、妻への労いを込めて、などと言いながら、考えているのは自分の希望ばかりだった。

妻のための家――そこで、ふいに、「ママのための家」というフレーズを思い出す。グランドシーサーあざみ野で聞き込みをしたとき、一階の原口家の夫に見せられたパンフレットだ。

「そう言えば、前にちょっと変わった間取りの家を見せてもらったことがあるんだが」

正太郎は、記憶を掘り起こしながら言った。

「変わった間取り？」

「何でも、母親のための家として設計された家らしくて、玄関から入ってすぐに広いリビングダイニングがあって、その真ん中にキッチンがあるっていう」

どう説明したものか、と思案したが、山中は「アイランドキッチンですね」とうなずく。

「アイランド？」

「島ですよ。ほら、島みたいにどの壁ともくっつかずにぽつんと置かれているキッチンでしょう」

「ああ」

言い得て妙だ。

「ああいうのがお好みですかな？」

「いや……恥ずかしながら、今になって妻のための家ってのはどんなのかと考えてみたら思い出したものだから」

なるほどねえ、と山中は立ち上がり、早速キャビネットを開けてファイルをめくっていく。

「あった。――こういうのですかね？」

差し出された物件情報紙には、まさに原口に見せられたのと似たような間取りがあった。

「そう、これですこれです」

正太郎は顔を近づけ、価格や築年数、駅徒歩分数などの詳細に目を走らせる。

だが、山中は「うーん」と小さく唸った。

「このタイプのキッチン、人気なことには人気なんだけど、奥さんによっては逆にものすごく不評なんですよ」

「不評？」

正太郎は目をしばたたかせる。山中は、

「これね、モデルルームとか、入居前の印象だと洒落《しやれ》ているし、いい感じなんですよ。だけど実際に使い始めると、どうも散らかっているのが隠しづらいって話でね。

ほら、壁がないし、どの部屋からもキッチンが見える形でしょう。キッチンってのはすぐに汚れるもんですからね。急な来客があったときとかに、どーんと真ん中にあるキッチンが整理整頓されてないと、どうしても散らかった感じに見えてしまうっていうね」

と眉根を寄せた。

正太郎の脳裡に、原口夫人の「散らかってるので……」という渋い顔が蘇る。家の中に通されると、室内はそれほど乱雑なようにも見えなかったが、廊下に面したドアがすべて閉じられていて――

あのとき、原口は、「サプライズ」で妻に家をプレゼントしたのだと言っていた。契約を済ませ、後はローンの本審査が通るのを待つばかりだと――だが、果たして原口夫人は、あの新しい家を本当に気に入っていたのだろうか。

そう考えた瞬間、つい先ほど、山中から聞いたばかりの話が浮かび上がった。

――もし彼女が、こんな家は嫌だ、と思っていたとしたら。

だが、手付金を放棄しない限り購入をやめることはできない――そのとき彼女は、ローン特約さえ使えれば、と考えはしなかっただろうか？

山中の話によれば、ローン特約はローンの本審査の不承認が買い主の責任によるものである場合には認められない。

彼女はあきらめるしかないと思っただろう。今さらここで不満を述べたところで、どうなるわけでもない、と——だが、そんなとき、豊原実玖が彼らが住むマンションで飛び降り自殺を図った。

山中は言っていた。

共用部で起きた自殺では、告知義務はなく、資産価値にそれほど影響はない。

しかし、それが殺人事件となれば、売却価格に大きく影響する可能性がある、と。

家の買い替えを前提にローンを組むならば、銀行は売却予定のマンションの相場価格を基準に計算して、どれだけ融資できるかのローン審査を行うはずだ。

——殺人事件だと思われて売却予想価格が落ちれば、ローン審査が下りなくなる。

あの件は、豊原実玖の遺書が発見されたことで自殺と断定され、捜査は打ち切られた。

殺人事件かもしれない、と考えられるようになった契機の「目撃証言」は、ただのいたずらか——あるいは、有吉希美の矛先が再び自分に向くことを恐れた半田大祐の新しい妻ないし近親者による虚偽通報ではないかと考えられた。

だが、と正太郎は乾いた唇をなめる。

考えてみれば、原口夫人が庭に落ちていた遺書を発見するのにあれほど時間がかかったのも不自然だった。

あの庭には、ゴーヤが植えられていた。

家庭菜園をしていれば、普通は定期的に状態を確認する。一週間も庭に出なかったとは考えにくい。

ぞくり、と悪寒のようなものが足元から込み上げてくる。

遺書を見つけていながら、すぐには出さなかった。――ローンの本審査が終わるのを待っていたから。

「どうします？　せっかくだし、今日いくつか内見してみますか？」

山中は、人好きのする笑顔を向けてくる。

正太郎は、いえ、と伏せた顔を上げることができなかった。

通報が、彼女によるものだったのかはわからない。

だが、もしこの仮説が正しかったとすれば、彼女は殺人事件の可能性を浮上させた上で、いつでも任意のタイミングで騒ぎを収束させられたということになる。

無事に契約を白紙に戻した後、本格的に捜査本部が立ち上がってニュースになってしまう前に。

「ここのアイランドキッチンも、退去済みだからすぐに内見できますけど」

山中が、テーブルの上の物件情報紙を指さす。

正太郎は、ぽつりと家の中心に据えられた島を見下ろしたまま、また妻と来ます、と小さく答えた。

影を喰うもの

方丈貴恵

Message From Author

なんと、二年連続で『本格王』にご選出を賜れるとは！　この上なく嬉しく光栄に感じております。誠にありがとうございます。

この短編は『小説現代』2021年9月号の「令和探偵小説の進化と深化」という〝特殊設定ミステリ〟をテーマとした特集に寄稿したものです。今回は、前々から描いてみたいと思っていた「二者択一」のシチュエーションと特殊設定ミステリのコンビネーションに挑戦をいたしました。

これまでに私が発表いたしました長編・短編とは、また少し味わいの異なる物語に仕上がったのではないかと思います。

お楽しみ頂けますと幸いでございます。

方丈貴恵（ほうじょう・きえ）
1984年、兵庫県生まれ。京都大学卒。在学中は京都大学推理小説研究会に所属。2019年、『時空旅行者の砂時計』で鮎川哲也賞を受賞しデビュー。第2作『孤島の来訪者』は〈2020年SRの会ミステリーベスト10〉第1位に選出。22年刊の第3作に『名探偵に甘美なる死を』がある。

闇夜に虹色の魚がはねた。羽衣《はごろも》のようにひらめいて小石を巻き上げる。瞬《まばた》きをすれば見《み》逃《のが》してしまうほどの、刹那の跳躍《ちょうやく》だった。

紫がかった尾びれは、羽衣のようにひらめいて小石を巻き上げる。

魚は歓喜に身体を震わせ、空中にその身を舞わせた。ランタンの光に照らされ、鱗《うろこ》の一枚一枚が宝石めいた煌《きら》めきを帯びる。ガーネット、エメラルド、ラピスラズリ……。

ただし、背びれだけが黒い。

僕は声を上げることすらできずに、魚がゆるやかな放物線を描いて飛び去るのを見送った。やがて、魚は紅葉《もみじ》の木の根元へと落ち、そのまま地面へ吸い込まれるように姿を消してしまう。

世界で最も美しいけれど……誰もが出会わぬことを願う魚。

最初、僕は寝ぼけていた。だから、見たものが現実なのかどうかさえ覚束《おぼつか》なかった。

夢見心地のまま、魚がはねた場所へとふらふら進む。

白っぽい石の傍《そば》で、イタチがどす黒《ぐろ》いものを吐き出して倒れていた。

『……影魚《かげうお》の跳躍は、死と破滅をもたらす』

そんな不吉な言葉が蘇《よみがえ》る。僕はしゃがみ込むと、恐る恐る懐中《かいちゅう》電灯をイタチへ向けた。

光あるところに必ず存在するはずの、影がなかった。

懐中電灯の角度を変えようと光量を変えようと、臓物《ぞうもつ》を口から零《こぼ》れさせるイタチの背後に……見慣れたあの黒い分身は生まれない。僕自身の影や石の影は間違いなく、ここに存在しているというのに。

「影を食べられた、のか」

茫然《ぼうぜん》としてそう呟きながらも、僕は自分の幸運に感謝していた。

万一、眠りこけている間に影魚に遭遇《そうぐう》していたら、僕もイタチと同じように影を貪《むさぼ》り喰われ、命を落とすことになっていたかも知れない。

でも、そんな安堵《あんど》はすぐに吹き飛んだ。

……低木に引っ掛けられたランタンの傍では今まさに、僕の親友が眠っているじゃないか！

「大変だ、起きて！」

僕はそう叫んで立ち上がった。

呼びかけに応じて目を覚ましたのは、四国犬のプルートーだった。僕の愛犬はその場に起き上がると、駆け寄ってくる僕のことを尻尾をふりふり見つめている。

ところが、その横に寝そべる男は微動だにしなかった。

唐木《からき》は小ぶりなギターケースに手をかけ、低くいびきをかいていた。一度眠りにつくと、大地震でも起きないと豪語していただけのことはある。今はそんな体質が恨めしくて仕方がなかった。

「起きろって！」

ただ……僕も自分で思っていた以上に慌ててしまっていたらしい。唐木の傍にやって来たところで、砂地に大きく足を取られてしまった。そのままバランスを崩し、危うくウォータージャグに頭から突っ込みそうになる。

このジャグには夕方に汲《く》んできた湧き水が残ったままだった。折《お》り畳《たた》み式の強度のないものだったので、転《ころ》んで押《お》し潰《つぶ》したりしたら辺りは水浸《みずびた》しになってしまうだろう。

何とか左手をついて転倒は免《まぬが》れたものの、手が落ち葉だらけになってしまった。

……驚いたことに、これでもまだ唐木は目を覚まさなかった。背後からはグウグウといびきをかく音が聞こえている。

立ち上がりざまに振り返ると、プルートーが唐木の顔をべろべろ舐めまわしていた。激しいモーニングコールに、さすがの唐木も唸《うな》り声を上げながら起き上がった。唐木は寝起きに弱い。彼は左のこめかみにパーカーのフードを貼りつけたまま、首筋を揉みはじめた。それから、寝起き特有の舌がもつれたような声を出す。

「ん、一条《いちじょう》……どうしたんだ?」

「唐木たちが寝ている間に、影魚を、見たんだ」

僕はそう言うので精一杯だった。

とても充分とはいえない説明だったが、唐木にはしっかりと意味が伝わったようだった。彼はプルートーに舐められてべとべとになった顔をぬぐっていたが、すぐにその動作を中断して表情を強張らせる。

「そうか……また、影魚の棲息地《せいそくち》が広がったのか」

僕は言葉もなく、親友の影を見つめた。その黒い分身はLEDランタンにくっきりと照らし出されて、昼間と変わらないくらい濃い姿を見せている。

少なくとも、見た限りは何の異常もないように思えた。

唐木も自分の影とプルートーの影を交互に見やってから、腕時計に視線を落とした。時刻は午前一時五〇分を過ぎたところだ。

やがて、彼は震えを帯びた声で言った。

「影魚は獲物を絶対に逃しはしない。……このままだと、一時間以内に俺かプルート、ーのどちらかが影を喰われて死ぬ」

＊

全てのはじまりは、僕の一言だった。

『知人がS山に酒蔵《さかぐら》を持っているんだ。その傍にある別荘をタダで貸してくれるらしいから、一緒に遊びに行こうよ？』

足に力が入らなくなり、僕はプルートーの傍にへたり込んだ。

「どうしよう、僕のせいだ。S山に行こうと誘ったりなんかしたから」

唐木は左のこめかみを指先でこすりながら、小さく首を横に振った。そこにはまだフードの形《かた》が薄くついている。

「一条が気に病むことじゃない。俺の自業自得だよ。せめて、山の怪《やまのけ》への対策をもっとちゃんと取っていれば……」

いや、これは唐木の落ち度などではなかった。

「僕も調べたけど、この周辺に危険な山の怪が出没するなんて情報はなかった。ここには、ひだる神《がみ》しかいないはずなのに」

ひだる神は人に飢餓を感じさせて動けなくする山の怪だ。このひだる神は携帯食料さえ持っていれば危険はなかったので、僕らもしっかりその対策を取っていた。

唐木は眠る時も離さなかったギターケースに手を伸ばす。

中には狩猟用のエアライフルが収められていた。空気銃とはいえ、威力は中型の動物を仕留められるほどのものだ。武器としては強力だったが、残念なことに山の怪相手には役に立たない。

「……知ってるか？　影魚は血生臭さを好むらしい」

突然、唐木がそう言ったので、僕はドキリとした。

「血？　僕らはまだ何の動物も狩ってないのに」

「恐らくだが、影魚は俺が狩猟を趣味にしているのを本能的に嗅ぎつけて寄ってきたんだろう。あるいは……法令を破った報いなのかもな」

僕は俯《うつむ》くしかなかった。

九月の末といえば、まだこの地域で狩猟期間（猟期）ははじまっていない。唐木は定められた猟期を無視し、違法に狩猟を楽しむ為にここに来たのだ。

このことがバレれば、唐木は狩猟免許を剥奪されるだろう。最悪の場合、罰金や懲役を科せられることだってあるかも知れない。……僕も全てを理解した上で一緒にここに来ているのだから、偉そうに言えることは何もないのだけれど。

唐木は妙に達観したような声になって言う。

「俺たちはどうしようもない不運に目をつけられてしまったんだよ。山で道を見失ったのも……影魚に出会ってしまったのも、何もかもそのせいだ」

僕らは暗くなる前に高台を見つけ、そこに避難していた。安全な高台で一晩をあかし、明るくなってから改めて下山を試みるつもりだった。

遭難《そうなん》してしまった時、むやみに動き回るのは本当は危険だった。体力を消耗した状態で無理に移動すれば、転倒・滑落《かつらく》などの事故を起こす危険性も高まる。戻り道が完全に分からなくなってしまった場合などは、付近の高台でじっとしていた方が捜索へリに早期に発見してもらえる可能性もあった。

でも……今回に限って言えば、誰かが僕や唐木を探しに来てくれる可能性は限りなく、ゼロに近かった。

山に入って一五時間ほどしか経っていないので、捜索願が出されるにはまだ早いというのもある。それより問題なのは、僕ら二人とも誰にも行き先を知らせずにS山に来てしまったことだ。

誰にも行き先を告げずに山に入るなんて、絶対にやるべきじゃない。

それは分かっていたけれど、今回は猟期外の狩猟を行う後ろめたさが、唐木の口を塞《ふさ》いだらしい。僕も違法なことをやるとあらかじめ分かっていて、それを周りに知らせる度胸はなかった。

なお悪いことに、僕は独身の一人暮らしだ。個人でこぢんまりしたバーを経営して生計を立てているのだが、不定期でお店を閉めることも多かった。なので……このまま行方不明になったとしても、常連さんでさえ深く詮索《せんさく》せずに終わってしまうかも知れない。

一方、唐木は妻帯者で、保険会社に勤務していた。でも、その奥さんは今、友達と一緒に海外旅行に行っていた。

唐木の奥さんが旅行から帰ってくるか、無断欠勤が続いて唐木の同僚が異常に気づいてくれるかしない限り、警察に捜索願が出されることさえないだろう。

つまり、この場に救世主のように救助隊が現れて、僕らをこの事態から救い出してくれる……そんな奇跡は起きないということだった。

自力でこの状況をどうにかするしかない。

意気込む僕に対し、唐木はウォータージャグの傍にしゃがみこんでいた。

僕らが見つけた湧き水は透明度が高く、無色透明のポリエチレンか何かでできた容器に入っている水は市販の天然水と比べても遜色《そんしょく》がなかった。

唐木はジャグのコックをひねり、湧き水をパーコレーターに注いだ。パーコレーターとはポットの一種で、直火でお湯を沸かしながらコーヒーを淹《い》れられるのが特徴だ。

　その上で、彼はランタン付近に置いていたシングルバーナーに火を点《つ》ける。

「……唐木？」

戸惑《とまど》う僕をよそに、唐木はパーコレーターを火にかけた。それから生気の感じられない笑みを浮かべる。

「もうすぐ死ぬかも知れないんだ。コーヒーくらい構わないだろ？　一条も付き合ってくれよ」

　野外泊をする予定はもともとなかったのだが、唐木はパーコレーターやシングルバーナーなどのアウトドア・グッズを持参していた。狩猟後のお楽しみに野外で飲むコーヒーは格別だからと、僕の為にわざわざ用意してくれたらしい。

　彼は荷物から小さなミルを取り出してコーヒー豆を挽《ひ》きはじめた。

「コーヒーも悪くない。悪くはないが、死ぬ前の一杯はワインがよかったな。ああ……一条の知り合いがご馳走してくれると言っていた、長ったらしい名前のワインを一口でいいから飲んでみたかった」

「ワインというか、ちょっと辛口のシェリー酒だね」

　唐木は粗挽きのコーヒー豆をパーコレーターのバスケットに入れながら頷《うなず》いた。

「そう、シェリー酒だ。きっと、天にも昇る美味《おい》しさなんだろうな」

シェリー酒とはスペイン南部で醸造《じょうぞう》される、アルコール度数を高める処理を行った特殊なワインのことだ。とはいえ、僕もシェリー酒は飲んだことがなかったので、どんなお酒なのか味も香りも想像がつかなかったが。

……いや、そんなことはどうでもいい。今はただ、唐木が現実逃避から戻って来てくれることを祈るばかりだった。

僕はプルートーに視線をやる。

プルートーは鼻先を地面に近づけて、しきりに何かを嗅《か》いでいた。ウォータージャグから少し離れた辺りだ。

「どうしたの？」

声をかけると、プルートーは暑そうに舌を出しながら顔を上げた。その目には恐怖の欠片《かけら》もなく、僕への信頼に満ち溢《あふ》れている。……自分の身に何が起きようとしているのか、プルートーはそれすら理解ができていないのだ。

いたたまれなくなって、僕はプルートーの頭をそっと撫でてやった。四国犬の中でも特に狼に似た毛並みをしているというのに、吠える姿すらほとんど見たことがないくらい、大人しい犬だった。

この時初めて、僕はプルートーの足元にスマホが落ちていることに気づいた。昨日の夕立の影響で、乾《かわ》ききっていなかった泥だまりにほど近い場所だ。

僕はスマホを拾い上げてみた。踏まれでもしたのか、上を向いていた液晶には泥汚れがついている。その為、落ち葉が積もった地面にほとんど同化しかかっていた。ひっくり返して調べてみると、見覚えのある黒いスマホカバーが現れる。

「あれ？　これって唐木のだよね」

唐木はスマホに一瞥をくれると、バーナーの炎をぼんやりと見つめながら頷いた。

「そういえば……圏外から回復していないかどうか、寝る前にも確認したな。で、その時にスマホが熱くなっていたようだったから、ウォータージャグに載せて寝たんだったか」

この言葉に僕は焦った。

「ごめん、スマホを落としたのは僕だ。唐木を起こそうとした時、砂地で滑《すべ》ってジャグに当たってしまったから。言われて思い出したけど、地面に手をつく寸前にその辺りでスマホを見た気が」

一瞬のこととはいえ、ジャグの辺りに黒いスマホらしきものがあったことくらいは僕も覚えていた。恐らく、ジャグに肩か腕が当たった時に、スマホを弾《はじ》き飛ばしてしまったのだろう。

「気にするな。壊れてはいないみたいだし……そもそも圏外じゃ何の役にも立たない」

唐木は液晶の泥汚れを指先で擦《こす》りはじめた。泥はパリパリと音を立てて剝がれ落ちていく。習慣になっている動作をなぞるような、虚《うつ》ろで緩慢《かんまん》な仕草だった。

最後にスマホを袖で擦ってから、唐木はなおも話を続けた。

「影魚の姿を見たのは、ついさっきなんだよな？」

「唐木を起こす直前だよ。……何時ごろか忘れたけど、唐木が用を足しに立ったことがあっただろ？」

「あったな」

「その後は眠りが浅くて何度か目を覚ましたりしているうちに、焚火《たきび》が消えてしまっていることに気づいたんだ」

焚火はランタンにほど近い場所……プルートーの隣で寝ていた僕の足元側にあった。寝起きの僕が見た時には、炭に僅かに残る赤みも失われようとしていたところだった。

「……で、火を点け直そうと立ち上がったところに、あの魚が跳び上がった感じで」

気づくと、唐木がスマホから顔を上げて僕を見つめていた。意外なことに、その目に浮かんでいたのは不安でも恐怖でもなく、純粋な安堵だった。

「何にせよ、一条が無事でよかった」

現実逃避から戻ってくるなり、自分のことを差し置いて人の心配をする……本当に唐木らしかった。

「何にも、よくないよ」

僕はそう口ごもり、唐木もスマホをポケットに入れて力なく笑った。

「まあ、俺かプルートーは現在進行形で影を中から貪り喰われている訳だからな？　目には見えないし、何も感じはしないが」

「だったら、影魚はもういないのかも知れないよ。僕らを見逃して、森の奥かどこかに消えた可能性だってあるはず」

ところが、唐木は大きく首を横に振る。

「奴らは影の中を音もなく泳ぎ、尽きることのない貪欲《どんよく》さで獲物を追い求める。これほど近くに、俺やプルートーという恰好《かっこう》の獲物がいたんだ……影魚が俺たちを逃したとは思えないな」

僕は唇を噛《か》んでから言葉を続けた。

「確か……影魚は、眠っている人間や動物を襲うんだよね？」

「そう、奴らは眠るか気絶するかして抵抗できない者の影だけを狙って、最初の一咬《か》みを行う。いったん咬《か》みついたら、獲物が目を覚まそうと牙を抜きはしない」

その執念深さに震え上がった僕に対し、唐木は安心させるように頷きかける。

「幸い、一条はいち早く目覚めていたから、最初の一咬みを喰らっている可能性はない。縄張《なわば》り意識の強い影魚のことだ、同じ狩り場にもう一匹潜んでいることもないだろう」

僕は自分の影を見つめた。

これまで、僕は自分の影の中に影魚はいないと信じ切っていた。でも……何らかの理由で影魚が最初の一咬みに失敗し、今もどこかの影の中を泳ぎ続けているとしたら？　本当に、僕の影にあの魚がいないと断言できるのだろうか？

気づくと、唐木が僕を見て笑っていた。その顔に『怖がりだなぁ』という表情が浮かぶ。

「大丈夫、一条の影に影魚はいないから」

僕は思わず顔を赤らめた。僕の心中など唐木にはお見通しだったらしい。彼は静かに言葉を続けた。

「影の中で影魚が泳ぎ回っていないか確認したければ、影を二〇秒見つめるだけでい い。その間に一度も背びれが見えなければ問題ない。……泳いでいる間、影魚も全身を長く隠してはいられないからな」

この時、僕は初めて影魚の背びれだけが黒かった理由を悟った。背びれを出して泳いでも、影の中で目立たないようにする為だったのだろう。

一縷《いちる》の希望を込めて、僕は唐木とプルートーの影を見下ろした。

どちらの影にも背びれは見えない。中で影魚が泳いでいないのは確かだったが……彼らの影が影魚に貪り喰われていないという証拠にはならなかった。

僕は戸惑いを隠せず、問いかけていた。

「影魚は泳いでいる時は背びれを出さずにいられないのに、影を食べている間はずっと全身を隠したままでいられるんだよね。これは、どうしてなんだろう？」

「一応、影魚にも呼吸は必要らしい。空気中から何を得ているのかは分かっていないが、背びれを外気に触れさせる必要があるのも、そのせいだ。……一方で、影を喰っている間だけ潜ったままでいられるのは、食事により呼吸で得るのと同等の何かを吸収しているからだという説が有力かな」

博識な唐木の声は落ち着いていた。でも、指先は神経質に震えていたし……それが自暴自棄《じぼうじき》になったせいで生まれた、見せかけの冷静さにすぎないことを痛いほど物語っていた。

あと一時間もしないうちに、唐木かプルートーのどちらかは影を喰い尽くされる。

そして腹を膨らませた虹色の魚は歓喜に震えて跳び上がり、臓物を吐き出した遺体だけが残るのだ。

その姿を想像してしまい、僕は大きく身震いをした。……親友を待ち受けるのがそんなむごたらしい未来だなんて、絶対に嫌だった。

子供の頃から今までずっとつるんでいるので、僕らの付き合いは長い。

一緒に宝探しゲームをして、家の庭を穴だらけにしたこともあった。ある夏など、ふと近所の遊泳禁止の川と池を全制覇しようと思い立って、毎日のように泳ぎに行っていたら、大事《おおごと》になって全校集会が開かれたのも、今となっては笑い話だ。

あとは一緒に家出をしたこともあったな？　そのまま日本一周するつもりだったのに、数日かけて隣の県まで歩いたところで、早くも警察に見つかって補導されてしまったんだったか。

他人にとっては、何の価値もない思い出かも知れない。でも、僕にはかけがえのないものばかりだった。楽しかった思い出の一つ一つが、とりとめもなく頭の中をよぎってはシャボン玉のように消えていく。

僕はきっとして唐木を見つめた。

「自棄《やけ》になるな。必ず、何か助かる方法があるはずだから」

これまで唐木の意見に逆《さか》らったことがほとんどなかったからだろう、僕の言葉に彼は大きく目を見開いた。

「……一条？」

「確か、影魚に効く薬があると聞いたことがある。あれを使えばどうにかなるんじや？」

急に唐木は口元に悲しそうな笑いを刻んだ。

「影魚に襲われた時の対処薬か。それなら持ってるよ」

彼がデイパックの薬入れの袋から取り出したのは、赤と黒のパッケージに『破魔《はま》丸《がん》』と書かれた薬包《やくほう》が一つ。触ってみた感じでは、中に小さな丸薬が入っているらしい。

「破魔丸は山深くに入る狩猟家や登山家が常備しているものだが……大きな欠点があってね」

ペットボトルを取り出し、薬を飲ませる準備をしていた僕は固まった。

「欠点？」

「影魚が影に喰らいついていれば、破魔丸は影魚だけに効いて追い払ってくれるだろう。でも……破魔丸は薬というより毒だ。万一、山の怪に憑《つ》かれていない人間や動物に使ったら、破魔丸はその人間や動物に直接的に作用し……その毒で命を奪ってしまうんだよ」

僕は茫然として薬包を見下ろした。でも、すぐに気を取り直して唐木に詰め寄る。

「それでも、この薬が二つあれば問題ない。ほら、もう一袋出して」

唐木が小さく息を呑む。

「まさか……先に、プルートーに破魔丸を飲ませるつもりなのか」

顔から血の気が引くのを感じながらも、僕は大きく頷いていた。

「そのつもりだよ？　影魚がプルートーの影に喰らいついていた場合、それで助けることができるんだから」

でも、声が震えるのは抑えきれなかった。僕の心中を察したのか、唐木も辛《つら》そうに言う。

「そんな方法はダメだ。影魚は俺の影の中にいるかも知れないんだぞ？　その場合、プルートーが破魔丸の毒の犠牲になってしまう」

「僕だってプルートーにこんなことをしたくない！　でも……今は唐木の命が危険に晒されているんだ。そんなこと言っている場合じゃないだろ？　この方法なら、プルートーは犠牲になるかも知れないけど……もう一つの破魔丸を使って、唐木を確実に助けられる」

右手を差し出す僕に対し、唐木は薬入れを預けながら言った。

「安心しろ、一条にそんな選択をさせることはないから。そもそも、俺は破魔丸を一つしか持って来てないんだ」

確かに、袋には痛み止めや胃腸薬や湿布《しっぷ》薬が入っているだけで、あの禍々《まがまが》しいパッケージの薬はどこにも見当たらなかった。

とっさに、僕は彼が嘘をついているのではないかと疑った。僕やプルートーのことを思いやるあまり、薬を隠しているのでは？　唐木なら、やりかねない気がした。

僕はポケットに破魔丸を突っ込むと、唐木に断ってデイパックの中まで調べた。鞄の底から唐木が仕事で持ち歩いているパンフレットの束《たば》が出てくるまで探ったのに……破魔丸の影も形もない。

「もう分かっただろう？　俺とプルートーのどちらに影魚が喰らいついているか、それが分からない限り……なす術《すべ》はない」

初めて見えたと思った希望の光も打ち砕かれ、僕は一層深い闇の中に放り出されていた。どうして唐木が柄にもなく絶望にとり憑かれていたのか、その理由を身をもって知ることになったのだ。

でも、ここで諦める訳にはいかなかった。

「……何か、できることはあるはずだ」

「無駄だよ」

唐木はかたくなに僕と目を合わそうとしない。僕はそんな彼の肩を摑んだ。

「そりゃ、僕はプルートーと散歩するくらいしか楽しみのない、孤独な人間だよ？　でも、唐木は違う。君には帰りを待っている人がいる」

押し殺していた感情が溢れ出したのだろう、指で覆った隙間から唐木の苦痛に歪んだ顔が見える。

唐木は十一ヵ月前に結婚したばかりだった。

……昨日だって僕に写真で奥さんの顔を見せてくれて、結婚一周年には何をプレゼントしようかって、迷っていたじゃないか。彼女が旅行に行っている間に、お店で現物を見て目星をつけておくつもりだったんだろ？

「僕は山の怪にも詳しくないし……S山にやって来てからも、唐木の足を引っ張ってばかりだった。でも、僕ら二人で力を合わせれば、解決策はきっと見つかる」

それでも唐木は口を固く結び、黙り込んだままだった。

僕は唐木の肩から手を離した。

そして、自分のデイパックに括《くく》りつけていた犬用のリードをほどいて摑む。散歩をすると勘違いしたのか、プルートーは嬉しそうに尻尾を振りはじめた。

僕とプルートーが向かったのは、イタチの死骸《しがい》を見つけた場所だった。

ランタンを中心に考えて、唐木とプルートーが眠っていた方角を十二時とすると……イタチがいたのは四時の方向に当たった。

低木に引っ掛けられたランタンの光は半径三メートル程の範囲にまで届いており、イタチの死骸はその光の円の内側にあった。灯りの届かない暗がりからもそう遠くない、白い石の傍だった。

　プルートーはしつけがしっかりされている犬だ。リードを短く持っていれば、好奇心から周囲を荒らしたり、危険なものを口にしたりする心配もないだろう。

　その時、後ろから足音が聞こえてきた。唐木が重い腰を上げたのだと知って、僕は嬉しくなって振り返る。

「……唐木なら、絶対に来てくれると信じていたよ」

　彼は全く素直じゃない笑いを浮かべていた。

「まあ、何もせずに影魚が跳びはねるのを待つのも、退屈だからな？」

　僕はプルートーにお座りを命じ、イタチの死骸に近づけないように気をつけながら説明をはじめた。

「僕が見たのは一五センチくらいの虹色の魚で……体の半分は尾びれだったかな？熱帯魚のベタにちょっと似ていたけど、尾びれや鱗なんかは宝石みたいに輝いていて、美しさはベタの比じゃなかった」

　唐木はイタチに懐中電灯の光を向けた。

　臓物は先ほど以上に黒ずみ、僕らのところまで血生臭さが漂ってくる。

「……何度見ても、影が生まれないという異様さには慣れられなかった。唐木はぐっと顔を歪め、無精ひげの伸びた顎《あご》に手をやりながら続けた。

「影魚はイタチが眠るか気絶していた隙に影に咬みつき、この場所で影を喰らい尽くしたんだろう。……影魚がどこに向かって跳んだか、覚えているか？」

「イタチの傍からランタンの光の届かない暗がりに跳んだ感じだったね」

「なるほど、影の中へ逃げ込んだ訳か」

ここで、僕は前々から気になっていたことを聞いてみた。

「野生動物って普通は人間を恐れるよね？　ほとんど消えていたとはいえ、あっちには焚火もあって煙の臭いもしていたはずなのに、どうしてイタチは僕らに近づいてきたんだろう」

この質問を聞いた瞬間、唐木はこれまでになく沈んだ表情になった。

「影を喰い尽くされる直前になると、動物は本能的に闇を恐れるようになるんだ。このイタチも光を追い求めて、こんなところまで来てしまったんだろうな。……一方で、影魚には食事を終えた瞬間に大きく跳ぶ習性がある」

「あの勝ち誇ったような跳躍……忘れたくても忘れられないよ」

僕がそう呟くと、唐木は髪の毛をぐしゃぐしゃと手でかき回しはじめた。

「よく勘違いされるんだが、影魚は好き好んでジャンプしている訳じゃない。そもそも、影魚にとって安全なのは、影の中にいる時なんだから」

唐木によれば、影魚が跳躍するのは犠牲者の足元から脱出し、別の影に逃げ込む為にやむを得ず行っているものなのだという。例えるなら、樹上生活を送るコアラが別の木に移る為に、危険を冒《おか》しながら地面を歩いて移動するようなものらしい。

「影魚にとって跳ぶことは命懸けなんだよ。だから、奴らは確実に跳び移れる範囲に影がないと、絶対に空中に跳び上がったりしない」

そう聞いてもなお……僕の記憶の中の影魚は、喜びに悶《もだ》えているようにしか見えなかった。人間に似た瞳を持つ魚は底知れぬ目を愉悦《ゆえつ》に歪め、僕の方をじっと見返していなかっただろうか？

僕は背筋がゾクッとするのを感じ、敢えて話を逸らすように口を開いていた。

「いつも影の中にいるのに、影魚はどうしてあんな色鮮やかな姿をしているんだろうね？」

「え、虹色が？」

「虹色というのは、黒に近い色だからな」

「絵具で色の三原色や補色同士を混ぜると、黒に近い色が生まれたりするだろう？　それと同じことだ。影魚を彩っている色を全て混ぜ合わせると、漆黒《しっこく》が生まれるらしい。だからこそ、影魚は影の中に潜り込めるし、影の中から鮮やかな色をいくらでも取り出すことができるんだよ」

……最も縁遠く見えるものこそ、表裏一体の関係にある。

僕は軽い眩暈《めまい》に襲われた。立ったままでいるのも苦しくなって、しゃがみ込む。

その時、僕はイタチの傍の地面に何かが浅く擦れた跡が残っているのに気づいた。

本来ならランタンに照らされたイタチの影があるはずの場所だ。

大きさは一〇センチほど、魚の尾びれが土を掠《こす》った痕跡《こんせき》のようにも見えた。

この発見に、唐木も一気に生気を取り戻す。

「これは影魚が跳び上がった瞬間についた、一種のジャンプ痕かも知れない。こんなものが残るなんて……俺も初耳だが」

僕はプルートーを連れ、影魚が地中に姿を消した場所の確認に向かった。

懐中電灯を使ってどんな微《わず》かな跡も見逃さないようにしたつもりだったが、僕も唐木も影魚が着地した痕跡は見つけられなかった。もともと着地時には跡を残さないものなのだろうか？　それとも落ち葉が積もっていたことが悪かったのだろうか？

仕方なく、僕は記憶を頼りに影魚の着地点を割り出すことにした。……僕は紅葉の木の根元に立って唐木に呼びかける。

「メジャーを貸してくれない？　狩った獲物のサイズを測るのに持って来ていたよね」

先ほど見つけたジャンプ痕との距離を測ってみると、影魚は一四〇センチも跳んでいたことが分かった。一五センチほどの大きさしかないのに、かなりジャンプ力があるらしい。

唐木は煙草《たばこ》を咥《くわ》えながら、口を開く。

「想定の範囲内だ、影魚は最大で一五〇センチも跳ぶと言われている。……ランタンの光の輪の外にさえ逃げ出してしまえば、後はどこへだろうと影の中を泳いで移動できたことだろうな」

今は真夜中だ。

S山は闇という海に占領《せんりょう》されていた。むしろ、僕らがランタンの光という小さく頼りない島にすがりついているにすぎない。

急に僕は影の中で溺れそうな錯覚に襲われ、プルートーを連れてランタンの傍へ向かった。やっぱり、人間には光が必要だ。

その間も、唐木は光の輪の外側をつぶさに調べながら、説明を続けていた。

「影魚が喰うのは人間と動物の影だけだが、中に入って泳ぐだけなら、何の影だろうと種類は選ばない。……第一、俺たちを包んでいる夜の闇だって、太陽の光が地球に遮られたことにより生まれた影の一種な訳だからね？」

僕は腰くらいの高さの低木《ていぼく》に引っ掛けられた、ランタンをじっと見つめた。この辺りだけは、影と光の勢力が完全に逆転している。

「昼間になると、季節や場所によっては影がほとんど生まれないこともあるよね？

そういう時、影魚はどうしているんだろう」

「奴らは夜行性だ、洞窟《どうくつ》の中などで隠れてじっとしているよ。まあ、それでも……油断はしない方がいいが」

「え？」

唐木は煙草の煙をふーっと吐き出しながら続けた。

「真っ昼間だろうと、山中で得体の知れない黒く小さな塊を見つけたら、絶対に自分の影と重ねてはいけない。……それは何かの拍子に日向《ひなた》に炙《あぶ》り出され、立ち往生《おうじょう》している影魚だから」

獲物の影を喰い尽くしたタイミングで近くに別の影がなかったりすると、影魚でもジャンプに失敗することがあるらしい。そんな時、影魚は影のない場所に落ちてそのまま身動きが取れなくなるのだ。

まだ夏の暑さが残るというのに、僕は背筋に寒気が這い上がってくるのを感じた。

「……間違って、立ち往生している影魚に近づいてしまったら？」

「日向に炙り出された影魚は、光の陸《おか》に打ち上げられて動けなくなった魚のようなものだ。そこに自分の影という池を提供する訳だからな？　影魚は水を得たように一条の影の中を泳ぎ回り、奴の縄張りを出るまで延々とついて来るだろう」

話の恐ろしさにゾクリとしつつも、僕は唐木への感嘆の念を新たにしていた。

狩猟免許を得る為には、県内に棲息する山の怪について勉強する必要があるという話は聞いたことがあった。それにしても、この知識の深さは僕の想像をはるかに超えていた。

後はどうやってそれらを生かし、この状況を切り抜けるか……それが問題だった。

僕はプルートーのリードをデイパックに括り直した。それから、バッグを探ってありったけの犬用のおやつを取り出す。「伏せ」を命じると、プルートーはもともと寝ていた場所に寝そべった。

……これが最後になるかも知れないのだから、できるだけ好きにさせてやろう。

僕がおやつを全て差し出すと「いいの？」という顔をし、プルートーは全身で喜びを表現しながら、骨の形をしたおやつに齧《かじ》りついた。

唐木は微笑む。

「プルートーは本当に大人しいな」

「生まれたての頃から、ずっとこんな感じだよ」

「今、何歳だ？」

「中学生の頃に飼いはじめたから……一二歳だね。まだまだ食欲もあって、獣医からも健康にお墨付きをもらってるけど、念の為、おやつは老犬に優しいものにしてるんだ」

プルートーがおやつに夢中になっている間に、僕らは周囲を調べることにした。

この辺りは僕らが野宿をする際に踏み荒らしていたこともあり、ジャンプ痕のように微細な痕跡は見分けられそうにもなかった。

肩を落とす僕に対し、唐木はランタンを中心に外側へと調査範囲を広げていく。やがて、彼は光の輪の外に懐中電灯を向け、僕を手招きした。

「この跡を見てみろ」

そこにあったのは、魚の尾びれがつけたような痕跡……イタチの死骸の傍で見つけたジャンプ痕とそっくりなものだった。

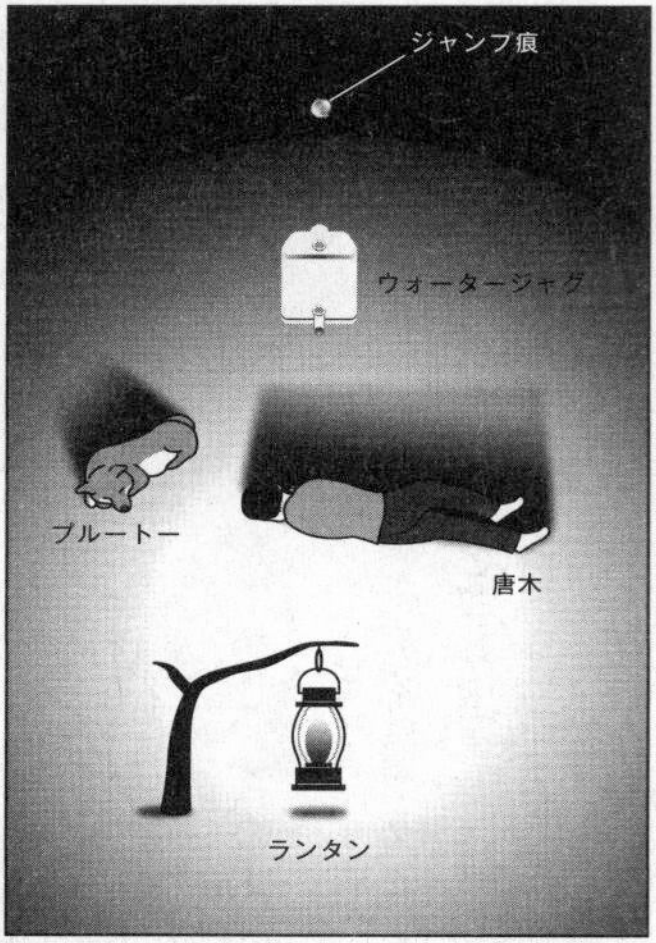

僕は思わず息を呑む。
「まさか、影魚はここでもう一度跳んだ？」
「恐らくな」
影魚を目撃した後、僕はイタチの死骸を発見し、完全に気を取られていた時間があった。その間に影魚がここまで移動し、唐木かプルートーの影を狙って跳んでいてもおかしくはなかった。

僕らはランタンが生む光の輪のエリアに沿って、その外側に広がる暗がりを更に調べてみた。ところが、唐木たちが寝ていた側をメインに調査範囲を広げても、暗がりには他にジャンプ痕らしきものは見当たらなかった。

唐木は考え込みながら言う。

「この辺りは砂地だし、俺たちも踏み荒らしてはいない。他に全く痕跡が残っていないということは……」

「つまり、影魚はさっき見つけたジャンプ痕からランタンの光が届くエリアに侵入したので間違いないってことだね？」

「そういうことだ。このジャンプ痕を起点に、奴が光のエリア内でどう動いたか突き止めれば、影魚が誰の影に喰いついているかも分かってくるはずだ」

僕は振り返って、今も伏せを続けているプルートーを見つめた。ランタンに照らされ、その影は長く伸びている。

「確か……影魚は最大で一五〇センチ跳ぶと言われているんだよね？」

僕は再びメジャーを借り、例のジャンプ痕とプルートーの影との最短距離を測ってみた。

……およそ一六〇センチ。

「最大で跳べると言われている数字は超えているね。どうだろう、影魚はこの距離を跳べたと思う？」

　これには唐木も悩むようだった。

「微妙なところだな。うーん、絶対に跳べないとは言い切れないが……途中で落ちてしまったりして、着地の成功率がかなり下がるのは間違いないはずだ」

「それに影魚も安全を優先して、確実に移動できる距離に影がある時にしか跳ばないんだよね？」

「影魚の習性から考えて、ジャンプ痕からプルートーの影めがけて直接ジャンプしたとは考えにくいな。だが……今回は、すぐ近くに別の影があった訳だから、まだ分からない」

「別の影？」

　鸚鵡《おうむ》返《がえ》しをしながら、僕はジャンプ痕とプルートーの影の間を調べてみた。

　その付近にあるのは、ウォータージャグだけだった。ジャグは無色透明のポリエチレンか何か製だったし、中に入っている湧き水も透明度が高い。地面に影と呼べそうなものは生まれておらず、逆に水がランタンの光を集めて煌めいていた。

　もちろん、その他にも影らしい影はない。

　僕が戸惑っていると、唐木はポケットからスマホを取り出していた。

「一条が影魚を見たのは、ウォータージャグからスマホを弾き落とす前のことだろ？

なら、ジャグの上に置かれたスマホの影が地面にできていたはずだ。実際にスマホを置いて、確認してみよう」

ジャグは僕が転びそうになった時に少し動いてしまっていたので、記憶を頼りに元あった位置に戻した。それから、唐木のスマホをジャグの上に置く。

問題の影はジャンプ痕よりランタンに近い側に生まれた。もちろん、その分だけプルートーの影との距離も縮まったことになる。

僕らはスマホの影とプルートーの影の最短距離を測った。

……約一三〇センチ。イタチの影を食べ終わった後で、影魚が跳んだ距離より短かった。

唐木は煙草を携帯灰皿で押し潰しながら言う。

「思った通りだ。スマホの影を中継地点として使えば、影魚は確実にプルートーの影まで移動できた」

スマホの影が落ちている辺りに新たなジャンプ痕を見つけられれば、僕らの推測はより補強できたことだろう。残念ながら、この付近は僕らが踏み荒らしてしまっていたので、それらしき痕跡を発見することは不可能な状況だった。

「よし、次は俺自身の影について検証してみよう」

声は落ち着いていたが、さすがの唐木も不安を隠しきれない様子だった。彼はランタンから八〇センチほど離れた場所に、身体を横向きにして寝転ぶ。

もちろん、寝ていた時の状況を再現する為だ。

僕は手近な枝を摑み、影の輪郭《りんかく》を地面に書き写していった。

中型犬のプルートーに比べれば、唐木の影ははるかに大きい。全てをなぞるのは時間的にも無理があったので、影魚のジャンプ痕に近いところだけを優先した。

黙々と作業を続けながら、僕は摑みどころのない違和感を覚えていた。唐木を起こしに駆け付けた時と、今の状況に微妙な違いがある気がして仕方がなかったからだ。

……結局、線を引き終わるまで、僕はそれが何か思い出すことができなかった。僕らはスマホの影から直線距離を取る為には、ウォータージャグが邪魔になった。僕らはスマホの影を地面に書き写してから、ジャグをずらしメジャーを張る。

……およそ一一五センチ。これがスマホの影から唐木の影までの距離で、大もとのジャンプ痕から測っても、一四〇センチほどしかなかった。

唐木の目に絶望の色が蘇る。

「やっぱり……俺の影の方がプルートーより近かった、のか」

僕はぐっと唇を嚙んだ。

唐木の影とスマホの影の距離がもっとあれば、状況は完全に変わっていただろう。

その距離が充分に大きく影魚がジャンプ不可能なレベルなら、一気に影魚がプルートーの影に喰らいついていると断定できたのに……。

諦めがつかず、僕はなおも食い下がる。

「でも、今回はプルートーの時とは違うよね？　間にウォータージャグがあった訳だから」

「ジャグは高さが二〇センチしかない。跳び越えるのも簡単だ。それに、相手は山の怪だぞ？　物理的な障害など無意味で、幽霊みたくすり抜けられたとは思わないか？」

唐木の声は生気がないくせに、叩きつけるような鋭さを帯びていた。

僕は地面に視線を落として黙り込む。今のところ調べて分かったのは、影魚がプルートーと唐木のどちらの影にでも咬みつけたということだけ。

跳ばなければならなかった距離が短かったという意味では、影魚が唐木の影を選んだ可能性の方が高そうだった。……でも、僕らが求めているのは確実な答えだ。可能性が多少高くなろうが低くなろうが、そんなことに意味はない。

結局、僕らは一歩も前進していなかった。

僕は悔しくてポケットの中の破魔丸を握りしめた。残り時間はあと二五分しかない。

親友を救う為には、もう時間を無駄にする訳にはいかなかった。何か考えなくちゃ……見落としていることはないだろうか？　僕らの再現が不完全だった可能性は？

次の瞬間、僕は思わず叫んでいた。

「あっ……いびきだ！」

「いびき？」

唐木は僕が悪質な冗談を言ったと思ったらしい。今にも怒り出しそうな顔になっていたので、僕は慌てて言葉を継ぐ。

「違う違う、真面目な話……僕が起こそうとした時、唐木はグウグウといびきをかいていたんだよ」

唐木はまだ納得はいっていないようだったが、首筋に手をやりながら言う。

「自分では覚えがないが、一条が言うならそうなんだろ。……でも、いびきをかいていたら、何なんだ？」

「ほら、いびきって仰向けになっている時にかくものだろ？　なのに、さっき再現した時には唐木は身体を横向きにしていたじゃないか」

途端に、唐木はきょとんとした表情になる。

「え……あの時、俺は横向きで寝ていたんじゃ？」

「唐木は寝起きに弱いから、そんな記憶は当てにならないよ。影魚が現れた時、君は仰向けに寝ていたのに違いない」

やっと僕がこの話を持ち出した意味が分かってきたらしく、唐木の顔色が戻ってくる。

「なるほど……横向きと仰向けだと、寝転んでいる時の身体の高さが変わるのか」

「そういうこと。影の長さはぐっと短くなって、その分だけスマホの影との距離が延びるはずだ」

有無を言わさず唐木に仰向けに寝てもらい、僕は明らかに短くなった唐木の影とスマホの影の最短距離を測り直した。

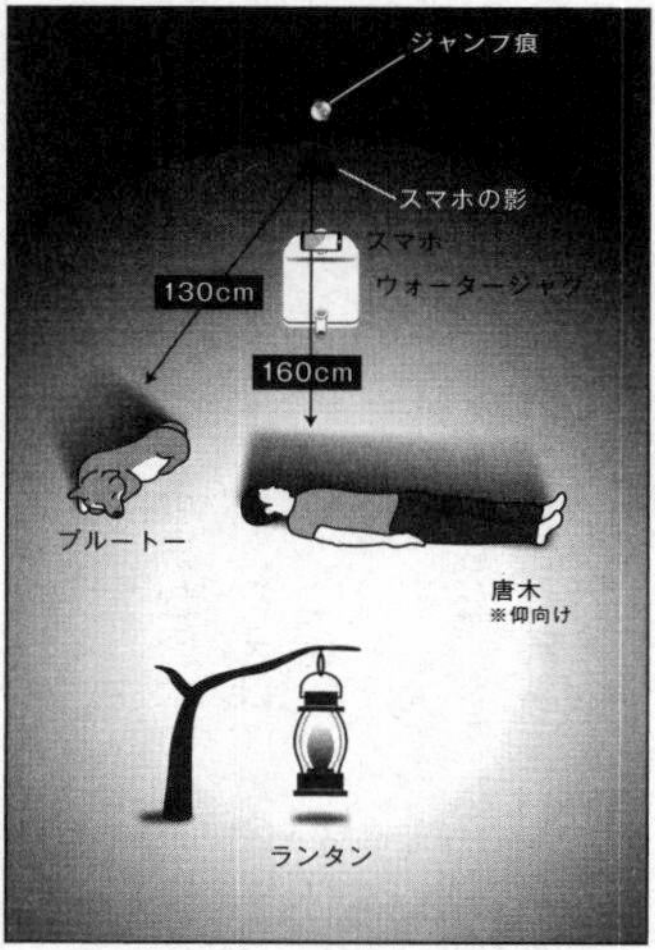

……およそ一六〇センチ。

大もとのジャンプ痕との距離は更に大きくなり、一八五センチ近くにまで広がっていた。

僕は鼻息も荒く、唐木を振り返る。

「四五センチも距離が伸びた。これなら、影魚が安全かつ確実に跳べる距離ではなくなったよね？」

「ああ、結論は出たな。用心深い習性

のある影魚なら、確実に跳び移れる距離にある影……つまりプルートーの影を選んだはずだ」

それなのに、顎髭をつまむ唐木の指先は神経質に震えていた。いびきから導き出された答えは、現段階では最も説得力があるものだ。でも、それが正しいという保証はどこにもない。その事実が何よりも、二者択一を迫られている僕らを追い詰めていた。

唐木は腕時計を見下ろした。もう残り時間は一五分しかない。

「……そういえば、コーヒーを淹れようとしていたんだったな？」

唐木はパーコレーターをバーナーの火から下ろした。そして、バスケットに入れていた粗挽きコーヒー豆の量を再調整し、そのバスケットをパーコレーターにセットして弱火にかける。

僕はプルートーの傍にしゃがみ込んだ。まだおやつを食べきっていなかったプルートーは僕らには目もくれずにビーフジャーキーに齧りついている。

……影魚はプルートーの影に喰らいついている。おやつが残っているうちに、破魔丸を飲ませないと。

ポケットの中でアルミコーティングされた薬包を握った。丸薬の感触がフィルム越しに指先に伝わってくる。

でも、僕はポケットから手を出すことができなかった。

「……踏ん切りがつかないか？」

唐木の声が聞こえてきて、僕はプルートーを見下ろしたまま頷いた。

「情けない話だけど、土壇場になると推理が正しいのか自信がなくなってしまって」

「俺も、怖い」

破魔丸をプルートーに飲ませた瞬間、もう運命は揺るがなくなる。

プルートーから影魚を追い払う未来が訪れれば最高だ。あるいは……プルートーを毒で失い、続けて唐木が影魚に殺される未来がやって来てしまうのだろうか？

唐木はパーコレーターの蓋《ふた》のツマミをじっと見つめていた。

ガラス製のツマミ越しに、中のお湯が褐色を帯びてくるのが分かる。これはパーコレーター内のパイプをお湯が循環することで、徐々にコーヒーが抽出《ちゅうしゅつ》されている証拠だった。

僕は小さく息を吐き出しながら言った。

「……コーヒーをもらってもいいかな？」

再び腕時計を見下ろし、唐木はどこか自虐的な笑いを浮かべた。

「まだ時間は一〇分以上ある。最後の決断を下す前に……一杯くらいは許されるだろう」

彼はシングルバーナーの火を消し、パーコレーターを下ろした。僕はチタン製のマグカップを二つ取り出し、唐木に手渡す。彼はそこにコーヒーを注いでいった。手の中のマグカップを、僕は見下ろした。

柔らかな湯気が立ち……芳醇なコーヒーの香りが鼻をくすぐる。

パーコレーターで上手くコーヒーを淹れるのは難しいものだ。唐木の手際は流れるようで、コーヒーを抽出する時間も何もかもが完璧だった。

濃厚《のうこう》な湯気に包まれていると、危険な夜の森を抜けだして穏やかな日常に戻れたのではないか……そんな錯覚すら覚えてしまう。

僕はコーヒーには口をつけなかった。

パーコレーターで淹れたコーヒーには粉が混ざりやすい。僕などは粉が沈むまで待ってからでないとダメなのだけれど、唐木はそういったことには無頓着《むとんちゃく》らしい。

彼は熱々のコーヒーを啜りながら、まだアルコールを恋しがっていた。

「やっぱり、最後の飲み物はシェリー酒がよかった。……あれは何という名前の酒だったかな？」

僕はため息まじりに、エアライフルが置いてある傍に腰を下ろした。

「そんな言い方は止《や》めよう、唐木」

「………」

「もうすぐ、僕らは影魚を追い払うことに成功する。そして、明るくなったら帰り道を探すんだ。夕方には家に帰れているだろうし、あとは酒の力を借りて悪い思い出を笑い話に変えてしまえばいいんだよ」

この時初めて、僕は唐木が話を聞いていないのに気づいた。彼は虚空を見つめている。

「あぁ……違う。全然、違うじゃないか！」

そう呟きながら唐木が乱暴に腕を振ったので、カップからコーヒーが飛び出して、危うく僕の足にかかりそうになった。

彼は何かに憑かれたような目をしたまま言う。

「さっきの推理は大間違いだ。影魚が喰らいついているのは……多分、俺の影だ」

＊

僕はぽかんとして唐木を見返した。

「どういうこと？」

「思い出してみろよ、一条がスマホを見つけて拾い上げた時、液晶についていた泥汚れは、乾燥しきっていただろう？」

確かに、唐木が液晶の泥汚れを指先で擦った時、泥はパリパリと音を立てて剝がれ落ちていた。これは表面だけではなく、泥全体が乾燥していた証拠だ。

僕は眉をひそめる。

「確かに変だね。僕が砂地で足を取られたのは、スマホを拾う直前のことだ。僕がウォータージャグに当たった時にスマホが落ちたのなら、スマホについている泥はもっと湿り気と粘り気を帯びていなくちゃならない」

「そういうことだ」

思い返してみれば、唐木は寝る前にスマホを確認してからジャグの上に置いたと言っていた。その時に液晶を目視で確認した訳だから、ジャグに置かれる前から液晶が泥だらけだったという可能性もないだろう。

僕は思わず唾を飲む。

「じゃあ、ジャグの上に置かれていたスマホを弾き飛ばしたのは……？」

「恐らく、俺だな。用を足しに行った時にでもぶち当たったんだろう。自分で言うのも何だが……俺は寝起きには弱い。ジャグに足が当たったのにも、スマホが落ちたのにも気づかないまま、また寝てしまったのに違いない」

次第に唐木の声は弱々しくなっていく。僕は彼を励ますように、力強い声で言った。

「いや、それはあり得ない」

「どうして？」

「あのスマホがジャグの上にないと、影魚が中継地点として使ったスマホの影も消えてしまうじゃないか。……それだと、影魚は唐木の影にもプルートーの影にも辿りつけなかったことになる」

仰向け時の唐木の影より、プルートーの影の方がジャンプ痕に近かった。そのプルートーの影でさえ、一六〇センチほど距離があったのだ。用心深い性質をしている影魚が、そんな遠くの影を目指して跳び上がったとは考えにくかった。

唐木は一層、力のない声になって答える。

「単に、俺たちの推理が迷走していただけだよ。……そもそも、いびきによって人の寝方を特定するなんて無理があったんだ。確かに、いびきは仰向けの時にかくことが多いものなんだろう。でも、それだけでは俺が横向きに寝ていなかった証明にはならない」

聞いているうちに、僕はあることを思い出してハッとしていた。

「そういえば、唐木が目を覚ました時、左のこめかみにパーカーのフードが貼りついていた」

「ああ、そんなこともあったな」

「僕はプルートーが唐木の顔を舐めた時に貼りついたんだと思っていた。でも、よく考えてみたら……その後で、唐木のこめかみにフードの形が残っていたのを見た気がする。あれは横向きに寝ていた時に、フードが圧しつけられてついたものだったのか！」

唐木は汗を滲《にじ》ませながら、小さく頷いた。

「思った通りだな。やっぱり、俺は横向きで寝ながらいびきをかいていたんだ。その姿勢なら、俺の影とジャンプ痕は一四〇センチしか離れていなかったことになる。影魚が確実に跳び移れると判断して、ジャンプしてもおかしくない距離だ」

この推理は筋が通っているように聞こえたけれど、何かがおかしい気もした。すぐに、僕はその理由に思い当たっていた。

「いや、砂に足を取られて転びそうになった時、僕は確かにウォータージャグの辺りでスマホを見たんだよ？　矛盾してるじゃないか」

その時点でスマホが地面に落ちていたのだとしたら……スマホは泥汚れのせいで地面と同化しかかっていたはずだ。それを僕が一瞬で視認できたとは思えなかった。

「何も矛盾しない。一条が見たのは全く別のものだから」

……別のもの？

その瞬間、僕の脳裏に唐木から聞いた言葉が蘇った。

『真っ昼間だろうと、山中で得体の知れない黒く小さな塊を見つけたら、絶対に自分の影と重ねてはいけない。……それは何かの拍子に日向に炙り出され、立ち往生している影魚だから』

思わず目を閉じて、僕は低い声で放っていた。

「まさか僕が見たのは……影のない所に炙り出され、立ち往生していた影魚だったのか」

「ああ。影魚は俺の影に狙いを定めてジャンプし、何らかの理由でそれに失敗したんだろう。それでウォータージャグの傍に落下して、ランタンの光でできた陸地に打ち上げられてしまった」

影魚がジャンプに失敗した理由は想像がついた。

地面に尾びれがつけたと思われるジャンプ痕が残っていること、影魚が跳ぶ時に小石を巻き上げていたことから……少なくとも、影の外に出ている間の影魚は、いわゆる『実体』を持っている可能性が高かった。

鳥は透明なガラスの存在が認識できず、窓ガラスにぶち当たって脳震盪《のうしんとう》を起こすことがある。それなら、影魚が透明なウォータージャグの存在に気づかず跳び上がって、それに引っ掛かってもおかしくはないだろう。

透明な壁に行く先を阻まれ、影の外で身動きが取れなくなった影魚は、他の人間あるいは動物の影が近づいてくるのを待ったはずだ。

そこにのこのこ現れたのが、僕だった。

「あの時、僕は唐木を起こそうとしてウォータージャグに近づいた。それで……立ち往生している影魚に僕の影を重ねてしまったのか」

影魚は文字通り水を得た魚のように、僕の影の中を泳ぎはじめたことだろう。

「……何てことだ、あの魚を運んだのは僕だったんだ」

しばらく沈黙が続いた後、唐木が苦しそうに口を開いた。

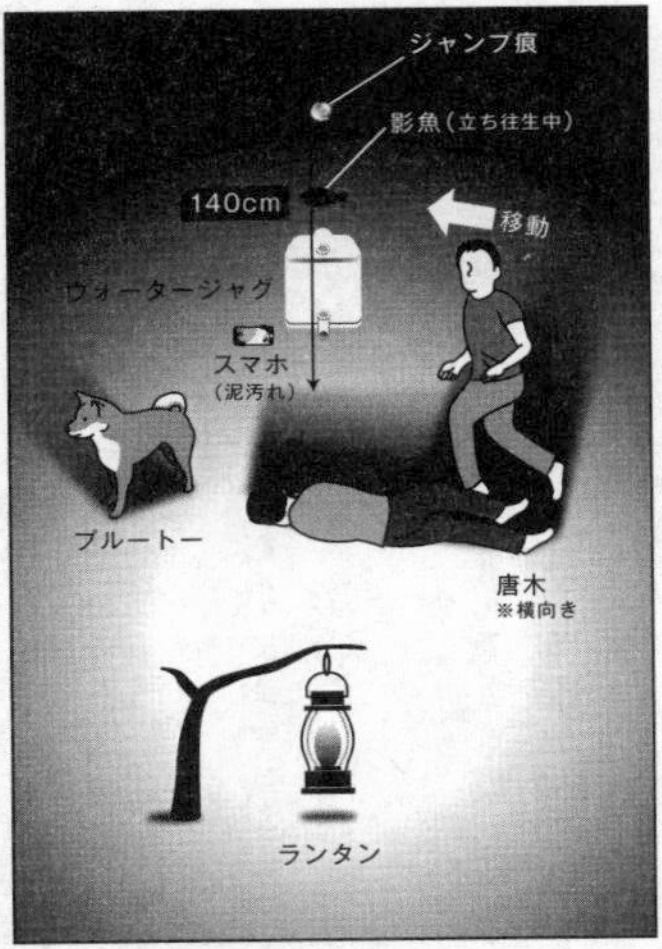

「一条を利用することで、影魚は眠っていた俺かプルートーの影に最初の一咬みを行った。……思い返してみると、俺はプルートーにべろべろ舐められて目を覚ましたよな。つまり、プルートーは俺よりもっと早く起きていたってことだろ？」

痛みに満ちた声。もはや唐木は義務感だけに突き動かされているらしかった。僕はプルートーをじっと見つめて頷いた。

「そう、プルートーは僕の声に真っ先に反応して起き上がっていた。もちろん、唐木たちの傍に駆け寄り、僕が立ち往生している影魚に自分の影を重ねてしまうよりも前のことだ。……影魚は眠っているものの影にしか最初の一咬みを行わない。だから、既に目を覚ましていたプルートーを襲うのは不可能だったということになるね」

残り時間はもう五分しかなかった。唐木は掠れた声になって続ける。

「今度こそ……俺たちは真相に辿りついたんだ、よな？」

「間違いない」

唐木はほっとした様子で、小刻みに震える右手を差し出す。

「よし、破魔丸を渡してくれ」

僕は急いで唐木のデイパックから飲み差しのペットボトルを取り出すと、預かっていた破魔丸と一緒に差し出す。それから、にこりと笑った。

「……アモンティリャード」

「何だって？」

「ほら、唐木が知りたがっていたシェリー酒の名前だよ」

愛想よく答えながらも、僕は唐木の指先がペットボトルや薬包に今にも届きそうになる度に、それらをすっと遠ざけた。

一度目は偶然だと信じたかったのだろう。でも、二度目に疑惑は確信へ変わり……

三度目に指が空《くう》を切った時、唐木の目は怒りと恐怖で切り裂かれそうになっていた。

「ふざけるな、こんな時に……」

摑みかかろうとして初めて、唐木は身体が思うように動かないと気づいたようだった。彼は肩から地面に倒れ込み、マグカップの中身を地面にぶちまける。

「気分が悪い？」

「…………」

「途中でこっちの目的に勘づかれたら厄介なことになりそうだったから、あらかじめマグカップに毒を塗《ぬ》って渡しておいたんだ。唐木はエアライフルを扱える訳だし、こっちも保険をかける必要があったからね。あ、心配いらないよ？　僕ならコーヒーは一口も飲んでないし……量を加減したから、唐木もその毒では死ねない」

唐木は浅い呼吸を繰り返しながら、こちらに這いずり寄ってきた。すかさず、僕はエアライフル入りのギターケースを背後に蹴飛ばして遠ざける。

彼は無念そうに僕を見上げた。

「一条……」

「そう、S山には別荘も酒蔵もない。アモンティリヤードを用意して待っている知人なんていない訳もないし、道が分からなくなったというのも全て嘘だ。……ここは僕の狩り場。もしかすると、この土地に染みついた血の臭いが影魚を惹き寄せてしまったのかもね？」

唐木の歯の根が合わなくなって、カタカタと小刻みに音を立てはじめる。

「俺に……何の恨みが？」

ああ、この質問を受けるのは、もう何度目だろう？

人間にはそれぞれ個性があるというけれど、僕にはそれが疑わしく思われて仕方がなかった。だって、最期には誰もが口をそろえて同じことばかり言うんだから。

僕はうんざりしつつ答えていた。

「いやいや、僕らはまだ出会って二ヵ月ほどだよね？　付き合いの長い親友同士なら、恨み骨髄なんてこともあるだろうけど、他人にも等しい相手に、そこまで根深い感情は湧きもしないよ」

昨日、唐木は奥さんの写真を見せてくれた。でも、僕が結婚式に招待されたり家に招かれたりして、奥さん本人に一度でも会っていたら、唐木もわざわざ妻の写真を見せるようなことはしなかっただろう。

それだけ、僕らの関係が浅いということだ。

一条というのも偽名だし、経歴・職業……何もかもデタラメを伝えていた。そこから足がつくということもないはずだ。

「そんな軽蔑《けいべつ》しないでよ。唐木も僕のことを、単なるカモだと思っていたくせに」

酒蔵を見学して別荘でのんびりしようと声をかけたのに、唐木は仕事用のパンフレットの束をデイパックに忍ばせていた。保険会社のノルマ達成の為、別荘で僕に色々と勧誘をかけようと目論んでいたのだろう。

「違う……そ……」

意識が混濁《こんだく》してきたのか、唐木の言葉はどんどん不鮮明になっていく。

僕はにこにこ笑いながら続けた。

「何だかんだ、唐木には感謝しているんだよ？　正しく推理をして真相を突き止めることで、結果的に僕の親友を窮地から救い出してくれたんだから」

そう言って、僕はプルートーの傍に腰を下ろした。

プルートーはおやつを放ったらかしにして、腕の下に顔を突っ込んできた。僕は愛犬の首筋をわしわしと撫でまわす。

プルートーとの付き合いは長かった。今年で一二年目になる。

僕が中学生の頃に宝探しをした時も家出をした時も、いつも傍にいてくれた。僕がこうして狩りができるのも、山の中でも決して道に迷うことがないプルートーがいるおかげだった。

……実際、影魚を見つけてから、僕はプルートーを救うことばかり考えていた。

愛犬を犠牲にして構わないと唐木に嘘をついたのも、彼から二つ目の破魔丸を巻き上げる為だった。一つ目の破魔丸を唐木に飲ませてどうなるか見極めることで、確実にプルートーを助けるつもりだったのに……まさか、本当に薬を一つしか持ってきていなかったとは。猜疑心に駆られて唐木のデイパックまで探った僕が、まるで馬鹿みたいじゃないか。

僕はポケットに隠し持っていた折り畳みナイフを指でなぞり、ため息をついた。

今回の狩りは、散々だった。

気に入りの狩り場は影魚に奪われてしまったし、狩る側だったはずの僕とプルートーの命までも危険に晒されたのだから。

本当なら毒の量はもう少し抑えて、唐木に動けるだけの余力を残すつもりだった。そうすれば、獲物は決まって麻痺《まひ》した身体を引きずって逃げ惑う。そこをプルートーと一緒に近くの洞穴《ほらあな》へ追い込むのだ。

洞穴の突き当りには竪穴があった。何を放り込もうと、音すら戻っては来ない底なしの奈落が。絶望と苦痛に彩られた顔が深淵へ吸い込まれる瞬間……生が死へ有が無へと還る瞬間は、いつだって僕を魅了する。

結局、折り畳みナイフを取り出すのはやめにして、僕は微笑んだ。

思えば、世界で最も美しい魚がもたらす死ほど、鮮やかで無慈悲なものはない。それを二度も見られるとは、僕はなんて幸運なんだろう？

もう唐木はこちらに一瞥もくれようとしなかった。恐慌《きょうこう》状態に陥《おちい》ってランタンの灯りに右手を伸ばすばかりだ。

「……光、光」

そういえば、影を喰い尽くされる直前には本能的に光を追い求めるようになるんだったか。

僕は親友と並んで、時が満ちるのを今か今かと待ち続けた。

やがて、闇夜に虹色の魚がはねた。

糸の人を探して

浅倉秋成

Message From Author

成人するまでに読破したミステリ小説は、おそらく五冊に満たなかったと思います。不勉強ながら「本格ミステリ」という言葉を知ったのは作家デビューをした後のこと。そんな私にはどうしたって「館での不可解な殺人と、それを颯爽と解決する稀代の名探偵」というような正統派の物語は書けないものですから、弱者の兵法として変化球に頼らざるを得なくなります。

「大学生の合コン描写が実にリアルでいいですね」という評価を担当編集氏からはいただきましたが、実際に合コンに参加したことは一度しかありません。悪友に無理矢理連行されました。あれは恋愛に消極的な人間が行く場所ではありません。地獄です。二度と行きません。

浅倉秋成（あさくら・あきなり）
1989年生まれ。2012年、『ノワール・レヴナント』で講談社BOX新人賞Powersを受賞しデビュー。20年、『教室が、ひとりになるまで』が本格ミステリ大賞と日本推理作家協会賞の両候補となる。21年刊『六人の嘘つきな大学生』が同年の各ミステリベストテン入りして話題。22年には同作で本屋大賞、吉川英治文学新人賞、本格ミステリ大賞にノミネートされる。

この世に生を享《う》けて早二十年。我が半生を振り返ってみるが果たしてこれほどまでの緊張感に苛《さいな》まれたことはかつて一度でもあったであろうか。記憶を顧みるものの思いあたることがまったくないところをみれば、やはり今日という一日が私という歴史の一ページに永劫《えいごう》刻まれるであろう重大な局面であることを認めざるを得なかった。本日は私——河瀬倫義、人生初めての合コン参加の日であった。

幼き頃より恋愛、青春、胸キュンといった光り輝く言葉たちから見事に隔離され続け、気づけば湿地帯の隅の隅の日陰も日陰、苔生《こけむ》した石の裏にびっしりと群棲するダンゴムシのような学生生活を送っていた私にとって、合コンとはすなわち参加はもちろんその開催風景さえ拝むことのできない神々の交流会であるはずであった。驚くなかれ、招待状を手に入れカレンダーの予定日に花丸をつけたその瞬間から緊張は始まっていた。

来る日も来る日もまるで眠れない。どうにか目を閉じて幾つかの夜を強引にやり過ごすも、終日予定がないくせに今朝は午前六時に布団を飛び出してしまう。狭い下宿先の安アパートで座布団の上にあぐらをかき、険しい表情のまま時計の針を睨《にら》み睨み睨み続け、それでも開始一時間前には現地に到着。どうにか意味のない散歩で最後の一時間を石臼で挽《ひ》くようにしてじりじりと消化し、私はようやく新宿《しんじゅく》駅からほど近い瀟洒《しょうしゃ》なビルへと潜り込んだ。

「あ、君が三好《みよし》の友達だっていう、河瀬くん？」

はい、という声がうわずった私に笑みを見せると、現場を取り仕切っているらしいイケメンが手製の名札を手渡してくれる。

「今日はよろしく。初対面の人が多いし、名前を覚えやすくしようってことで名札を用意しておいたんだ。胸につけておいてもらえるかな」

すでに印刷されていた自身の名前をしばし呆然《ぼうぜん》と見つめながら、告げようか告げまいか寸刻考えて口を閉ざすことに決める。合コンのためにわざわざ生真面目に名札を用意する辺り、彼らも存外遊び慣れていないのかと安堵《あんど》したのも束の間、

「経験上、名札は絶対にあったほうが便利なんだよ。な？」

イケメンに問いかけられた男性陣がうんうんと激しく頷《うなず》くところを見ると、どうやらこの場にいるダンゴムシは私だけであるらしいことを窺《うかが》い知ることができた。まだ女性は一人も来ていないらしく、私は大きなテーブルの末席に背を丸めながら腰を下ろした。両手に滲《にじ》んだ手汗を拭うそばから新しい手汗がまた手汗が。

生まれてこの方、女性には指一本とて触れたことがないダンゴムシが、誰一人とし

て知り合いのいない合コンにそれでも飛び込む気になったのには相応の理由がある。

「河瀬。どうやらお前のことが気になっている女の子がいるらしいんだ」

こういった話を聞いた瞬間に胸をときめかせてしまうのはおおよそ二流のやることで、私くらい上等なダンゴムシになるとまずもってどうして私を罠《わな》に嵌《は》めようとするのだろうかと静かな憤りが胃袋を熱くする。授業が始まる前の講義室。私はボサノバのことを遠慮なく睨みつけた。お前はそういうことをする男ではないと信じていたのに。

「いや、冗談じゃなくて本当なんだ。俺の彼女が、ぜひその女の子のことを河瀬に紹介したいって言ってるんだけど、今度、時間をとってくれないかな？」

どうやら嘘《うそ》ではないらしい。それを理解するまでに私はたっぷり二十分、ボサノバの話に耳を傾け続けなければならなかった。

曰《いわ》く、きっかけはまさしく授業前の講義室。友人たちと談笑に耽《ふけ》っている私の姿を見た同大学のとある女性が、何やら恋愛感情へと通じるときめきを覚えてくれたとのこと。中肉中背、平々凡々にして無味無臭まで自称しているこの私のどこに魅力を感じてくれたのかはまったくもって謎に包まれてはいるものの、いずれにしても彼女はその日を境に私に対して興味を抱き始めた。あの男性が気になるのだがどうしたらいいのだろう。彼女が相談した人物こそが、他でもないボサノバの恋人であった。

「いきなり二人で会うのは恥ずかしいそうなんだ。だから可能なら、合コンみたいな形式で顔合わせをして、それをきっかけに打ち解けていきたい、と」

随分と奥ゆかしい。そんなことをせずとも直接食事の機会でも設けていただければと考えてすぐに、なるほど我ながらまったくもって会話の弾む未来が見えないことに気づく。男子校という硬派で色気のない空間で育ってきてしまった関係で、未だに女性とまっすぐに目を合わせて言葉を交わすことができない。一方、ボサノバとその彼女に同伴してもらい二対二のお見合い形式をとるのも、何やら友人に恋路の行く末を観察されているようで薄気味悪い。合コンに乗じての顔合わせという形式は存外、悪くない選択肢なのかもしれない。

「俺が河瀬を含めて適当に五人くらい男を用意する。俺の彼女がその女の子を含めて女性を五人ほど用意する。そんな五対五の合コンの中で、ひっそりと仲良くなってくれたら嬉《うれ》しい。安心してくれ。俺の彼女曰く、その女の子は相当に可愛いらしい」

正直なところ、自分に好意を寄せてくれている女性がこの宇宙に存在しているという奇跡だけで十分に腹は満たされていた。容姿に関しては格別の注文も要求もないのだが、しかし可愛いというお墨付きは少なからず私の心の水面に高揚と喜びの波紋を残した。

四六時中ボサノバを聞いているが故にボサノバというあだ名となった彼の本名が言

われてみれば三好だったことを思い出しながら、私は早速言われたとおりに名札を胸につける。しかし他の男性陣が軒並み「ヒカル」だとか「りょーた」といった砕けた表記のものを身につけているのを見ればにわかに恥じらいの念が食道辺りまでせり上がってくる。なぜ私だけが明朝体でフルネームを晒《さら》さねばならない。彼らなりに気を遣ってくれた結果の表記なのだろうとはわかりながら、こんなものを胸につけていれば笑いものにされること請け合いである。プラスチックのケースから紙を取り出し半分に折り、「河瀬」の文字だけが見えるようにして再びケースにしまうと、いよいよ女性陣、最初の一人が現れた。

「……あの、よろしくお願いします」

出会った瞬間、全身に稲妻が走り、なるほどこの人こそが運命の相手なのだと確信しましたというようなおしどり夫婦の馴《な》れ初めエピソードの類を耳にしたことがあるが、不肖、河瀬倫義、まさしくそれをこの瞬間に体験してしまった。彼女の姿を見たそのとき、理屈を積み上げる前に本能が確信したのである。彼女こそが、今日出会うべき噂《うわさ》の女性。言うなれば赤い糸ですでに結ばれていた〈糸の人〉であると。

そのまま朝ドラの主演を務められそうな透き通った清純の香りを放つ彼女は、イケメンから白紙の名札を受け取ると艶やかな長い黒髪をそっと耳にかけ、サインペンで「つむぎ」と記してからケースへと戻す。彼女が座ったのは我々の運命や宿命といっ

たものを象徴するように私の目の前の席であった。小さな純白のポーチを優しく抱いたつむぎさんは、

「あの、河瀬さん……ですよね」

いかにも私が河瀬である。イケメンを始めとする四人の男性からの緩やかな嫉妬の視線を頬に感じながら私は頷いた。

「……実は以前、河瀬さんのことを大学でお見かけしたことがあって」

それ以上は言わずとも――私はかくかくと不器用に頷きを繰り返し、委細承知していることを言葉ではなく体で表明してみせる。口頭で伝えなかったのはそれが粋だと感じたからではなく、単純に喉がからからに渇いており言葉が紡げなかったからだ。まだ開会前ではあったが、お冷やならば飲んでも許されよう。私は遠慮なくごくごくと一杯の水を瞬く間に飲み干すと、

「……すみません、緊張しておりまして」

彼女は揶揄《からか》うのではなく、心から楽しそうに微笑んで「私もです」。見れば見るほどに美しい女性であった。現在二年生である私よりも幾らか年下に見えるので、必然的に一年生ではないかという予測が立つ。思えば私は、自身に興味を抱いている女性が現れるという以上の情報を何も持ち合わせていなかったことにようやく気づき、しかし同時にこれから長い時間をかけてゆっくりと互いを理解していけ

ばいいではないかと思わず目を細めてしまう。人間の本質というやつは複雑怪奇に違いないが幸いにして人生は長い。しわしわの皺《じわ》だらけになった手を互いに重ね合わせ、あなたのことがようやくわかりましたよと微笑む晩年たるやなんと美しきことか。まだまだ瑞々《みずみず》しい彼女の手を見つめながらそんなことを考えていると、ふと、彼女の左手の人差し指と中指にそれぞれ絆創膏《ばんそうこう》が巻かれていることに気づく。

「……お怪我を？」

「わっ、バレちゃった。お料理の際に少し失敗をしてしまいまして」

恥ずかしそうに笑う姿に、私の心臓がまた一段と大きくうねる。なんと家庭的で愛らしい人なのだ。すでに好きの気持ちが閾値を遥《はる》かに上回っており、もはやこれ以上この場に留まり続けることに意味を見出せなくなってくる。すぐにでも二人きりになれるバーに、あるいはそのまま婚姻届を提出しにお役所に。

そんな中、突如として男性陣がどっと沸いた。二人目の女性が到着したのだ。

すらりとした長身に、ほっそりとした体つき、それでいて血色のいい肌に、些かフォーマルな純白のジャケット姿。今しがたつむぎさんとの永遠の愛を約束した私でも見蕩《みと》れてしまう美しい女性であった。まだあどけなさの残るつむぎさんとは打って変わって落ち着いた女子アナ風の彼女は、私以外の四人の男性陣に軽い会釈をするが早いか、

「初めまして。遠埜有希《とおのゆき》と申します」

つむぎさんの隣の席に腰掛け、この私に対して声をかけてきた。胸には一切の不正を嫌うような厳格な筆致で書かれた楷書のフルネーム四文字。ただでさえ極限に近い緊張状態にあった私が彼女の堂々とした視線を浴びて平静でいられるはずもなく、私は乾杯前にもかかわらず早々に二杯目のお冷やを飲み干してしまう。

「実は私、以前から河瀬さんのこと知っていたんです」

なんと。どうにか気の利いた返事をしなければと口をあぐあぐとさせてみるが、思考がまとまらないのだから言葉を紡げるはずもない。ひたすら唸り声のようなものを繰り返す私をしばし見つめていた遠埜有希さんは、やがて視線をテーブルの上へするりと落とすと微かに頬を上気させながら、

「今日は、よ、よろしくお願いします」

寝顔や寝起きの表情といったものに少なからぬ魅力を覚えてしまうのと同じように、完璧に思われた女性が見せる一瞬の隙にはえも言われぬ魔性の吸引力が発生する。私はこのままでは胸の高鳴りを根こそぎ遠埜有希さんに吸い取られかねないと判断し、絶壁から飛び出した突起状の岩にでも摑まるような心地でグラスを握る右手にぐっと力を込めた。

よもやまさか、私のことを知っている女性が二人も現れてしまうとは。合コンとい

う場で誰と誰がくっつこうが乳繰り合おうがそんなものは民主国家において自由であることには違いないが、しかし今宵の私においてはそういうわけにもいかない。

私はせめて〈糸の人〉の名前くらいは聞いておくべきだったと猛省し、二人の女性に断りを入れてから席を立つと店外の通路でボサノバに電話をかける。十秒も待たぬうちに通話が始まるが、何やら向こう側がそこはかとなく騒々しい。お前はいまどこにいるのだと尋ねれば、郊外のショッピングモールで恋人とデートの真っ最中だとのたまう。

「それは悪かった。手短にすませる」

「いや、気にしないでくれ。今は一人だから」

私は斯《か》く斯く然々、現在の状況を手際よく説明し、今宵私が出会うべき〈糸の人〉の名前を尋ねる。つむぎさんなのか、遠埜有希さんなのか。最初の一文字目が口にされた瞬間に恋のレバーを右か左かに思い切りよく倒してしまおうと思っていたのだが、ボサノバが口にしたのは、

「参ったな……実は俺も名前は知らないんだ」

「何だと？」

「彼女から『紹介したい子がいる。ちゃんと合コンに参加させるからよろしく』としか言われていなかったんだ。まさか河瀬のことを知っている子が二人もいるとは」

「なら申し訳ないが、彼女さんに確認をとってはもらえないだろうか」

「悪い。それはできないんだ」

「……なぜ？」

「今、映画を観てるんだ」

彼女は本日封切りのアクション映画をいたく楽しみにしていたのだが、ジャンルを問わず映画全般を睡眠導入剤程度にしか認識できないボサノバは彼女の隣で映画を鑑賞する権利を剝奪されてしまっていた。鼾《いびき》がうるさく、集中できない。お前は喫茶店で待機していろ。律儀に言いつけを守っているボサノバは現在シアトル系コーヒー店でアイスコーヒーを啜《すす》っているという塩梅《あんばい》で、彼女に連絡をとるいかなる手段も持ち合わせていなかった。

気持ちとしては今からでもチケットを買って劇場に入り、彼女の肩を叩いて外に呼び出して〈糸の人〉の名前を尋ねるくらいのことをして欲しいところであったが、さすがに過ぎた要求であるのは明白であった。私はそれでもこのまま電話を切ってしまうわけにはいかず、些細なことでも構わないから何かしら〈糸の人〉に纏《まつ》わる情報を寄越してくれと懇願する。

「申し訳ないが、とても可愛いってことくらいしか聞いてないんだよな……。あ、待て。そういえば今日のために服を買いに行ったという話は聞いたぞ。河瀬に少しでも気に入られたい一心で、三時間かけて服屋を見て回ったという話を耳にした」

どれだけ健気で愛らしい女性なのだ。愛おしさとともに強烈なシンパシーが湧き上がってくるのは何を隠そう、この私も今日のために三時間かけて服を新調したからである。やはり彼女は私と結ばれるべき〈糸の人〉なのだ。席に戻り次第、すぐにでも服がおニューであるのか否かを確認せねばなるまい。私が決意を新たにしたところで、ボサノバが咳払《せきばら》いを挟んで何やら意味ありげに声のトーンを落とした。

「言うか言うまいか迷ったんだが、一応、河瀬に伝えておく」

「何だ、どうした」

「実は今日、茶柱《ちゃばしら》の彼女が合コンに参加するみたいなんだ」

私は言葉を失った。ボサノバの本名は三好であるが、茶柱の本名は茶柱である。当人の説明によれば壇《だん》ノ浦《うら》の戦いとそれに伴う平家の敗走が契機となり生まれた由緒正しき名字ということであったが、起源については今はどうでもよい。交友関係の極端に狭い私が自信を持って友人であると断言できる数少ない友人の一人であり、私と同じダンゴムシ仲間でありながら血の滲むような努力の末にようやっと恋人を獲得したのが茶柱であった。ここ最近は恋人を作れたという実績を異様なまでに鼻にかけ、いいかね河瀬くん、女の子というのはだね、恋というのはだね、つまり愛というのはだねと講釈を垂れるようになってしまったのが玉に瑕《きず》であるが、私よりも些か前進しているダンゴムシであるのは事実であった。現在私が着用している衣服も、茶柱とともにアウトレットモールで購入したものである。エイピーシー、アグネスビー、ニコランド――看板を目にする度に茶柱はブランド名を読み上げて知ったふうを装っていたが、帰宅してネット検索をしたところすべて知ったかぶりであったことが早々に判明した。

閑話休題。どうしてそんな茶柱の彼女が合コンに参加せねばならぬのか。厄介なのは私もボサノバも、ともに茶柱の彼女と面識がまるでないことであった。恋人の情報を出してしまえば何かが損なわれると本気で信じている茶柱は秘密主義を徹底し、現在に至るまで彼女の顔も名前もこちらに開帳しようとしない。

「茶柱とは別れたのか？」

「いや、そんなはずはない。俺の彼女が言うに『茶柱くんの彼女がどうしても参加したいって言ってるからOKを出してしまったんだ』と。さすがに河瀬にアプローチはしてこないと思うが、一応、頭の片隅にとどめておいてくれ」

小さな懸念事項が増えてしまったが、〈糸の人〉を見極めることに忙しい私にとっては些事であった。可能なら茶柱には引き続き恋人のいる暖色のキャンパスライフを過ごして欲しいというのが偽らざる本音であったが、しかし私にできることは悲しいほどに少ない。電話を切って席に戻ると、美女が二人から五人に増えていた。女性の容姿に関しては比較的甘口採点が常の私ではあるが、それにしたって街でもそう頻繁には擦れ違えないクラスの美人がずらりと揃《そろ》っている。

「わ、河瀬さん！」

胸に「ハルコス」というどう考えても本名とは思えない名札を下げた小柄な女性が、私に向かってぺこりと頭を下げる。綺麗に整えられたショートボブに、ほんのりとアヒルのように尖《とが》らせた口元、袖をわずかに余らせた少し大きめのパーカー。女性に慣れていない男性を狙い撃ちするためだけにチューンナップされたような彼女の姿は、当然ながら日陰のダンゴムシに対しても絶大なる殺傷能力を発揮した。

「以前、講義室でちょこっとお顔を拝見したことがありまして」

もはや自分でも驚いているのか喜んでいるのか戸惑っているのか判然としない。ひとまず三度《みたび》急激な干魃《かんばつ》に見舞われた喉に一刻も早く潤いを届けようとお冷やへと手を伸ばしたのだが、手元がおぼつかない私は過ってグラスを落として割ってしまう。大きな音にこれまた随分と可愛らしい驚きの声をあげたハルコスさんはとたとたと私の方へと駆け寄ってくると、

「わわ、怪我はありませんか？　壊れちゃったグラスは触っちゃダメですからね。すぐに店員さんを呼んで直してもらっちゃいましょ」

言わずもがな割れたグラスを修復できる店員が実際的にいるはずがないことは百も

承知しているのだが、不思議と彼女が口にすると何やらそんな魔法も可能であるような気がしてくる。私は瞬く間に彼女の虜《とりこ》となった。いとも容易《たやす》く心を奪われてしまった粗忽《そこつ》な私がようやく〈糸の人〉候補が二人から三人に増えてしまった事実に気づいたとき、さながら波状攻撃を仕掛けるように、

「実は私も前に、河瀬さんのことを――」

「あ、私もです」

四人目の「史帆《しほ》」さんと、五人目の「亜香里《あかり》」さんについては、鋼の意志でひとまず細かな観察はしないことと決めた。興味がなかったからではなく、精緻に観察すればダンゴムシが恋に落ちてしまうのは必定だったからである。〈糸の人〉候補はものの数分のうちに二人から五人へと膨れ上がり、膵臓《すいぞう》の隣辺りにある心のラジエーターがいよいよ熱を処理しきれなくなってくる。

まもなくそれぞれの前に飲み物が配られると、イケメンが高らかに開会の辞を述べる。

「じゃあ、とりあえずファーストインプレッションタイムいっちゃいましょうか」

それが毎度おなじみのイベントであるのかは私には知る由もなかったが、イケメンは現時点で女性陣がいったい誰に対して最もときめきを覚えているのかを探る催しを提案した。イケメンのかけ声を合図に気になる男性を一人指差して欲しいということ

らしい。平生であったならなんとちゃらけた遊びであろうかと鼻白んでいた私だったが、このときばかりは渡りに船であった。これで労せずに〈糸の人〉がわかる。

「せーの、はいっ」

五本の指がすべて自らのほうへと向いていたときのダンゴムシの心境をいかに説明しようか。

どうして私の気持ちを弄《もてあそ》ぶのだという訝《いぶか》りと憤りの気持ちに支配されたのはほんの数秒。これでは〈糸の人〉がわからないではないかと焦りが芽生えたのもほんの数秒。ちょっと待て、茶柱の恋人までもが私を指差したのかという驚きは、残念ながら脳裏をかすめもしなかった。男性陣の白けた視線を尻目に、私は自らの頬がしっとりと蒸された肉まんよろしくふんわりと蕩《とろ》けていくのを隠せなかった。

和食ビュッフェが売りの店ということもあって、ファーストインプレッションタイムが終われば我々十人はやおら料理の並んだスペースへと足を運ぶことになる。私はどこか宙に浮いたような心地で鮭の切り身にがんもどき、南瓜《かぼちゃ》の煮物と、高揚感に乗せられるがまま白い皿の上にいそいそと料理を並べていく。その間もダンゴムシに対して美女たちが入れ替わり立ち替わり、どれも美味しそうですね、河瀬さんそれがお好きなんですか、私もそれ食べよ、種類が多くて迷っちゃいますねとこちらの目を焼かんばかりに眩《まぶ》しすぎる笑みを見せてくれるので、そのうちに私の鼻の下はゆるゆると無際限に伸び始める。

「あれ、河瀬じゃないか。久しぶり」

退店しようとしていた六人ほどの男性グループの一人が立ち止まり私に声をかけてくる。なんと、久しく会っていなかった高校時代の同級生コウジロウではないか。高校のクラスメイトなど会いたくもない人間ばかりなのだが、彼に関しては偶然の再会を素直に喜ぶことができた。

「なんだ河瀬。合コンか」

「ま、まあ、そのようなものだ」

「頑張れよ」

ともすると赤面必至のシチュエーションなのだが、彼に応援されると素直に頑張ろうかなという気になれるので不思議である。コウジロウを見送ると気が大きくなった私は食が細いくせに大食漢でも演じようかと二枚目、三枚目の皿にも山盛りの料理を載せ、テーブルと料理スペースを行ったり来たりしていたのだが、やがてポケットに入れていたスマートフォンが震えていることに気づくとまたしても店外の通路へと飛び出した。電話をかけてきたのは今しがた久しぶりの再会を果たしたコウジロウではないか。

「落ち着いて聞いてくれ河瀬。実は俺の連れが教えてくれたんだが、その合コン、少しばかりまずいかもしれない」

　穏やかではない一言であった。冗談を口にするような人間でもないので思わず身構えた私が続きを催促すると、

「どうやら女の子の中に、連れの地元では有名な、反社会的組織の構成員の娘さんが紛れていたって話なんだ。もちろん当人は至極まっとうで素敵なお嬢さんなんだが、いかんせん彼女が男性といい仲になると父親が出張ってきて、相手の男を容赦なく半殺しにしてしまうみたいなんだ」

「……あ、あ？」

「更にこれは別の連れが教えてくれたんだが、もう一人、界隈《かいわい》ではそこそこ有名なアイドルグループに所属している女の子が交じっていたらしい。特にメンバーの恋愛を御法度にしているわけじゃないんだが、ちょっとばかりダークで宗教的なイメージを売りにしているグループ故にファンが過激らしい。以前、同グループの別メンバーの熱愛が発覚した際には、交際相手の男性が包丁でめった刺しにされて殺されている。というわけで河瀬、気をつけてくれ。それじゃあ、合コンを楽しんで——」

「待て待て待て。恐ろしい情報だけ残して電話を切ろうとするな。それはいったいどの子なのかを教えてくれ。それが聞きたい。逆に言うとそれを教えてもらえないのなら、こんなものはただの脅迫にしかなり得ないではないか」

「ええとだな、どうやら反社の娘さんのほうは、気を抜くと強めの方言が出てしまうらしい。どこの出身なのかはわからないが、とにかく地方の出なんだそうだ。一方でアイドルのほうは肩から肘にかけて髑髏《どくろ》のタトゥーが入っているそうでそれさえ見れば簡単に判別が――」

いやいや何ゆえ周辺情報しか教えてくれないのだ。幸いにして全員名札をつけているのだから当人の名前だけ教えてくれれば構わないと告げるとコウジロウは言いにくそうにもごもご言ってから、

「すまない。聞きそびれてしまったんだ。そして情報を提供してくれた友人二人はアルバイトに行ってしまったから向こう数時間は連絡が取れない……悪い」

私はスマートフォンを握りしめたまま呆然と立ち尽くした。ただ〈糸の人〉との面会の場として参加した合コンでどうして命の危機に晒されねばならない。ダンゴムシが無闇矢鱈に湿地帯を飛び出し陽の光を浴びようとした罰なのだろうか。沈黙の長さから私の落胆と動揺の程を察してくれたコウジロウは付け加えるように、

「あ、ちなみに、アイドルは先週土曜日のお昼頃に初めてのホールワンマンライブをしたそうなんだが、これがまた大変な盛り上がりを見せたらしくて、その、つまり……ええと」

塵《ちり》ほどの価値もない情報にそれでも私は礼を言って電話を切った。そのままスマー

トフォンをポケットに戻して頭を抱えようとしたのだが、続けて振動するので再び画面を見つめると茶柱からメッセージが届いているではないか。

「これ、リンギが参加してる合コンにいる女じゃね？」

茶柱からのメッセージには、Twitter のキャプチャとおぼしき画像が添付されていた。

「和ビュッフェ合コン参加中！　料理おいしい〜！」

呟きに添付されている食事風景の写真にはこの店の名前であろう「さち富《とみ》」という文字が刻まれているドリンクメニューと、先ほど私が皿に載せたものと寸分違《たが》わぬ料理たちが写し出されている。なるほど投稿時間からして現在合コンに参加している女性のうちの誰かのアカウントなのであろうと推察できたが、だからなんだという話であった。茶柱がどのようにしてこのアカウントに辿《たど》り着いたのかはわからないが、個人を特定して晒し者にしようなどとは随分と趣味が悪い。早速批難のメッセージの一つでも返してやろうと数文字ほど入力したのだが、アカウント名とそれに続くプロフィール欄を見た瞬間に私は立ちくらみを起こした。

「女子大生奥様@旦那に内緒で夜遊び中‥大学在学中に結婚するも、旦那が構ってくれないので奔放に遊び回っているダメ学生妻。弁護士との結婚はいいことなしだと喧《けん》伝《でん》するアカウント」

戦慄した私は全身のありとあらゆる関節に力が入らなくなっていることに気づき、とうとうその場にくずおれた。世の中には信じられないことに白米の上にマヨネーズをかけて食べる人間がおり、十円安い卵を買うために高速道路を一時間快走する人間がおり、さらには既婚者の身でありながら合コンに参加する女子大学生が存在するのだ。

私はすぐにボサノバに電話をかけると、金なら後でいくらでも払うので即刻劇場に飛び込んで彼女を呼び出し、〈糸の人〉の本名を聞き出して欲しいと依頼する。

「河瀬、悪いが本当にそれだけはできない。大抵のことは許してくれる優しい彼女なんだが、映画とトイレの蓋の開け閉めに関してだけは戦争の火種になるんだ」

「ならばどうしろと言うのだ。あの場には恋をすれば命さえも危うい反社の娘とアイドル、それから好きになれば社会的に色々なものを失う既婚者に、茶柱の恋人までもが紛れ込んでいるのだ。そして五人の女性全員が私のことを学内で見かけたと言っていた。もはや目的の彼女を見定めることはできないのに、目的の彼女以外の女性の手を取ってしまえば――」

いや、待てよ。〈糸の人〉が反社の娘であったり、アイドルであったりする可能性もあるのか。

「それはない。彼女は普通の大学生、アイドルじゃない。そして幼い頃に父親を亡くしてるって話はしてたから、父親が娘の恋人をたこ殴りにすることもできない。もちろん茶柱の恋人でもないし、ましてや既婚者なんかでは絶対にない。……それにしても河瀬は講義室で少々けったいな演説をかましすぎたな。多くの女性に姿を認知されるのも頷ける」

「演説などしていない。というかボサノバよ、さすがに今日は帰らせてもらえないか。ただの顔合わせの場だったはずなのに気づけばだいぶリスキーな人狼ゲームの様相を呈し始めている。面倒をかけて申し訳ないが、ここは後日、また別の機会を設けてもらってやはり二人きりでの食事を仕切り直してだな」

「……それは勘弁してやってほしいんだ。どうやら彼女、今日のために相当勇気を振り絞って合コンに参加してくれたみたいなんだ。空元気で明るく振る舞うのは上手だって話を聞いていたんだが、本当は泣き虫で打たれ弱い女の子なんだそうだ。そんな子が三時間かけて服を選んでお化粧をして、やっとお前に会えたんだよ。それなのにお前が帰ってしまったらどう思う」

あぁ、好きだ。

私は胸を押さえながら電話を切り、呼吸が浅くなっているのを感じながらもどうにか冷静に頭を働かせてみる。反社の娘とアイドルはそれぞれ別の人物から密告があったので同一人物ではないと推定でき、親に恋愛を妨害され続けてきた反社の娘が既婚者にも茶柱の彼女にもなり得ないことは自明である。そうしていくつかの論理パズルを解いていくうちに、私は〈茶柱の彼女〉、〈既婚者〉、〈反社の娘〉、〈アイドル〉、そして〈糸の人〉がそれぞれ間違いなく別人であるという結論を導き出すことに成功した。

紳士であるために〈糸の人〉を探さねばならないと思っていたのだが、とうとう自らの社会的、あるいは生物的な命を守るために〈糸の人〉のことを探し出さねばならなくなった。私は既婚者の存在を密告してくれたことに対する返事はせずに、ひとまず茶柱に対して緊急事態なので名前でも容姿でも構わないから貴様の彼女の特徴を速やかに教えるようにとメッセージを認《したた》める。まもなく届いた返事は、

「えぇ、リンギ。俺の彼女盗ろうとしてない～？」

そうならないために尋ねているのだろうが、この大うつけ者。

しかしさすがに茶柱に対して、お前の彼女が合コンに参加しているぞと告げるのはあまりに残酷で無慈悲が過ぎる。彼の自尊心のことを考えてみても大いに憚《はばか》られるので私は再度同様の質問を送信することしかできない。

「しょーがないなぁ……。【俺の彼女に関する情報その1】ちょーかわいい」

こいつは駄目だ。まるで話にならない。私は現在手元に集まっている情報をスマートフォンのメモ機能を使って整理する。まずもって〈糸の人〉は「今日のために服を

新調した」「父親を幼い頃に亡くしている」。続いて〈反社の娘〉は「地方出身で気を抜くと強めの方言が出る」。〈アイドル〉は「肩から肘にかけて髑髏のタトゥーが入っている」。〈既婚者〉については茶柱から送られてきた画像を見てみると、左手に箸を持っていることから「左利き」であることと「赤いネイルをしている」ことがわかる。〈茶柱の彼女〉に関してはほぼほぼ何も情報がない。

私は意を決して一計を案じると店員に話をつけてから、ようやく自席へと戻る。さすがに妙齢の女性が五人に男性が四人、すでに場は大いに盛り上がっているであろうと思っていたのだが、ファーストインプレッションタイムで私が五本の指を我がものにしてしまったことも遠因となっているのかあまり会話が弾んでいる様子もなかった。

席に戻るなり、随分と長い時間中座されてましたけど体調は大丈夫ですか、無理なさらないでくださいね、戻ってきていただけるの楽しみにしていたんですよと矢継ぎ早に女性陣から声をかけられ、あはあはと我ながら実に不気味な照れ笑いを浮かべてしまうのだが、間抜け面で心を許していい状況ではなかった。私はこの一撃によってすべてが円満に解決してくれることを祈りながら、なるべく声を張って五人の女性に尋ねた。

「あ、あの、今日のために服を新調したよ、という方はいらっしゃいますでしょうか」

「あ、私……これ買ったばかりの服です」

控えめに手を挙げたのは私からやや離れた席に座っていた「史帆」さんであった。私は恋に落ちた。五人の女性がそれぞれ美しく魅力的である中で、彼女の衣服が飛びきり洒落ており高価であるのはダンゴムシである私にも容易に判別ができた。女性の衣服のパーツを表現する言葉を知らぬ無教養な人間なので正確な描写こそできないのだが、灰色のVネックのシャツに灰色のスカートというシンプルな恰好ながら、上品なトリコロールカラーの袖飾りが何とも言えぬ気品を放つ。丸い大ぶりの金縁眼鏡にこれまた灰色のベレー帽という一歩間違えれば仮装大賞のようにもなりかねない小道具を完璧なバランスで身に纏っている。私は本日をもって初めてベレー帽の正しい被り方というものを知った。ただ佇《たたず》んでいるだけで上等なワインに酔わされているような錯覚を覚える女性であり、言うなればクリエイターや芸術家、あるいはデザイナーという言葉がぴったりとくるセンスの塊のような女性であった。私は〈糸の人〉が存外簡単に見つかった喜びについつい嬉しくなってわかりもしないのに服のブランド名なぞを尋ねてしまう。

「トムブラウンなんです。メンズブランドのイメージが強いですけど、モード風なのにやっぱりトラッドで、ウィメンズもマニッシュな香りがするのが本当に大好きで」

「うんうん。ト、トラッドでマニッシュですよね」

好きだ、好きである。これからは心を入れ替えてファッションに関する知識も身につけなければと決意を新たにしたところで、

「私も、おろしたての服です」「私もです」「あ、私も」「全員ですね……私もなんです」

終わってみれば五人全員が、新品の服を着用していたことを知る。私は史帆さんに抱いてしまった恋心を懸命に清算し、どうにかフラットな心を取り戻そうと苦心する。〈糸の人〉に繫《つな》がるヒントはもう一つ「父親を幼い頃に亡くしている」というものもあったが、さすがにこの場で「小さい頃に父親を亡くしちゃった人はいますか」と尋ねられるほどデリカシーのない人間ではない。同様に遠回しに父親のエピソードを要求し、うまく回答できない人間を〈糸の人〉だと見極めるという手段もあまりに無神経で非人道的であった。

こうなれば仕方ない。私は先に他の四人の特定をし、消去法的に〈糸の人〉を炙《あぶ》り出す作戦をとることに腹を決めた。〈既婚者〉は左利きで赤いネイルをしており、〈アイドル〉は肩から肘にかけてタトゥーがあるはずであり、〈反社の娘〉は地方出身者で気を抜くと方言が出る。私はざっと五人を観察した上で出身地を尋ね、それぞれの特徴を瞬時に捉まえる。

・つむぎさん……左利き：長袖で肘が見えない：青森出身
・遠埜有希さん……：：大阪出身
・ハルコスさん……：長袖で肘が見えない：滋賀出身
・史帆さん………左利き：：東京出身
・亜香里さん……：長袖で肘が見えない：埼玉出身

食事をしている最中ということもあって全員の利き手は簡単に判明し、半袖になっている二人は肘にタトゥーがないことがすぐにわかった（ありがたいことに遠埜有希さんは先ほどまで着ていたジャケットを脱いでいた）。話のとっかかりとして出身地を尋ねるというのが極々自然であったこともあり、口下手な私でも瞬く間に必要な情報を手元に揃えることができた。

私はすでに二択に絞られている〈既婚者〉の割り出し作業に入ることに決め、早速二人の手元の観察作業へと移ったのだが、いやはや悲しいほどすぐに〈既婚者〉の正体は判明してしまった。二人ともに似たような赤いネイルをつけている上に似たように細長く美しい指をしていたのだが、つむぎさんの左手には先ほども確認したとおり、絆創膏が巻かれていたのだ。

しかし〈既婚者〉がTwitterに投稿した左手には絆創膏が巻かれていない。ということはすなわち、〈既婚者〉こと「女子大生奥様@旦那に内緒で夜遊び中」の正体は、必然的に一人に絞られてしまう。たった数分前に私が恋に落ちてしまったデザイナーのようなベレー帽の女性、史帆さんではないか。

「私、休みの日は一人で水族館に行って、色々な種類のクラゲを観察するのが好きなんです」

どうやら場は一人ずつ休日の過ごし方を語るフェーズへと移行していたようで、タイミングよく史帆さんが愛らしい身振りを交えながら自身のことについて語っているところであった。数分前ならいざ知らず、彼女の実態を知ってしまえば紡がれる言葉の数々は魔女の囁《ささや》き以外の何ものでもない。史帆さんはさも私の休日の過ごし方はどうでしょうかと伺いを立てるように私のほうを見つめていたので、私は声を震わせながら、残念ながら気が合わないかもしれないなとぼそぼそと独りごちてみる。

本来であったのなら大海を縦横無尽に泳ぎ回ることのできた魚たちを狭い水槽に閉じ込め、それをただひたすら人間のエゴでもって観察対象へと落とし込んでしまう施設というのはよくよく考えてみると非常に非倫理的な空間であり、あまつさえそれを愉悦と捉えることにはともするとー種の野蛮さが存在しているのではないだろうかと、日頃微塵《みじん》も考えていない持論を展開する。私は史帆さんの表情に些かの落胆の色が見えたことを確認すると、ひとまず〈既婚者〉の毒牙からは逃げることに成功したと確信する。

「ちょっと暑くないですか?」

手をうちわのようにして扇ぐつむぎさんに対して私は歪《いびつ》な笑顔を見せ、すぐに冷房を効かせるように言ってきましょうと言って席を立ち、つかつかと店員のもとに歩み寄ってこの調子でがんがんと暖房を効かせて欲しいと追加の五千円を手渡す。

「私がもういいですよと言うまではこのままお願いします。目的が達成できたら約束通り一万円をお支払いしますので」

「かしこまりました」

季節は六月も後半。冷房が必須とは言えないもののしっとりと汗をかいてしまう陽気も多い中で、季節外れの暖房がついていれば誰だって上着を脱ぐか袖まくりくらいはしたくなるものである。そこでちらりとでも肘が見えればこちらの勝利。さすがに髑髏のタトゥーを衆目に晒すのはいかがなものかと〈アイドル〉が抵抗を見せたとしても何ら問題はない。他の四人の肘にタトゥーがないことさえ判明すれば必然的に一人の女性を炙り出すことができるのだ。私は北風と太陽の童話に着想を得た自らの計略の鋭さを自賛し、再び自分の席へと戻ろうとしたところで、しかし違和感を覚える。

「このお店の名前は『さち富』さんではなかったのですか？」

「いいえ。当店は『富さち』でございます」

私はどこで誤認が始まっていたのか正体を探すために寸刻思考を整理し、いくらもしないうちに勘違いの発端を思い出す。素早くTwitterアプリを開いて「女子大生奥様」のアカウントを見つけ出すと、くだんの画像を開いてやはりそこに「さち富」という文字が刻まれていることに気づく。

何ゆえ、この画像のドリンクメニューに記載されている店名だけが誤っているのだろう。

考えてすぐに私は自らの中でかくも恐ろしい仮説が組み上がっていくのを感じた。いや、そんなはずは、馬鹿な阿呆なと考えるのだがしかしこれ以外に納得のいく説明ができないのだからそれが真実である。ドリンクメニューに記載されている「さち富」という文字は、横書きの文字であったのだが、これを左右反転するとちょうど「富さち」という本来の店名に戻る。ということはすなわち、この画像は左右反転していた画像であったのだ。

つまるところ〈既婚者〉は左利きではなく右利きであったのだという判断に飛びつきたくなるのだが、これはとんでもない誤謬である。「女子大生奥様」の過去の投稿画像を確認してみると、やはり彼女は左利きであることがわかる。いずれの画像においても彼女は左手で箸やスプーンを持っており、また画像の中の文字が左右反転しているようなこともない。ではなぜこのような七面倒臭い加工を施したのかと考えれば答えは一つしかないではないか。

私は席に戻ると、史帆さんの左手には赤いネイルが施されているものの右手には青いネイルが施されていることを確認し、すぐに頭を下げる。先ほどは水族館でクラゲを見るという趣味に対して何やら苦言めいたものを呈してしまいましたが、あれはすべて幼少時に水族館に連れて行ってもらえなかった嫉妬心とトラウマから出た言葉であってまったくもって本心ではございません、本当は今すぐにでもゆらゆらと水中を漂う美麗なクラゲの姿を目に焼き付けたいと思っております、本当に申し訳ございませんでした。ベレー帽の史帆さんが笑顔を取り戻してくれたことに胸をなで下ろすと、私はそのまま亜香里さん、ハルコスさん、遠埜有希さんの三人の右手にネイルが施されていないことを確認する。

気づいてしまえば私の胸は炎のような義憤に大いに燃えさかり出す。わざわざ画像を反転加工して投稿した理由は他でもない。左手に巻いてある絆創膏がフォトジェニックではなかったからどうにかして除外したかったのだ。つまり本当の〈既婚者〉は――私は目の前で休日の過ごし方を説明するつむぎさんへと目を向ける。

「私、最近はミルクティ作りに凝ってるんです。茶葉から牛乳にまでこだわって、丁寧にゆっくりとロイヤルで煮出すと本当に美味しいミルクティができて――」

「そ、それはいかがなものだろうか」

ミルクティ作りというのは実のところふぐ刺しの調理に近いものがあり、安易に素人が手を出すと痛い目を見るというのが最新の研究によって明らかになってきている。かく言う私も店で出されるミルクティ以外は怖くて口をつけられないという種類の人間で、最近はミルクティ作りに手を染めている人間を見るとそれだけで鳥肌が止まらないということもしばしば――と、これまた即席の持論を展開する。

「……あら、そうだったのですね」

可愛らしく口元を隠す仕草に一瞬だけ心を揺さぶられそうになってしまうが、騙されてはいけない。しばらくするとつむぎさんはテーブルの下で何やらスマートフォンをいじり始める。これはもしやと思って例のアカウントを参照してみれば最新の投稿が追加されており、

「童貞臭全開の男になぜか私のミルクティ作りの趣味全否定されてムカムカ〜。ちょっと遊んで性癖ぐっちゃぐちゃに歪《ゆが》めてやろうと思ったのに最悪〜！」

私は思わず心臓を押さえた。そして対面した瞬間に彼女に対して運命を感じてしまった自身のあまりの見る目のなさに失望していた。私は貝になりたい。いやもはや、何も考えない葦《あし》になりたい。しかし私にはまだ〈糸の人〉を探し出すという使命が残

されており、ここで切腹するわけにも退室するわけにもいかないのであった。

・つむぎさん……左利き：長袖で肘が見えない：青森出身〈既婚者〉確定
・遠埜有希さん……：大阪出身
・ハルコスさん……：長袖で肘が見えない：滋賀出身
・史帆さん……左利き：東京出身
・亜香里さん……：長袖で肘が見えない：埼玉出身

私は茶柱から連絡が入っていることに気づく。ようやく彼女の情報を教えてくれる気になったかと思ってメッセージを確認すると、

「【俺の彼女に関する情報その2】俺のことが大大大しゅき」

死ね。

続いて〈アイドル〉が肩から肘にかけて入れているという髑髏のタトゥーを探すことを決心した私であったが、実のところ機は熟していた。富さちの店員が果たしてどのような空調設定にしているのかはわからないが、もはや低温のサウナと呼んでも仔細ないほどに室内は暖まりきっていた。この場の誰もが例外なく額に汗をかいており、私も緊張ではなく純粋に暑さのせいで水をがぶりがぶりと飲み込んでしまうとい

う始末。ハルコスさんがパーカーの袖をまくるのが先か、あるいは亜香里さんが薄手のカーディガンを脱いでしまうのが先か。

先に動いたのは亜香里さんであった。

するりとカーディガンを脱ぎ、露わになったつるりとした彼女の肘には、タトゥーどころかシミの一つも存在していなかった。結果がわかってから事後検証的に考えてみれば、五つの名前を見た瞬間から最も〈アイドル〉らしいのはどう考えてもハルコスさんで、どこかピントのずれた天然めいた発言にもアイドルらしい何かがあった。いずれにしても正体を現してくれたことに感謝して店員に約束の一万円を支払いに行こうかと思ったところで私は目を疑った。

ハルコスさんがパーカーの袖をまくっているのだ。そして彼女の肘にもまた、タトゥーなど存在していなかったのだ。混乱する私はしかし冷静になればアイドルといえどもうら若い女性がグループのコンセプトを維持するために本物のタトゥーを入れるはずがないということに気づき、すべては徒労であったのだと思い至る。見たことも触れたこともないが、世の中にはタトゥー風のシールというものが存在しているという話を小耳に挟んだことがある。きっと〈アイドル〉が活用していたのもそのような代物であったのだ。

「さすがに空調……ちょっとおかしいですよね」

史帆さんは遠慮がちに微笑みながら、灰色のトムブラウンたちに汗染みができてしまうことを恐れるように体の各所に滲んだ汗をそっとハンカチで押さえるようにして拭き取っていた。同調するようにハルコスさんも口をやはりアヒルのように尖らせながら、

「ですよね。これだとさすがに暑すぎてほっこりしちゃいます」

この暑さの中でもハルコスさんの不思議発言に陰りが見えていないことにどこか安心しながらも、しかし私が企てた謀略が破綻していることは火を見るよりも明らかであった。悲しいかな私は転進の決断を迫られていた。ほっこりというよりはぐったりとした空気が立ち込める中、場を和ませようとしてくれたのか史帆さんはまた小さく笑って、

「これじゃ、先週の政治学の弘中《ひろなか》先生みたいになってしまいますね」

熱波を生み出している張本人であることを忘れ、私は思わず笑ってしまった。

三百人は入れるだろうかという大きな講義室で行われるのが政治学の授業であったのだが、先週は何やら空調システムにトラブルが生じたとのことで冷房がまったく効かなかった。涼しいとは言いがたかったがかといって冷房が必要とも思えない気温であったのだが、丸々と太っており元来汗かきの弘中氏はまるでシャワーを浴びながら教鞭を執っているのかと紛うほどの濡れ鼠と化していた。みっともなくてすまんねす

まんねと詫びながらの授業となり、終了のチャイムが鳴るまでついぞ学生たちの間では笑いが絶えることはなかった。

「言われてみれば、そうですね」とハルコスさんを筆頭にこの場にいる全員が笑顔に包まれていたのだが、なぜだか遠埜有希さんだけが事情をわかりかねているようにきょろきょろと一同の様子を窺っていた。

「ごめんなさい私、政治学の授業とってなくて」

話題に混ざりたそうな遠埜有希さんに対してハルコスさんが弘中氏が汗だくになるに至った経緯を詳《つまび》らかに語り始めると、引き時を悟った私は静かに立ち上がって店員のもとへと向かった。有事に備えて財布にしまっておいた虎の子の万札を握りしめ、苦悶の表情で暖房を切ってくださいと口にしようとしたその瞬間にしかし私は天啓を得る。

政治学は土曜日三限の授業であった。いかにして週休三日、四日を作り出すかに腐心しがちな大学生にとって土曜日の授業は言わずもがな不人気なのだが、応募者全員サービスよろしく出席さえしていれば概ねフリーパスで単位を配布してくれる政治学は大変な人気を博していた。ゆえに大きな講義室が割り当てられており、この場にいるほぼすべての学生が弘中氏の汗みずく事件を目撃したのだ——ただ一人、遠埜有希さんを除いて。

『アイドルは先週土曜日のお昼頃に初めてのホールワンマンライブをしたそうなんだが』

二つの情報を照らし合わせてみれば、〈アイドル〉探しは造作もない。ライブに出ていたから弘中氏の汗みずく事件を目撃できなかったとは言い切れないが、逆に汗みずく事件を目撃した全員がライブ会場にはいなかったことを証明できる。つまり——思わぬところから〈アイドル〉の正体が判明したではないか。

私は遠埜有希さんを呼び出すと、先週のホールワンマンライブは実に素晴らしい出来であったと友人が称賛していましたと思い切って鎌をかけてみる。するとわかりやすく慌てた彼女は一度テーブルのほうをちらりと覗き見てから声のボリュームを極限まで落とし、

「……アイドル活動のことについては、内緒にしていただけると」

曰く、アイドルとして限界を感じていた遠埜有希さんは引退の機会を窺い続けていたものの、運営側は主力である彼女の流出を許可してくれない。これはもはや強引にスキャンダルを発生させ脱退の口実をでっち上げる他ないと参加したのが本日の合コンで、最初に目に留まった見知った顔でありなおかついとも簡単に恋に落ちてくれそうな私にロックオンしたというのがこの日の顚末《てんまつ》であった。そんな事情を説明されれば、私は自身の推理が当たっていたことに対する喜びも霧散、想像もしていなかった

深手を心に負う。

お辞儀をしてから席へと戻っていった遠埜有希さんを見送り、私は今度こそ店員に一万円を支払って空調を通常の状態へと戻してもらう。想像もしていなかった手痛い出費が発生してしまった上に当初の計画とはだいぶ異なった道筋を辿ることにはなったが、結果的には見事に〈アイドル〉を割り出すことに成功した。よもやまさか女子アナ風であると形容した遠埜有希さんがアイドルグループの一員であったとは意外であったが、ここで嬉しい誤算が発生したことに気づく。

・つむぎさん……左利き：長袖で肘が見えない：青森出身〈既婚者〉確定
・遠埜有希さん………：大阪出身〈アイドル〉確定
・ハルコスさん……：長袖で肘が見えない：滋賀出身
・史帆さん………左利き：：東京出身
・亜香里さん………：長袖で肘が見えない：埼玉出身

情報を整理すれば一目瞭然。〈既婚者〉と〈アイドル〉の正体がそれぞれ確定したことにより、地方出身者が滋賀出身のハルコスさんただ一人という形となったのである。私は喜び勇んで早速ハルコスさんのことを〈反社の娘〉であると断定したいところであったのだが、しかし未だ彼女が方言らしきそれを一度も発していない事実を考慮して判断を保留する。ひょっとすると私が与《あずか》り知らぬだけで埼玉の奥地では個性的な方言が使用されている可能性も否めない。さて、どのようにして方言を引き出そうかと考えながら席へと戻ると、ちょうど休日の過ごし方についてハルコスさんが可愛らしくも両手を合わせながら語っているところであった。

「私は御朱印集めが好きで、神社に行くたびに『将来は素敵な男性と結婚できますように。そして元気な子供をもらいたいです』ってお願いするんです」

結婚前から里子を欲しがるあたりやはり一風変わった思想の持ち主だなと耳を傾けていた私はすぐに、なるほどこれまで積み上げてきた違和感の正体こそが答えなのではないかと思いあたる。スマートフォンを取り出して滋賀の方言を検索してみれば、瞬く間に「子供を授かる」ことを「子供をもらう」、疲れてへとへとになることを「ほっこり」と表現することが明らかになる。同時に、出会って早々、グラスを割ってしまった私に対して口にした「店員さんを呼んで直してもらっちゃいましょ」という発言の「直す」が修復の意味ではなく、「片付ける」の意であったことを了解する。

彼女は不思議ちゃんではなくただの方言使い——すなわち〈反社の娘〉だったのだ。

すべてを理解した私は本来であったなら何とも思わないどころか素敵な趣味だとし

か思えない御朱印集めに対して執拗なまでに難癖をつけ、イケメンが提案した席替えタイムに乗じて、史帆さん亜香里さんと三人になれる空間を作り上げることに成功する。

五分の一を探す作業がようやく二分の一を探す作業へと変貌した。史帆さんと亜香里さん、どちらかが〈糸の人〉でどちらかが〈茶柱の彼女〉である。正解を選べば晴れて素敵なハッピーエンドだが、しかし間違ったほうを選んでしまえば地獄のような三角関係への突入を意味している。慎重に吟味せねばなるまいと私は鉢巻きを締め直し、それまで観察をおざなりにしていた亜香里さんへと視線を向ける。

視界の端で捉えていたときから薄々わかっていたことではあったが、やはりとんでもなく可愛らしい女性であった。他の四人が手の届かない高嶺の花の香りを漂わせている中にあって、彼女はいい意味で庶民的で等身大の魅力を放っていた。スレンダーと呼ぶには少々肉付きがよすぎるが、かといってぽっちゃりと呼ぶにはさすがに肉付きが足りないといった調子で、実に健康的な体型をしている。丸っこい笑顔がこちらの緊張を適度にほぐし、こんなダンゴムシの私であっても出会って幾らもしないうちに友人にはなれるのではないだろうかと感じさせてくれる温かみのある女性であった。

史帆さんか亜香里さん、果たしてどちらがあのダンゴムシ仲間である茶柱の恋人であるのかはわからないが、いずれにしてもにわかには信じがたい事実であった。どちらの女性も等しく魅力的で、好きになってもよいという許可さえもらえれば、瞬く間に恋に落ちることが可能である。さあ、〈糸の人〉探しもいよいよ大詰め。どのようにして最後の一手を放つべきかと考え始めたところで、しかし私は何やら自らの心中に黒々とした暗雲が垂れ込め始めていることを感じる。

私はいったい、何をしているのだろう。

無論のことボサノバ経由で紹介してもらった〈糸の人〉を探しているというのが紛れもない事実なのだが、それはそれとして私は一体全体、誰とどうなりたいというのであろうか。許可をもらえれば恋に落ちることが可能であるだなんて、そんなもの突き詰めてしまえば見た目がそれなりによくて、自分に対して好意的な対応をとってくれる人間であるならば畢竟《ひっきょう》、誰でもよいという意味ではないか。

それは私が生まれてから今日に至るまで二十年、恋愛という怪物に対して抱き続けてきた漠然とした疑問と葛藤の壮大なダイジェストであった。身も蓋もない言い方をしてしまえば中学時代辺りから女性と接吻をしたい、あわよくば乳を揉ませてもらいたいなどと考えるようになったが、しかし同時にそのような感情を抱くことの邪悪さや気色の悪さに辟易する日々が始まった。周囲のませた同級生がやれ女性と閨事《ねやごと》をするに至ったというような自慢話を耳にする度に、羨ましいという感情と、理性を愛する人間であるならば見事に自分を律してそのような破廉恥は慎んで然るべきだろうという相反する感情が合戦のように激しく錯綜した。私はきっと純愛を貫いてみせよう。私だけはきっと運命の人に本当の愛を捧げるのだ。

誓いを立てた私がしてきたことと言えば、純愛の戦士となって新しい愛の形を模索するでも、思い立ったが吉日とばかりに勇ましく自らのイチモツを切り捨ててひたすらアガペーに奉仕する超人になるわけでもなく、湿地帯の岩の裏で文字通りダンゴムシよろしく丸まり続けることだけであった。

私は本当の意味での純愛を探していたのではなく、臆病を言い訳にして自らの本能を誤魔化し続けていただけなのだ。運命の人を探しているという看板を掲げながらその実、条件さえ整えば本質的にはどんな女性でも構わないと信じられないほどに節操のない不誠実な宗派を信仰していたのだ。気づいてしまえば私は惨めであった。何をいいと思ってくれたのかはわからないが、もはや〈糸の人〉に合わせる顔もない。ここにきてほとんど気力を失ってしまった私は、二人の話に生返事で応じながら震えだしたスマートフォンの画面へと視線を落とす。

「【俺の彼女に関する情報その3】トムブラウンが好き」

茶柱からのメッセージを受け取ると、私はベレー帽からスカートに至るまでトムブラウンで固めたと豪語していた史帆さんの姿をしばし見つめる。とうとう〈糸の人〉が亜香里さんであると判明するも、私はどこか上の空であった。

「あの河瀬さん……いえ、リンギさん」

私は顔を上げ、亜香里さんの人懐っこい笑みを見つめた。

「ぜひ、この会が終わった後、二人でお話しさせていただけませんか?」

合コンはラストマッチングタイムなる両想いの男女を引き合わせるイベントを最後に締めくくられた。ファーストインプレッションタイムでは五本の指が私のもとへと集まったが、終わってみればジョーカーとでも言うべき〈既婚者〉のつむぎさんと〈アイドル〉の遠埜有希さんはきっちりと相手を見つけており、私と亜香里さんを含めて計三組のカップルが成立していた。ジョーカーと番《つがい》になってしまった二人の男性には強い同情の念を禁じ得なかったが、覇道であろうが邪道であろうが他人の恋路を妨害する権利は誰にもない。私は二人の背中を見送ると静かに右手で十字を切り、亜香里さんとともに店外へと抜けた。

お手洗いに行かせてくださいと言って通路を走っていった亜香里さんを見送りベンチに腰掛ける。まもなく戻ってきた彼女はこれからどこかで飲み直さないかと魅力的な申し出をしてくれるが、できるだけ早くやりとりを切り上げたかった私は無情にも提案を一蹴する。

「亜香里さん、つかぬことをお尋ねしてもいいでしょうか？」

「ええ、どうぞ」

「どうして茶柱という恋人がありながら、合コンに参加したのですか」

亜香里さんは僅かに瞳を大きくさせて動揺を見せるが、しかしすぐに素知らぬ顔を作って何を言っているのかよくわからないですととぼけ始めたので往生際の悪い真似はやめて欲しいと頭を下げた。茶柱からメッセージが届いたときには彼女こそが〈糸の人〉であると確信していた私であったが、果たしてあれほどまでにファッションに疎かった茶柱が恋人の嗜好しているブランド名をすらりと口にできるだろうかと考えたのが最初の疑問であった。そんな小さな気泡のような疑問が確信へと至ったのは、直後に彼女が私に放った一言であった。

「亜香里さん、私のことを『リンギ』と呼んでくださいましたが、どうして私の下の名前がリンギであるとわかったのですか？」

亜香里さんは考えをまとめるように視線を彷徨《さまよ》わせると、「名札に書いてありましたから」

私はそんな彼女に対して首を横に振り、「書いてなかったのですよ。私はフルネームを晒すのが恥ずかしかったので半分に折って『河瀬』だけが見えるように調整していたので」

「折っていたけれども、下の名前も透けて見えていたんです」

「それもありません」

私はポケットに入れていた名札を取り出すと、それを彼女に見せつけた。亜香里さんははっと目を大きくすると、ばつが悪そうに唇を噛みしめた。

「最初に受け取ったときに誤字があることを指摘しようかとも思ったのですが、せっかく用意してくれた手前、申し訳なくて言い出せなかったんです。私の下の名前の読みは『ミチヨシ』。正しい字は倫理の『倫』に、正義の『義』なのですが、かなりの頻度で道路の『道』の字であったり、通学の『通』の字と間違われます。今回もまさしくそれでした」

私は、河瀬「道」義と書かれてある名札を再びポケットにしまうと、小さなため息をついた。

「私のことを誤読のあだ名である『リンギ』と呼ぶのは、この世界で茶柱一人だけです。確かに『倫義』は『リンギ』と読めなくもないですが、『ノリヨシ』や『ヒトヨシ』というような読み間違えをされることはあってもそうそう『リンギ』とは間違われません」

決定打となったのは彼女の鞄《かばん》についていたとあるお笑い芸人の缶バッジであったことまでは説明せず、私が彼女が本音を吐露してくれる瞬間を待った。前進も後退もないまま重苦しい時間が過ぎ、ひょっとするとこの人は口を閉ざしたままこの場で何時間でも耐え忍ぶつもりだろうかと私が根負けしそうになったところで、

「単純な話ですよ」

亜香里さんは悪びれる様子もなく、いっそミントアイスよりも爽やかに微笑んでみせた。

「もっといい人がいるかもしれない。そしてそれは恋人が語り聞かせてくれる、価値観をこじらせた『リンギ』という名の友人であるのかもしれない。そう思っただけのことです」

まだ間に合うだろうか。否、間に合ってくれなくては困る。エレベーターを降りてすぐに駆け出そうとした私は、目的の人物がエントランスに設置されている待合用のソファで涙に暮れているのを見つけると、静かに歩み寄っていった。

「史帆さん」

私に声をかけられた〈糸の人〉こと史帆さんは飛び上がるほど激しく驚くと、泣き顔を見られることに少しく抵抗を覚えたのか慌てて灰色のベレー帽で顔を隠してしまう。こだわりの強いクリエイター、はたまたセンス抜群のデザイナーか、勝手にそんな印象を抱いていたが、帽子の隙間からちらりと窺えた泣き顔は幼い少女そのものであった。

「あ、あの……マッチングできた亜香里さんはいいんですか？」

「ええ。彼女はただ大事な話をしたかったので形式的にマッチングをしただけですから……。史帆さんこそ、大丈夫ですか？」

「すみません……なんだか自分が情けなくなってしまって」

「あなたが、ボサノ……三好の彼女さんに依頼して、今回の合コンに参加したという女性なのですね」

史帆さんは言葉を紡げず、ベレー帽で顔を隠したまま小刻みに何度も頷いた。

「今回の合コンをきっかけに、私に会おうとしてくれたんですね」

史帆さんはやはり小刻みに頷いた。

彼女こそが私に好意を寄せてくれており、しかしその想いをうまく伝えることができぬがゆえに合コンでの出会いと交流を望み、今日のための衣服を三時間かけて選び抜き、空元気で明るく振る舞うのは得意でありながらも本当は打たれ弱くて泣き虫な女性と噂の〈糸の人〉であった。一瞬でも気を抜けばすぐにでも求婚をしてしまいそうなほどに魅力的な女性であったが、今しがた心に迷いの生まれてしまった私は彼女に伝えるべき本心を見つけられない。二人並んでソファに腰掛け、ただ沈黙がゆっくりと流れていくだけの時間が過ぎていく。

「幼い頃に父を亡くしまして、少し変わった家庭環境で育ったせいなんですかね」

ようやくベレー帽を被り直した史帆さんは、目を腫らしたまま口を開いた。

「男性との接し方、距離感がもう一つうまく摑めなくて、この年になるまでまともに男性と交際することができませんでした。ありがたいことに男性から遊びに誘われたり、告白されたりというような経験には恵まれましたが、どうにも男性と付き合う、男性と恋仲になるということが酷く不埒で下品なことであるような歪んだ優等生思想みたいなものがありまして……自分の心の中にある壁を打ち破れなかったんです」

思わず吸い寄せられるようにして彼女の横顔を見つめると、史帆さんは照れたように笑ってまた涙を拭った。

「大学内でも、街中であっても、飲食店であっても、どこに行ってもカップルカップル、またカップル。考えてみればこの世界に存在するすべての人間が、例外なく男女の交わりの中で生まれた恋愛の結晶。誰も彼もが問題なくこなしている、いわば人間が生きていく上での自然な営みを、どうして私はこんなにも自然にこなせない。どうして私だけがこんなに小さな段差で躓《つまず》いてしまうんだろう。それが嫌で嫌でたまらなくて、でも同時に絶対に私の価値観のほうがまっとうであるはずだという確信もあって——こんなような話をする度に友人は私のことを笑い、こじらせちゃったね、ひねくれてるねと笑いものにするんです。そんなとき、大学の講義室で似たような話を友人に語りかけている河瀬さんの姿をお見かけしました」

「あなたなら私の話を笑わないで聞いてくれるような気がしたんです」

「……お、お恥ずかしい」

「笑うものですか。笑うわけがありません」

「それをきっかけにここまでお膳立てしてもらったのに、とうとう自分から積極的に動くことはできず、水族館でクラゲを見るという趣味を受け入れてもらえなかった辺りから段々と心が折れていってしまって」

「……そ、それは本当に申し訳ありませんでした。やむにやまれぬ事情がありまして」

私は心からの謝意を示すと、しかしそこから先の言葉を見つけられなくなってしまった。

言うまでもなく私は音速で史帆さんという人に惹かれていた。数万ピースはあろうかというパズルの中からまさしくこれだという一ピースを引き当てたような確信と喜びの気持ちは偽りようもなく、彼女こそが私が終生にわたって添い遂げるべき運命の人なのであると予感している。しかし今しがた目の前に現れた見目麗しき五人の女性に平等に恋をしてしまった自身の前科を考えれば、世紀の確信にも一抹の不安が影を落とす。私に彼女のことを愛する資格はあるのだろうか。彼女に自らの想いを告げることは果たして誠実なそれと胸を張って言えるのだろうか。むしろ本当の意味での純愛とは、相手が既婚者であろうが友人の恋人であろうがいかなる障壁もリスクもものともせずに見事に略奪せしめることにあるのではないだろうか。今の私は史帆さんとの未来こそが運命であると感じているが、その実、私が選りわけた運命の糸はたったの五本であったのだ。

ぐるぐると頭の中を周遊する数多《あまた》の考えを脈絡なくぽろぽろと零《こぼ》した私に対して、史帆さんはふふっと水色のマカロンのような笑みを浮かべると、

「私、それについては最近、ようやく答えを見つけました」

「なんと」

「先日従兄弟の結婚式に参列したところ、司会の方が新郎新婦のことを『二人は七十億人の中から見事に結ばれました』と紹介したんです。失礼ながらとんでもない欺瞞《ぎまん》だと思いました。もちろん数字の上では世界の全人口の中から結ばれた二人だというのは理解できますが、アフリカの奥地に住んでいる人になど会ったこともないわけで、実際には七十億はおろか交友関係が広い人でようやく三百分の一程度が関の山だと思ったんです」

「いかにも仰るとおりです」

「でもですね、きっとそれでいいんですよ。生まれたときから恋愛対象を探す淘汰のトーナメントは続いているんです。出会えなかった六十九億数千万人は可能性ではな

く、トーナメントの一回戦で早々にそぎ落とされた敗者なんです。もっといい人がいたんじゃないか——いたかもしれませんが出会えない人とは恋に落ちることができないんです。河瀬さんが選ばれた五本の糸。たった五本しか渡されなかったのではなく、壮大なる淘汰と競争を経て現時点では五本にまで絞られた——そんな見解はいかがでしょうか。どれだけ荒野の向こうへと思いを馳せたとしても、出会えた人としか恋はできないのです。そして出会えた人の中からそのときそのときで最も魅力的な糸をひとまず結んでしまう。そんな小さな試行の積み重ねが、やがて運命と呼ばれる大きな因果へと繋がっていくのではないでしょうか」

私は強烈なボディーブローを食らったような心地であった。そして同時に私は心の奥深くからこの女性と、史帆さんともっと会話をしたい。もっと彼女のことを知りたいと願い始める。またしても私は同じ轍を踏もうとしていたのだ。目の前に魅力的な女性がいるにもかかわらず必要のない理屈と言い訳を捏《こ》ねて湿地帯の隅へと戻ろうとしていたダンゴムシとは私のことではないか。

茶柱の恋人はもっといい男性がいるかもしれないと思ったから合コンに参加したと豪語した。なるほど私に必要なのはあるいは彼女の精神であったのかもしれない。今必要とされているのは穴蔵に戻る潔さではなく、自らの汚さを容認しそれでも貪欲に前に進み続ける勇気。

「ま、また今度――」私の声は震度七で震えたが、言葉を引っ込めるわけにはいかなかった。「二人でお食事にでも行ってはいただけないでしょうか？」

はい、喜んで、と笑ってくれたのは一瞬で、相当の重圧と緊張が彼女の双肩にものしかかっていたのか、史帆さんはしばらく泣き続けてしまった。彼女の心を少しでも軽くしてあげたいと願いながらも、不器用なダンゴムシは肩を抱き寄せることも背をさすることもできずにただ黙って虚空を見つめることしかできない。果たして彼女はその実、私からの誘いを心の底では嫌がっていたのではないかと私が危惧し始めたところでこちらを安心させるように、

「ばり嬉しかぁ……」

温かな博多弁が私の耳朶《じだ》に心地よく響く。

「ごめんなさい。私……生まれも育ちも東京なんですけど、母が福岡の人で、気を抜くとどうしても母からうつった方言が出てしまって」

なるほど、必ずしも当該地域で育っていなくても間接的な影響によって方言のネイティブスピーカーと化してしまうこともあるのだなと、私は雑念を払うように新たな知見を得た喜びだけをひたすらに噛みしめる。気づけば私の目の前には身長二メートルに及ぼうかという大男が現れこちらを射貫《いぬ》かんばかりに睨みつけてくるのだが、私は事態を正確に把握できない愚鈍な人間を演じることに忙しい。

「ごめんなさい、河瀬さん……父が生前ヤクザ稼業を営んでいた関係で、私が男性とよい関係になろうとする度にこういうことになってしまうんです」

私は大男の顔や首筋に古傷がケロイドになって無数に刻まれていることを確認すると、魂を吐き出すようにひょろひょろと細長い息を吐いた。

「……して、こちらの男性は？」

「よく父だと勘違いされるのですが兄です。父に似て少々過保護な一面がありまして」

「……なるほど」

「三十分……三十分で終わりますので、どうか耐え忍んでいただけませんか？」

私は自分が摑んだ糸が果たして血染めであったのではないかと疑いながらも、しかしこれこそが摑むべきであった糸なのだから怯むわけにはいかないと腹を据える。ダンゴムシが温かな日向で暮らすために必要な通過儀礼であるのならば甘受する他ない。太い指の関節という関節をぽきりぽきりと鳴らす愛しき人の御令兄に向かって私は勇ましくも、猛々しくも、涙を瞳一杯に溜めながら、

「どうぞ、お手柔らかに」

フーダニット・リセプション

森川智喜

Message From Author

自分はこれまでにも、三途川理という私立探偵の物語（講談社タイガ『バベルノトウ　名探偵三途川理vs赤毛そして天使』ほか）など、小説をいくつか出版社に扱ってもらいました。少なくとも今日まで自分の場合、作為的に物語を構成したという感覚よりも、物語が物語としてひとりでに育つのを見守っただけという感覚のほうが大きいです。本作も同様です。

本作初出は光文社「ジャーロ」誌です。同誌初出で単行本化してもらった拙作には〈夢の中の探偵事務所〉が登場する『レミニという夢』、殺しても生き返るナイフが登場する『そのナイフでは殺せない』があります。

みなさんの読書ライフの糧になれば、と思います。

森川智喜（もりかわ・ともき）
1984年、香川県生まれ。京都大学大学院理学研究科修士課程修了。京都大学推理小説研究会出身。2010年、『キャットフード　名探偵三途川理と注文の多い館の殺人』でデビュー。14年、『スノーホワイト　名探偵三途川理と少女の鏡は千の目を持つ』で本格ミステリ大賞を受賞。他の著書に『そのナイフでは殺せない』、『死者と言葉を交わすなかれ』など。

◆CAST◆
佐野雅次《さのまさつぐ》
語り手。高校二年生。
何村《なむら》ゆみ子《こ》
雅次のクラスメイト。高校二年生。
佐野雅一《まさかず》
雅次の兄。十九歳の探偵小説家。

1

「お邪魔しまァす」

ぼくは挨拶をして、兄・佐野雅一の仕事場に足を踏みいれた。

といっても、仕事場には誰もいない。誰もいないことをぼくは知っている。主人のいない部屋に勝手にあがるので、せめて挨拶だけでもしておこうという思い。ひとりよがりな礼儀にすぎなかった。

ぼくの後ろから、何村ゆみ子が、

「お邪魔しまーすっ」

と、同じように声をあげて入ってきた。秋冬用のセーラー服。ピンクに染めたロングウェーブ。目立つ髪をした彼女は、太い黒縁のメガネをくいっと指であげて目を輝かせた。

「へえ。小説家の仕事場って、こんなんなのね！」

「いや、兄ちゃんは変わりものだから、普通がこうだとは思わないほうが……」

「ふうん。そうなの？」

「だってほら、小説家の仕事場ってわりに、パソコンもないんだぜ、ここ。おかしいじゃん。兄ちゃん、子供の頃から機械オンチだから、原稿は手書きなんだ。古株の大御所ならともかく、新人作家でそんなタイプって、滅多にいないよ」

「本当。パソコンがないわ」

何村は部屋を見渡して、頷《うなず》いた。

十九歳の兄は商業誌に探偵小説を連載している。本人は名刺を持っていないが、もし名刺を作るなら肩書きに〈小説家〉とか〈探偵小説家〉とか、そのようなものを使うだろう。

兄の仕事場はパソコンがない代わり、雑誌や辞書などアナログの資料が多かった。そして、ぼくはこのことに助けられていた。もしも資料がデジタルとしてパソコンの中に入っていたなら、パソコンにログインしない限り、資料が読めないからだ。実際はアナログなので、仕事場の鍵を持っているぼくにとって、ここは図書館代わりに使える環境であった。

　今日もそうだ。

　ぼくの通う高校では毎年十月に学園祭が行われている。来月に迫るこのイベントで、ぼくと何村の班は、地元の伝統工芸に関するパネル展示を行うことになっていた。

「それなら、兄ちゃんの仕事場に資料があった気がする」

　今日の昼休み、ぼくがそういったため、ぼくたち二人は学校帰り、ここにお邪魔しているというわけだ。班のほかの人たちは部活動だ。帰宅部なのはぼくと何村の二人だけだったのである。

　ちなみに兄は取材旅行中。帰ってくるのは、二、三日後の予定であった。だから、ぼくたちは無許可でこの部屋に侵入していた。ただし無許可といっても、主が許可申請を求めていないからにすぎないともいえる。ぼくが勝手に出入りしていることはバレていたが、黙認されていた。

　ぼくは雑誌や書類の山を踏まないよう、気をつけながら、部屋の角《すみ》に向かった。たしか、あの辺の〈山〉だ。美術館でいつぞやに行われた伝統工芸展示のパンフレット。それが、あの辺にあった気がする。

後ろから、何村の笑い声が聞こえた。

「パソコンはないけど、コーヒーメイカーはあるよ。機械オンチなのに、これ使えるの？　わっ、中にコーヒー入ってる。ちゃんと使ってる。ふふっ」

「そこまで機械オンチってわけじゃないさ。……つうか、あんまりおいてある物に触らないで。何かあったら、ぼくが怒られる」

ぼくは後ろを振りかえらずに答えた。さっさと目当てのものをサルベージして、さっさと退室しよう。心当たりのある場所まで来たぼくはしゃがみこみ、一冊ずつ丁寧に移動させ、パンフレットを探した。

後ろでは何村が、

「うん。触ってないよ。見てるだけ――」

といったあと、再び、笑い声をあげた。

「――あっ、これ、原稿だ！　うわあ、ぎっしり文字が書いてある。すっごおい。こうやって原稿用紙にいちいち書いて、がんばってんのね。へえ！」

パネル展示にどういう資料が必要か。その判断をしたいから――何村がそういったので、ぼくは彼女をここに連れてきたのであった。だが、いまの興奮っぷりと、資料に対する無関心っぷり、二つをあわせて考えるに、資料の必要性の判断は口実にすぎず、実際はこの部屋に対する好奇心からの同行だったのかもしれない。

　――そんなことを考えながら、ぼくが資料を探していると、

「きゃっ！」

　突然、何村の甲高い声が部屋に響いた。

　きゃっきゃっと騒ぐときの、うれしそうな〈きゃっ〉ではない。

　肝を冷やすような〈きゃっ〉である。

　肝を冷やしたぼくは振りかえった。そして肝を冷やしただけでなく、背筋を凍らせた。なんと、何村はコーヒーメイカーをひっくりかえしていたのである！　兄の仕事机の上に、コーヒーの溜まりができていた。

「馬鹿ッ」

「ごめんっ！　本当、ごめん！」

　何村は近くの紙束を使って、こぼれたコーヒーを吸い取りはじめた。さらにほかの紙束を雑巾のように使って、仕事机を拭く。

「ごめんね。触るつもりはなかったの。肘が当たっちゃったの」

　そう謝る何村。だが、彼女の手元を凝視したぼくは、

「馬鹿、馬鹿！」

「えっ」

「雑巾にしてんの、原稿じゃん！　そんなので拭かないで！」

またもや、背筋の凍る思いである。いや、凍る思いどころではない。凍る思いを通りこし、今度は、凍った背筋が粉々に砕かれる思いを味わった。

「ぎゃあっ！」

「まずいよ、何村さん。それ、ボツ原稿じゃなかったら、兄ちゃん、めちゃくちゃ怒るよ……」

よく見ると、仕事机を拭いた紙束だけでなく、コーヒーを吸い取るために使われた紙束も原稿用紙であった。この女は小説家の仕事場にある原稿用紙にコーヒーをこぼし、べつの原稿用紙でコーヒーを吸い取りながら、さらにべつの原稿用紙で仕事机を拭いたのだった。むちゃくちゃだ。

何村はしゅんとし、ポケットから出したハンカチでコーヒーを拭きはじめた。

2

被害は軽くなかった。

ぼくは原稿を一枚一枚、丁寧に広げた。コーヒーを吸い取るために使われた原稿。

雑巾代わりに使われた原稿。どちらもヨレヨレのボロボロである。コーヒーのしみと、雑巾代わりに使ったときにできた穴によって、原稿のあちこちが判読不能になっていた。

「ボツ原稿だよね、きっとそうだよね」

と、願うような口ぶりの何村。

ぼくはざっと原稿を読んだ——判読不能な箇所をスキップしつつ。

二つの原稿用紙の束は、同じ物語の原稿を二つに分けたものであった。内容とナンバリングから判断すると、どうやら短編の後半部分のようだ。原稿の最後には〈了〉という、気合いの入った丁寧な一文字が添えられていた。その一文字を見て、ぼくは首を横に振った。

「駄目だ。たぶんこれ、ボツ原稿じゃないよ」

「えええ」

「どうしよう、兄ちゃんに殺される」

手書き原稿だ、電子のデータはない。コピーでも取っていればバックアップになるが、兄がそんな手間をかけているのは見たことがない。原稿を雑巾にされてしまう事故など、想定外だろうし。

何村はまるで蚊を叩《たた》くように、ぱちんと、顔の前で両手をあわせた。

「ごめんっ」

「もういいよ。ぼくも資料探しに気を取られていて、しっかり注意してなかったしね……」

何村をもっと責めたい気持ちがないわけではなかったが、それ以上に、これからどうするか、案ずる気持ちのほうがはるかに勝っていた。その気持ちはぼくの顔にはっきりと表れていたのだろう。何村は胸を張り、

「私、責任取って弁償する！」

といった。

「えっ」

弁償？

「規定の原稿料を払うってこと？　兄ちゃんは新人だから、そんなに高い額をもらってるわけじゃないけど、さすがに、高校生のおこづかいで払えるような額じゃないよ？」

でも、もしかして、何村の家って金持ちなのかな。ちょっと常識外れなところがあるし、なんとなく、そんな雰囲気はある。

とはいえ、事はお金の問題ではない。

「それに、仕事ってさ、お金をもらえたらＯＫってもんじゃないじゃん。次に繋《つな》げ

る、っていうのかな、そういうのあるじゃん。たとえば、兄ちゃんは何村からお金をもらっても、締め切りを守れなかったという事実を動かせないわけでさ。やっぱり、仕事的にはマイナスなんだよ。

むしろ、弁償代ってのは、兄ちゃんがかえって気を使うって。だから、ここは平謝りしかないよ」

「違う。だいいち、私、そんなお金ないし」

何村は首を横に振った。お金持ちではなかったようだ。

「弁償ってのは、原稿料じゃなくて、原稿そのものだよ」

「原稿……そのもの……」

「私がいまから原稿の破損部分を埋める！」

「はあ？」

斜め上の発想である。

「いや、いくらなんでも無理だって」

「どうして？」

どうしても何も。

ぼくが返答に詰まっていると、何村はいう。

「破損部分を埋めるだけだから、お兄さんが帰ってくるまでにできる」

「できるかなァ」

何村は両手を広げて、

「それに、これは誠意の問題よ」

「誠意？」

「私の補完した作品が、仮に使いものにならなくてもね、〈ここまで労を惜しまずに復元を試みたんなら、許してやろう〉って気になるじゃない」

はたして、そうなるだろうか？

ぼくが疑っていると、何村は続けていった。

「それにね――」

何村はメガネの黒縁を指で挟んで持ちあげた。電灯の光を反射して、メガネのレンズがきらりと光った。

「――じつは、私、将来は小説家になりたいのよ。今回、もしうまくいったら、私の書いたものが雑誌に載ることになる。そしたら私としても、とてもうれしいわ」

それが本音か。

3

ちゃっかり自分の原稿を載せてもらおうという考えには誠意のかけらも感じられないが、いっぽうの〈平謝りする〉という案に準備はいらない。兄が帰ってくるまでに代理の原稿を作っておくというのは、案外いいのかもしれない。

何より、何村がやる気まんまんであった。彼女はぼくの意見を待たず、復元作業に取りかかった。

一枚目の原稿用紙には〈犯人当て探偵小説　――割れた陶器（解答編）〉とある。解答編というからには問題編があるのだろうか。ぼくたちは腰をあげ、問題編が載っていそうな雑誌を仕事場の中に探した。

けれども、ぼくは思いだした。

この犯人当ての問題編はまだ雑誌に掲載されていないのである。先日、兄と一緒に晩ごはんを食べたとき、そう聞いた。だからこの部屋に問題編があるとすれば、それは雑誌ではなくまだ原稿用紙の形であるはずだ。

ぼくがそのことを何村に教えると、彼女は腕組みをした。

「うーん……」

これ以上、この部屋にある原稿用紙をかき回したくないのであろう。また何かをひっくりかえし、何かの原稿をおじゃんにしてしまうおそれがある（その意味では、復元作業さえ諦めて、さっさと帰るのがいちばんな気もするが……）。そんな危険をおかしても、結局、この部屋に問題編の原稿はないかもしれない。

何村はふたたび腰をおろして、

「ま、その点はなんとかなるわ。たぶん」

といい、兄の作品「割れた陶器」の解答編に視線を落とした。

彼女が読んだ原稿用紙を一枚ずつ、ぼくは受け取った。そして、読む。つまり二人だけのバケツリレーのような形で、ぼくたちは作品を最後まで熟読することになった。熟読といっても、破損箇所があるため、飛ばし読みが不可避であったが。

兄の作品は次のような内容であった（ただし左記においては、破損した箇所のうち比較的すぐに補完できたところはすでに補完してある。前後の内容から推測できるそうした部分がほとんどだったのだが、それでも、困難な部分はあった。そういう部分を■として示し、さらに、それぞれにアルファベットを振った。むろんこれらの作業は実際にはのちに行われた）。

◆◆◆

犯人当て探偵小説　――割れた陶器（解答編）

作・佐野雅一

●登場人物●
・富山信蔵《とやまのぶぞう》……屋敷の主人。犯人ではない。
・寛子《ひろこ》……信蔵の長女。大学生。
・亮夫《りょうお》……信蔵の長男。大学生。
・真子《まこ》……信蔵の次女。高校生。
・粍島桁郎《みりしまけたろう》……私立探偵。犯人ではない。

　富山邸二階の座敷――。

　粍島探偵は《A》[redacted]に席を外してもらった。彼女は素直に一階に下りていった。これで座敷には富山信蔵と二人だけとなった。二人は座り、向かい合った。

　粍島探偵は切り出した。

「ご主人。あの陶器を割った犯人が分かりましたよ」

　座敷の床の間には一枚のクロスが敷かれている。クロスには「宝」という字の入った帆を持つ船「宝船」が描かれていた。一種の縁起物であるが、運悪く、そのクロスの上に置かれていた陶器は割れてしまった。

割れた陶器は、いまだ、クロスの上に置かれてある。取っ手付きの水差しのような――空を見あげる鶴のような――さしもの美しい形状も、無残なるや、四、五の破片となってしまっていた。「寿」という文字は事件前まで、座敷の中央に向けられていたが、今、その字を持つ大きな破片は、クロスの上でうつ伏せになっている。まるで、うちひしがれているようだ。

富山は身を乗り出し、

「ほう。早いもんだな」

と言った。

「急ぎましたよ。寛子と真子は、夕食前に旅行に発《た》つ予定だそうですからね。間を空けないためには、それまでに解決したほうがいい、と思いまして」

亮夫は旅行の予定をあまり事前に決めるタイプではないそうだ。そんな彼と違って、寛子と真子は予定を事細かに決める。今回も今日の夕食前に出発しないと予定が早速バタバタと崩れてしまうのであった。

座敷のデジタル時計は十七時を示している。

富山は尋ねた。

「それで……、やはり、あの三人の中に犯人がおるのか」

耗島は頷いた。

「ええ。残念ながら、そうです。犯人は寛子、亮夫、真子のうち、とある一人です。その一人に至る迄のプロセスを順に説明しましょう。まず注目してもらいたいのが……、あの箱です」

そう言って粍島探偵が指差したのは簞笥《たんす》の上だ。そこには絵も文字もない箱が一つ置かれていた。粍島探偵は説明する。

「割れた陶器は、ご主人が昨日、骨董市で買ってきたものです。あの陶器はセットになっていて、全く同じものがもう一つあります。そのもう一つは、今朝まであの箱の中に仕舞われていました。これを知っているのは、私、ご主人、寛子、亮夫、真子の五人だけです。

けれども、もう一つの陶器は今朝、ご主人の思い付きによって、あの箱の中から裏庭の小屋に移されました」

「そうだな」

「しかし、簞笥の上に残された、あの箱なのですが……」

探偵は腰を上げて、簞笥の上から箱を取った。

「結び目に注目して下さい」

「アッ。いつの間にか、蝶々《ちょうちょう》結びになっとるじゃないか」

「そうです。ご主人が結んだときは、ご主人が登山で覚えた特殊な結び目が使われていました。ですが、今は見ての通り、ただの蝶々結び。よって、この箱は誰かによって開けられたということです。この箱を開けた人は、閉めるときにご主人の特殊な結び目を再現できなかったのでした。

では、何故、この箱は一度開けられたのでしょう？」

富山が少し考えた後、口を開いた。

「《B》[redacted]ためか」

「でしょうね。そうすれば、その場凌《しの》ぎにはなります。けれども現実には、そのとき既に、もう一つの陶器は裏庭に移されていました。だからその策は実行されず、箱の結び目が蝶々結びに変えられるだけに留《とど》まったのです。……犯人にとっては不本意なことに、です」

耗島は箱を箪笥の上に戻し、座布団に腰を下ろした。

「この一連の行動を取るためには、あの箱の中にもう一つの陶器が入っていると、勘違いしていなければなりません。この条件から、私は外部犯――例えば、たまたまこの部屋に入った泥棒――の可能性を消すことにしました。そういった人はもう一つの陶器の存在を知りませんから。

なお、この条件は同時に、寛子、亮夫、真子のうち一人を容疑者のリストから外すのであります。というのも、もう一つの陶器の存在についてご主人が口にしたのは朝食の席だけですからね。朝食の席にいなかった《C》[redacted]も、この論理で容疑者リストから外されます」

耗島探偵は微笑《ほほえ》み、さらに、

「また、これとは別の論理をもってして、ご主人もまた容疑者リストから外れます。論理というほどのものではございませんがね、朝食の席から事件発覚時まで、私とご主人はずっと行動を共にしていました。あの箱の中にあった陶器を裏庭に移したのも私が同伴してのことでしたね。ですから、互いにアリバイが成立すると見ていいでしょう。私も、ご主人も、犯人ではありません」

と言った。富山は苦笑した。

「いや、耗島君。そんな面倒くさいことを言わんでもええじゃないか。儂《わし》が自分の物を壊したんなら、いちいちこんな騒ぎにはせんよ。『壊してもうた。あちゃあ』で終《しま》いや。儂が犯人っていうのは、普通に考えて、ありえん」

「そうなんですけどね。証明できることなので、一応」

「そうかね」

「これで容疑者は二人に絞られました。ところで《D》[redacted]は今日の十三時、この座敷に入ったそうですね。『十三時の時点で花瓶はまだ無事だった』という証言を行いました。『電話しながら何の気なく床の間に目をやったが、花瓶はそこにあった。宝の字も寿の字も見た覚えがある』ということだそうです。十三時というこの時刻はよく覚えておかねばなりませんね」

　粍島探偵は座敷の壁に掛かった時計を指さした。

「《E》■■は今朝、私たちが陶器を床の間にセットした時刻から、十四時まではアリバイがあります。高校の校庭で部活動をしていましたからね。このアリバイは同じ部活動のメンバーから裏を取ることができましたよ。ただし、十四時からあとはアリバイがありません。

　一方、《F》■■は十二時半からついさっきまでアリバイがあります。というのもこの時間帯、ご存じの通り、私たち二人と一緒に行動していたからです。さっき席を外してもらうまで、片時も離れていませんよね。ですが、この人は、朝食の席から十二時半までの間はアリバイがありません。

　十三時の時点で花瓶は壊れていなかった、という《G》■■の証言ですが、《H》■■■■■■■■■■■■■■■■■■■■■■■■■■■■■■■■■■■■■■から、この証言は信じることができるといっていいでしょう。よって、《I》■■の犯行は不可能となり、消去法を用いて、犯人がただ一人に限定されます」

　粍島探偵は人差し指を伸ばして、

「ただし」

と、力強く付け加えた。

「今の論理には、矛盾点がございます。お分かりでしょうか？」

富山は首を傾《かし》げる。

耗島探偵はさっさと答えを告げた。

「十三時の時点で、寿の字と宝の字が二つとも見えた、ということです」

富山はまだ、首を傾げたままだ。

「寿の字は陶器に書かれた字であり、宝の字は陶器の下に敷かれたクロスに書かれた字です。しかし宝の字は、宝船の帆に書かれた字であり、クロスの中央近くに位置しています。ですから今朝、陶器を置いたとき、宝の字は陶器の下に隠れて見えなくなったのであります。これが証拠であります」

耗島探偵はポケットからデジタルカメラを取り出し、今朝の写真を富山に見せた。

富山は、ほう、と息を漏らした。

「そういえば、君は写真を撮っておったな」

「たまたまですけどね」

写真の中では、陶器に敷かれて、宝の字が完全に隠れている。取っ手の部分は、床の間の奥にある壁に当たっている。陶器はこれ以上、奥に入りようがない。

そのため、宝の字が露《あら》わになるには、取っ手が壁に当たらないよう陶器を別の向きにする必要がある。だが陶器を別の向きにすると、今度は陶器に書かれた寿の字が床の間の左右の壁に隠れて見えなくなる。

　普通に置く限り、宝の字と寿の字を両方同時に見ることは不可能なのだ。

　しかし、宝の字も寿の字も見た覚えがある、という証言がある。

　ここに矛盾があった。

　耗島探偵がこの矛盾を指摘すると、富山は片眉をあげた。

「ふむ。矛盾はわかった。しかし……、どういうことだね。クロス自体の位置が手前にずれていたということかね？　床の間の広さと、クロスの大きさはあまり変わらん。それでも少しぐらいなら、ずらすことができそうだが……」

　耗島探偵は首を横に振った。

「いえ、床の間の前端には、埃《ほこり》がたんまりと積もっております。《J》■■■■■■■■■■■■■■■■■■■■■■■から、これまた矛盾となります。その解釈では、矛盾を解消できませんね」

「ではなんだね、『電話しながら何の気なく床の間に目をやったが、花瓶はそこにあった。宝の字も寿の字も見た覚えがある』という証言が嘘《うそ》だったわけかね。で、《K》■■こそ犯人だというわけか。ん？」

　それも違います、と耗島探偵。

「《L》[redacted]は犯人ではありません。何故なら、先ほども言った通り、《M》[redacted]から」

「じゃ、どういうことなんだね！」

「十三時の時点で既に、陶器は取っ手を失っていたのですよ」

「何だって」

富山は目を剥《む》いた。

「取っ手が失われているのであれば、本来よりも陶器は奥に置くことができます。寿の字を正面に向けたままですね。この場合であれば、宝の字と寿の字の両方を同時に見ることができるのであります」

「成程！　だが、すると……」

富山が言いかけたその言葉を、粍島探偵が続けた。

「そうです。十三時の時点で実は、既に陶器は壊れていたのです。今回の事件、陶器は壊れたといっても、粉々に砕けたわけではありません。四、五個の破片になっただけですから、積み木の要領で組み合わせることができたのです。それが一見、まだ壊れていないように見えたのでしょう。勿論これもまた、犯人の手による『その場凌ぎ』の誤魔化しなのでした」

「その場凌ぎで誤魔化すためなら、どうして、組み合わせた破片を元の位置に置かなかった？」

「場所が違うことに、組み合わせたあとに気づいたんでしょう。動かしたら崩れてしまうおそれがあります。隠蔽工作を行っている間に、誰かが座敷に入ってくるかもしれませんからね。細かい位置なんぞ致命的な問題にならない、そう考えたのだと思われます」

「どうして取っ手も復元しなかった？」

「先程、積み木の要領で元に戻す、と言いました。接着剤を使っているわけではないのですよ。取っ手のように出っ張った部分は、組み合わせてもぽろりと落ちてしまいます。だから、取っ手を復元することはできなかったのです」

「いや、待ってくれ」

富山は床の間に目を向けたあと、もう一度、粍島探偵の顔を見た。

「事件発覚時、陶器の破片は決して積み木のように組み合わせられていなかったぞ。今のように将棋崩しの山のようになっていた。これは誰がやったんだ？　犯人か？」

粍島探偵はにやりと笑った。

「そこが今回の事件で、ちょっと面白い点でしてね、もしそれを犯人が行ったとするなら、犯人は十三時の前後にそれぞれ、アリバイのない時間を持っていなければなりません。ところが、この条件を組み込んでしまうと、犯人なしとなってしまいますよね。

だから、これは、こういうことなのですね！」

そう言い、粍島探偵は立ち上がった。

《N（最大の破損箇所で字数不明。およそ四百字～六百字相当？）》

「たしかにそうだ、それに違いなかろう」

富山は納得したようだ。

粍島探偵は座布団の上に座り直した。

「さて、こうして、十三時という時刻の持つ意味が大きく変わりましたね」

「そうだな。ということは、《O》■■■■■■■■■■■■■■■■■■■から……」

富山と粍島探偵は目を合わせた。

「《P》■■が犯人か」

粍島探偵は頷いた。富山が低く唸《うな》った。

「全く。いらん隠蔽工作なんぞしおって。素直に名乗りでれば許してやるものを……」

なお、その夜、《Q》■■は夕食抜きとなった。

了

◆◆◆

原稿は以上だ。

4

「はぁ……」

ぼくは溜《た》め息をついた。

「……かなり、元に戻ったんじゃないか？」

原稿では■がごく一部だが、それは、すでにぼくたちが補完作業を進めたからである。■でないところの多くにもひと手間かかっている。

ちなみに■一つにつき一文字が対応する。たとえば《A》■■というのは二文字の何かということだ。Nの箇所では一枚半の原稿用紙がものの見事に屑《くず》化しており、字数を判断するどころの話ではなかった。それでも敢《あ》えて推測するなら四百字くらいから六百字くらいに相当する分量の文章があったと見られる。

何村がコーヒーをこぼしてから随分の時間が経《た》った。窓の外は暗くなった。そろそろ作業を切りあげないと。

何村はデータを整理した生徒手帳と、床に広げた原稿用紙を見比べつつ、

「うん。戻ってる、戻ってる！　この作業、結構、面白いねえ」

ぼくは少し呆《あき》れた調子でいってやった。

「楽しそうだね」

「楽しいじゃん――」

そうかなァ……。

「――たとえば、ほら、陶器の下に宝の字が隠れていた証拠を、耗島探偵が出す場面なんて、クロスワードパズルを解いているみたいだったじゃない？」

何村がいっているのは、耗島探偵がデジタルカメラをポケットから取りだす場面である。この箇所もしっかりとダメージを受けていて、完全には読めないようになっていた。〈写真〉というキーワードも潰れかかっていて、

「こいつら、何を見て話をしているんだろう？」

と、ぼくたちは首をひねったものだ。やがて、ポケットから出したものはカタカナ

七文字っぽいわ、と何村が指摘した。真ん中の文字はよく見ると〈ル〉らしいわ。こっちの文字は〈写真〉じゃないかしら。あっ、だったら——と、こんな具合に、文章が補完された。ここまでの作業は、おおむねこのような感じ。これでまだ〈比較的すぐに補完できたところ〉扱いだ。

　クロスワードパズルっぽい、という何村の感想はわかる。

　だが、楽しい、という感想はちょっとわからない。

　ぼくたちは下校の途中でここに寄ったのだ。まだ夕食も食べていないのである。お腹《なか》が減った。今日は体育もあったから疲れた。眠たい。明日までにやらなきゃいけない宿題もある。帰りたい。つまり、楽しくない。

　ここまで補完作業を終えたなら、〈誠意を示す〉という目的は達せられたのではないかと思うが、何村はあくまで補完作業を完遂したいようだ。

「さ、もう一息よ。やるわよ！」

　楽しそうである。おそらくパズルが好きなのだろう。小説家志望といい、パズル好きといい、今日は何村の新しい一面を見た。

「あとは、後回しにした箇所ばかりね。完全に潰れて読めない箇所とか、人名の箇所とか……」

　何村のいう〈後回しにした箇所〉が■のことだ。

人名、これが手強い。原稿では人名部分のほとんどが■で埋まっている。しかしこれは〈偶然にも人名部分だけがコーヒーで潰された〉というわけではない。人名前後のほかの単語も何かと潰されていた。しかしそれらは文脈を考えてすでに補完できたのである。いったん補完できるところを補完した結果として、まるで人名を狙ったかのような状態になったのであった。

　事実、同じ人名でも、会話の中で言及されるだけのＣやＤと違って、地の文で会話をしている〈富山〉や〈耗島探偵〉は基本的に復元できた。どうも部屋には二人しかいないようだし、各文の主語がどちらであるか、推理しやすかった。〈寛子〉〈亮夫〉〈真子〉の三人については、字面がわりかし似ているのも憎い。〈桜〉〈太郎〉〈アリス〉とか、そういうのだったら字数も違っていて判別しやすかっただろうに。

「後回しにしたところでいちばん簡単なところは……」

　何村は、生徒手帳をぱらぱらとめくって、

「……ここね、Ｊの箇所」

　ぼくは原稿用紙を一枚一枚めくる。

「えっと、Ｊ、Ｊと……」

　ぼくたちは未回復の各箇所に、アルファベットを書いた付箋を貼っている。作業をしやすくするためであった。

「いえ、床の間の前端には、埃がたんまりと積もっております。《J》■■■■■■■■■■■■■■■■■■■■■■■■■から、これまた矛盾となります。その解釈では、矛盾を解消できませんね」

「ああ、ここね。ここ、わかるの？　完全に潰れてる——というより、原稿用紙が破れて穴が開いているんだけど」

「うん。ここはほら、〈クロスが前にずらされていたことで、宝の字と寿の字の両方が見えるようになっていた〉っていう可能性を否定する場面じゃん」

ぼくは頭の中で前後のことを整理したあと、頷いた。

何村はシャーペンを細い指でくるくると回しながら、

「その流れで埃に注目しているんだから……。それに、えっと、二十五文字だから——」

《J》クロスを前にずらすと、埃は拭きとられていたはずです

「——こうね。一字一句違わないかといわれると微妙だけど、内容的に同じなら問題ないでしょう」

ぼくはJに何村の案をあてはめ、前後を読んでみた。たしかにしっくりとくる。

「問題ないよ」

「ふふふっ。ここまでくると、今度はクロスワードパズルというより、虫食い算みたいね」

「ほかにわかるとこ、ある？」

と、ぼくが訊《き》くと、何村はいう。

「あとはねえ、わかりそうではあるんだけど……」

「Nの箇所は？　いちばん最悪なとこ」

原稿用紙一枚半ぐらいが駄目になったという、大惨事のエリアだ。

「あれは正直、ちょっと諦めてる。話の流れから察するに〈積み木のように組み立てた陶器が崩れた理由〉が書かれているんだろうけどね。その伏線は問題編に書かれていたんだと思う。でも一応、もしかしたら解答編にも何か伏線が書いてあるかもしれないし、解けないと決まったわけじゃない。だから完全には諦めてないけど。ただ、どっちにしても、まだ後回し」

といったあと、何村は生徒手帳を一ページめくる。

「ほかにわかったこととしてはね、たとえば、

◎　EとFには別の人名が入る。

◎　KとLには同じ人名が入る。

など、こんな感じでいくつか詰めることはできてるの。内容的にそうとしか考えられないからだけど。でもね、じゃ〈K＝L〉は誰かと、そういうふうに訊かれると、ちょっと答えられないわ。わかりそうなんだけどねェ……うーん……何かとっかかりがあればなァ……」

彼女は生徒手帳を床に広げて置き、腕組みをした。目線を下に落とし、生徒手帳に自分が書いたことを読んでいるようだ。

そのまま十分が経過した。

十分間、進展なし？　これはいけない。ぼくは率直に意見を述べることにした。

「あのさ――」

「ん？」

「――お腹すいたんだけど。もうやめない？」

「んっ？」

何村は訝《いぶか》しげな声を出す。

「ほら、夕食もまだだし。ぼくはお腹すいた。何村はすかないの？　もう帰らない？」

「うーん？」

「これだけでも、誠意は兄ちゃんに伝わるよ。それでも、もっとやりたいっていうんなら、明日やろう。とにかく、ぼくはお腹がすいた。今日はもう」

帰ろう、という最後の言葉は、

「オオッ？」

という声に邪魔された。

ぼくは訊く。

「〈オオッ？〉って、どういうこと？」

何村は、はしゃぎだした。

「ありがと、佐野君！　いまのは、いいヒントになったわ。夕食、夕食！　ということは……、ここがこうだから……、で、……ここはこうで、だからこっちは——」

何村は床に置いた生徒手帳の上に屈《かが》みこみ、シャーペンでがりがりと穴埋めの〈答え〉を書き殴りはじめた。

「――へへ。これで〈割れた陶器〉事件の犯人もわかった！」

5

ひとしきり〈答え〉を書き終えた何村は、生徒手帳から顔をあげた。黒縁メガネの奥で目がきらきらと輝いている。

「だいぶ進んだ！」

ぼくは殊勝にも空腹を我慢してその場にとどまっていた。

多少の苛立《いらだ》ちをおさえつつ、何村に訊く。

「どう進んだの」

「まず、人名を飛ばして、わかるところから埋めたの。最初はBね」


　では、何故、この箱は一度開けられたのでしょう？」

　富山が少し考えた後、口を開いた。

「《B》[redacted]ためか」

「でしょうね。そうすれば、その場凌ぎにはなります。

「ここは、箱を開ける理由を入れればいいんだから……」

といって、何村は生徒手帳の該当箇所を指でさす。

《B》割れた陶器を箱の中の陶器と入れ替える

生徒手帳にはそう書かれていた。ぼくは頷く。

「なるほどね」

「いい感じでしょ。じつのとこ、この辺はJを埋めた時点でも大体予想がついていたんだけどね」

「ぼくはもうへとへとになっていて、考えられなかったよ」

「次はH。これも同じように考えたらわかること」

　十三時の時点で花瓶は壊れていなかった、という《G》[redacted]の証言ですが、《H》[redacted]から、この証言は信じることができるといっていいでしよう。

胸を張って、生徒手帳の該当箇所を示す何村。書かれているのは、

《H》朝食の席にいなかったという事実で、既に容疑者リストから外れている者の証言です

「どうよ？　Hで述べられていることは〈どうして、十三時の証言を信じていいのか〉ということでしょ？　とすると、いかにもありそうなのは〈証言者が犯人ではない〉という確認。容疑者リストについては――」

なお、この条件は同時に、寛子、亮夫、真子のうち一人を容疑者のリストから外すのであります。というのも、もう一つの陶器の存在についてご主人が口にしたのは朝食の席だけですからね。

「――という話があるわ。容疑者リストから外れているのは粍島探偵と富山信蔵と〈朝食の席にいなくて、もう一つの陶器の存在を知らない人〉。だからHでは〈十三時

の証言者＝朝食の席にいなかった人〉という図式を示せばいいと思うんだけど」

　ぼくは前後を読みかえし、情報を整理した。

　要するに「割れた陶器」では寛子、亮夫、真子の三人が、

ア　もう一つの陶器の存在を知らない人（＝十三時の証言者）
イ　十三時より前にしか犯行できない人
ウ　十三時より後にしか犯行できない人

のうち、どれかの立場を一人ずつ担っている。アが犯人ではないことは早々に説明される。イとウのどちらが犯人なのか、それがポイントとなる。虫食い算を行っているぼくたちにとっては、寛子、亮夫、真子のうち、誰がアで、誰がイで、誰がウなのか、これが問題となる。

　何村はうきうきした調子で、原稿用紙をめくった。

「それからね――、ここ、M！　Mは絶対こう――」

「《L》■■は犯人ではありません。何故なら、先ほども言った通り、《M》

「[redacted]から」

《M》既に容疑者リストから外れている者の証言です

「――Lが誰かはさておき〈先ほども言った通り〉って粍島探偵がいってんだから、ここまでの推理をおさらいする感じのセリフが入る。そう思わない？」

ぼくは納得した。

「随分と進んだな。絶望のNは無視するとして、原稿用紙をぱらぱらとめくって、これで人名以外、全部埋まったんじゃないか？」

「ううん。まだOがある」

「さて、こうして、十三時という時刻の持つ意味が大きく変わりましたね」

「そうだな。ということは、《O》[redacted]

[redacted]から……」

富山と粍島探偵は目を合わせた。

「《P》[redacted]が犯人か」

「あ、でも、これも……。Pはわからないけど、Oのほうだけなら……」

「そ。ここまでわかったいまとなっては楽勝。Oに至る論理では、十三時という時刻の持つ意味がひっくりかえっているわね。そもそも全体的なことをいうとさ、この解答編って、前半では〈十三時＝まだ花瓶が無事である時刻〉とされるけど、後半では宝の字と寿の字が両方見えていた事実から、十三時にすでに取っ手が破損していたという推理が披露される。このことによって〈十三時＝花瓶がまだ無事である時刻〉がひっくりかえって〈十三時＝花瓶がもう割れていた時刻〉になる。わかる？」

「わかる」

「このひっくりかえりを売りとする小説だと思うのよ」

書評めいたことまでいう何村。

「売りかどうかは知らないけど、構造的には、そういうことだよね」

「ということで、Oはこんな感じでしょ」

《O》犯人は十三時より前に犯行可能でなければならない
ぼくは頷いた。

「〈十三時という時刻の持つ意味〉についてまとめている箇所だからな。これでNと人名を除いて復元できた？」

「と思う」

「人名はなァ……。〈こことここが同じ〉ってわかってる箇所があるから、一つわかると、ドミノ倒しみたいにぱたぱたと倒していけそうなんだけど——」

ぼくは、うーんと唸ったあと、

「——わかりそうにないね。じゃ、もう切りあげようか。お腹もすいたよね」

はっきりと口に出して、提案した。

それを聞いた何村は得意げな顔をして、

「そう、それよ」

といった。といっても、切りあげようという案や、お腹がすいたという気持ちに同意してくれたわけではないようだ。

「夕食ってのがポイント！　さっき佐野君が〈夕食〉というワードを口にしてくれたから、私、それで気づくことができたの」

彼女は最後の原稿用紙を床に広げて、

「解答編の最後を見てみて。Qに該当する人が夕食抜きにされているわ」

なお、その夜、《Q》[redacted]は夕食抜きとなった。

「されているね」

「これって、犯人に対する懲罰ってことでしょ？　となると〈P＝Q＝犯人の名前〉という図式が成立する。で、ここが重要なんだけど――」

何村は最後の原稿用紙の隣に、一枚目の原稿用紙を並べて広げた。

「――ほら、ここを読んで。秏島探偵のセリフ」


「急ぎましたよ。寛子と真子は、夕食前に旅行に発つ予定だそうですからね。間を空けないためには、それまでに解決したほうがいい、と思いまして」

「どう？　寛子と真子、この日はそもそも夕食を取る予定じゃなかった。だから、夕食抜きの懲罰を受けることができるのは、亮夫だけ！
つまり、
《P》《Q》亮夫

ってこと！」

「へえ……」

最後の〈夕食〉と序盤の〈夕食〉を結びつけることでここまでの推理をなすことができるのか。大したものである。

「このロジックは、本来の読者が組み立てるようなものじゃないけどさ。本来の読者と、虫食い算を行う私たちのような読者では、当たり前だけど立場が違う。考える問題も素材も別だから、こういうふうに考えなきゃいけないわけ。これに気づいたとき、私、ぞくぞくってしちゃった」

「ぼくだったら、あと半日考えても辿《たど》りつけなかったよ」

本心だ。

何村は語気をいっそう強めて、

「さァ〈P＝Q＝犯人＝亮夫〉という強力な武器が手に入ったところで、いよいよ人名部分の一掃に取りかかっちゃおう。ここまでの流れを踏まえると〈どことどこに同じ人が入るか〉が手に取るようにわかるよね。そのうえで〈犯人は十三時より前に犯行可能でなければならない〉って条件に注意すると、細かい手順を省略することになるけど、結論としては……」

彼女が指さした生徒手帳の該当箇所には、

◎ 朝食の席にいなかった人＝もう一つの陶器を知らなかった人＝十三時の証言者＝C＝D＝G＝I＝K＝L

◎ 十三時より前に犯行が可能な人＝犯人＝A＝F＝P＝Q

◎ 十三時より後に犯行が可能な人＝E

という図式が書かれてあり、それがラメ入りゲルの赤ボールペンによる波線で囲まれていた。いかにも〈ここがポイント！〉という感じだ。たぶん何村は普段、こういうふうに授業のノートを取っているんだろう。

ぼくは頭の中で情報を整理しつつ、

「Aに該当する人が十三時より前に犯行が可能だっていうのは、どこから？」

細かい手順を省略すると何村はいったが、気になるところは気になる。

それはですね――と、改まった口調で何村はいう。教師が授業するときのような口調を、おどける形でまねているようだ。

「――まず、ここを見てください。Aのところです。

耗島探偵は《A》[redacted]に席を外してもらった。

次にこっちを見てください。Fのところです。

一方、《F》[redacted]は十二時半からついさっきまでアリバイがあります。というのもこの時間帯、ご存じの通り、私たち二人と一緒に行動していたからです。さっき席を外してもらうまで、片時も離れていませんよね。

どうでしょう？　この二箇所を照らしあわすと、さっきまで一緒にいたのがAであり、Fであると、わかりませんか」

「ああ、そこを根拠に使うのか。なるほどね……。そうすると、ぼくたちにはもう〈犯人＝亮夫〉がわかっているんだから……」

「そう。

《A》《F》亮夫

ってことね。いい感じ！　しっくり埋まるって、なんだか、快感！　で、あとは寛子と真子のどっちがEに該当するかを考えればいいわけ。でもね、これもわかってる」

「どうして？」

何村はまた、わざとらしく丁寧な口調になって、

「ここです、Eの箇所です。読みますね――、

　《E》[redacted]は今朝、私たちが陶器を床の間にセットした時刻から、十四時まではアリバイがあります。高校の校庭で部活動をしていましたからね。

ここに〈高校〉って、書いてありますよ。これは大切です。

登場人物表によると、寛子は、

　信蔵の長女。大学生。

ということでした。寛子は大学生だからEに該当しません。

寛子ではないなら真子ですね。

《E》真子

となります」

「となると、Eでないほうが寛子だから、

《C》《D》《G》《I》《K》《L》寛子

になるってわけか」

「証、明、終、了！　やった、N以外全部埋まった」

何村は生徒手帳をぱたんと閉じた。

「ここまですっきり埋まるなんて。ああ、いい気持ち！」

それから、彼女は立ちあがり、帰る支度をはじめた。

「Nだけ埋まんないのが悔しいけど、これはね、さすがにどうにもならないわ。原稿用紙が一枚以上どかんとお釈迦《しゃか》になったら、さすがにね。けど私、今晩、自分なりに考えたNを書いてみる。問題編の伏線を回収できないけど。それでも、もしかしたら、佐野君のお兄さんが気に入って、問題編の伏線のほうを変えてくれるかも！」

いや、それはないと思うが。

しかしなんにせよ、何村が作業を切りあげる気になってくれて助かった。最後のほうは、ぼくもなんだかんだいって楽しんでしまったが、空腹と疲労は解消されていないのである。

何村は原稿用紙をページ順に重ねた。お片づけである。

けれども。


「…………あれ？」

原稿用紙を手にしたまま、何村は動きをとめた。彼女の顔に陰りがさした。

「どうした」

「ここ……〈彼女〉って書いてあるわ……」

「〈彼女〉？」

何村は原稿用紙を床に置き、

富山邸二階の座敷——。
耗島探偵は《A》[redacted]に席を外してもらった。彼女は素直に一階に下りていった。これで座敷には富山信蔵と二人だけとなった。二人は座り、向かい合った。

という原稿の冒頭を指さした。

「〈彼女は素直に一階に下りていった〉。Aに該当するのは亮夫のはずなのに。〈彼女〉じゃなくて〈彼〉なのに」

「本当だ」

何村は泣くんじゃないかというくらい、しゅんとした。

「私の答え、全然違ったみたい……」

ぼくは意識して笑みを作って、

「亮夫って、じつは女性なんじゃないか？」

「それはない。登場人物表を見て」

亮夫……信蔵の長男。大学生。

「たしかに長男と書いてあるな。でも古い小説なんかだと、女性を指して〈彼〉という代名詞を使うこともあるだろ。そういう感じかも」

と、ぼくがいうと、何村はすかさず、

「女を〈彼〉と記す場合はあるかもしれないけど、男を〈彼女〉と記すのはレアすぎない？」

「女装とか……」

「そういう描写が問題編にあったのかな……？　あっ、違う。それも駄目。見て、ここ。ほら——、

　亮夫は旅行の予定をあまり事前に決めるタイプではないそうだ。そんな彼と違って、寛子と真子は予定を事細かに決める。今回も今日の夕食前に出発しないと予定が早速バタバタと崩れてしまうのであった。


——だってさ。〈そんな彼と違って〉だよ？　さすがにこの文脈で〈彼=亮夫〉以外はありえないでしょ？　女装をしていようがいまいが、亮夫を指す代名詞は〈彼〉なんだ。女装していないと思うけど」

「じゃ、きっと、冒頭の〈彼女〉が誤字なんだよ！　兄ちゃん、本当は〈彼〉と書いたつもりだったけど、うっかり〈彼女〉と書いてしまったんだ」

「そうかな、私が間違えたんじゃないのかな」

っていた。

何村は眉毛を八の字にして俯《うつむ》き、名残惜しそうに、原稿用紙をはらりはらりとめく

「だって、ここまでパーフェクトに論理をつみあげたじゃないか。ほかに何が考えられる？」

ぼくはいう。現実問題、何村の推理はパーフェクトだったと思っている。一体、どこに別解の余地があったというのか。

何村は原稿用紙をめくりつづけながら、

「でもさ……、でもね……、いまの女装っていう視点は結構いいかも。いや、女装じゃないと思うけど……、そんなふうに、何か、何か、私たちがぜんぜん知らない情報がじつは潜んでいて、とか、そういう……、そういう……」

などと、ぶつぶつつぶやいていたが、最後までめくったとき、

「あっ？　アアッ？　おおお？」

今日いちばんのへんな声をだした。

「どうした？」

彼女は顔をあげて、にかっと笑う。

「これなら、いける、かも」

「何が？」

「Nの直前に〈粍島探偵は立ち上がった〉って書いてる」

「だから？」

「問題編を読んでいない私たちにすっぽりと抜け落ちていることがあったんじゃないかってこと。やっぱ、そうなんだよ」

ヒントのような周辺情報をいうばかりで、なかなか正門を開けてくれない。ぼくはなおも訊く。

「どういうこと？」

「私、全部の筋が通る解釈を思いついた。さっきの〈彼女〉の矛盾も解消される。たぶん、これだ。わかった、わかった、私、わかっちゃった。Nに書いてある内容もわかったし、この犯人当ての犯人もね、あらためてわかったわ！　犯人は——」

はてさて、どういうことだったか？

6

それから、二か月が経った。

学園祭は無事に終わり、もちろんパネル展示も無事に終わった。某大衆文芸誌の十月号には佐野雅一の犯人当て探偵小説「割れた陶器（問題編）」が掲載された。今日は十一月号の発売日であった。「割れた陶器（解答編）」がそこに載る予定だと聞いている。

「佐野くーん！」

帰宅部のぼくは放課後、何もせずに帰途につく。今日も今日とてそうであったが、一つ違ったのは、バス停のベンチに座っているときに後ろから彼女が駆けてきたことだ。ピンク色した長い髪、黒縁のメガネ。何村ゆみ子である。

ぼくの高校に通う生徒でこのバス停を使う人は少ない。また、大半の生徒は部活を終えてからだから、ぼくとは乗車時刻がずれる。ただ、ぼくと同じく帰宅部である何村については、こうしてここでいっしょになる機会ははじめてでもなかった。

バスを待っているのはぼくたちだけではないが、ほかの人は生徒ではない。

何村がいう。

「ねえ、もう買った？　読んだ？」

「いや、まだ見てもないけど……」

「ばばーん！」

ベンチに腰かけた何村は、カバンから件《くだん》の雑誌を取りだした。

「もう買ったんだね」

「しかも読んだよ。ふふふ。昼休みに抜けだして、買っちゃったのぉ！」

「で、どう？　載ってる？」

「うん！」

何村は声を弾ませる。「割れた陶器（解答編）」のページをぺらぺらとめくりながら、懐かしそうに、

「いやあ、まさか、犯人が寛子だったなんてねえ」

ぼくは彼女のめくるページを見ていたが、

「あッ――」

と声をあげた。

「――これ、すごいじゃん」

「うん？」

「挿《さ》し絵がついてるんだ」

これを聞き、何村が笑った。

「佐野君。先月号、読んでないね？　先月号の問題編にもついてたんだよ」

挿し絵はアニメ風の絵や写実風の絵でなく、版画風の絵であった。印象派の自画像のように、人を描いているとはわかるものの細かな顔立ちまでは見て取れない。そん

な挿し絵であった。

それでも例の件は簡単に確認することができた。

挿し絵は解答編がはじまってすぐのところにあった。割れた陶器と思わしきイラストが一つ。それを囲むようにして、人と思わしきイラストが五つ。うち一人は和服を着ているようだ。位置的にも図柄的にも、ほか四人から浮いている。これは秏島桁郎探偵であろう。

残る四人のうち一人の姿はこれまた位置的に離れたところにあり、秏島探偵ほどではないにせよ、浮いている。富山信蔵と見て間違いない。

そして、残る三人のうち一人は——

——真ん丸に描かれていた。

巨漢である。

この巨漢こそ、亮夫なのであった。

二か月前のあの日、何村はこういった。

「私、全部の筋が通る解釈を思いついた。さっきの〈彼女〉の矛盾も解消される。たぶん、これだ。わかった、わかった、私、わかっちゃった。Nに書いてある内容もわかったし、この犯人当ての犯人もね、あらためてわかったわ！　犯人は――亮夫じゃないのよ。

ホラ、ここをよく読んでみて。原稿の最後のところ、

　「《P》■■が犯人か」
　耗島探偵は頷いた。富山が低く唸った。
　「全く。いらん隠蔽工作なんぞしおって。素直に名乗りでれば許してやるものを……」
　なお、その夜、《Q》■■は夕食抜きとなった。

私はこれを読んで〈P＝Q＝犯人〉って思いこんじゃったけど、これが間違いだった。冒頭部分の〈彼女〉問題を解決するには、ここを見直すのがいちばんだわ。

といっても、夕食を取る予定だったのは亮夫だけ。だからQに該当するのは亮夫。この図式は揺るがない。そのうえで亮夫が犯人でない、という可能性はあるかしら？

私はそれを考えたの。つまり、犯人でもない亮夫が夕食抜きになるシナリオね」

「わからないな」

「ヒントは二つ。①〈問題編を読んでいない私たちの知らない情報が、何か隠れてい

るかもしれない〉。②〈粍島探偵はNの箇所に入る直前、なぜか立ちあがっている〉。私はこの二つをもとにして〈なお、その夜、亮夫は夕食抜きとなった〉で終わるシナリオについて〈ひょっとして、こう？〉というふうに思いついたのよ。条件を満たすシナリオというだけであって、これが真実の正解かどうかはわからないけどね」

あの日、彼女はそういって〈積み木のように組みあげた陶器が崩れたのは、十三時、座敷から出た亮夫が階段を下りるとき、その振動で崩れた〉説を披露したのだった！

ぼくはそれを思いだしつつ——、何村から雑誌を借り、Nに該当する辺りをその場で読みはじめる。

◆◆◆

粍島探偵はにやりと笑った。

「そこが今回の事件で、ちょっと面白い点でしてね、もしそれを犯人が行ったとするなら、犯人は十三時の前後にそれぞれ、アリバイのない時間を持っていなければなりません。ところが、この条件を組み込んでしまうと、犯人なしとなってしまいますよね。

だから、これは、こういうことなのですね！」

そう言い、耗島探偵は立ち上がった。

そして座敷の外に出た。障子を開け放したまま、階段を数段だけ下りる。ただそのとき、耗島探偵はわざと力を込めて、ズシン、ズシンと、まるで階段を踏みつぶすかのようにして歩いた。

座敷がかすかに揺れた。

富山が声を上げた。

「おお。これは！」

耗島探偵は座敷に戻ってきた。

「そうです。十三時、亮夫が座敷に来たとき、陶器は積み木のように組まれていました。けれども彼が部屋から出て階段を下りるとき、今のような振動が発生して、その振動が陶器を再びばらばらにしたのであります。亮夫は百キロを超える巨漢でございます。彼が階段を下りるときの振動で、積み木が崩れることはありえるでしょう」

富山は苦笑した。

「亮夫の奴め」

「しかしご主人。亮夫には、何の罪もありませんよ。別に陶器を割ったわけでもありませんし……」

「あいつ、大学の健康診断でもあれやこれやかなりの異常値だったそうだ。これを機に少々減量させる。早速、今夜の夕食は抜きだ」

「まあまあ、それは今回の事件とは別の話ですし、私の口を出すことではありませんね。今回の事件に重要なのは『どうして、組まれていた破片が崩れたか』でございますが、それは今説明した通りだと思われます。いかがでしょうか？」

「たしかにそうだ、それに違いなかろう」

富山は納得したようだ。

耗島探偵は座布団の上に座り直した。

「さて、こうして、十三時という時刻の持つ意味が大きく変わりましたね」

「そうだな。ということは、犯人は十三時より前に犯行可能でなければならないから
……」

富山と耗島探偵は目を合わせた。

「寛子が犯人か」

耗島探偵は頷いた。富山が低く唸った。

「全く。いらん隠蔽工作なんぞしおって。素直に名乗りでれば許してやるものを
……」

なお、その夜、亮夫は夕食抜きとなった。

◆◆◆

原稿がどうなるかという根本的な問題については、結局、何村による補完原稿がそのまま採用されることになった。兄の言によると、それは兄がもともと書いてあったものと——むろん表現こそ違えど——内容は同じであった。Nの箇所もだ。

こうして読めばわかる通り〈なお、その夜、亮夫は夕食抜きとなった〉という最後の一文は物語のオチであり、ジョークであったのだ（ジョークとしてスベっていないかどうかは別問題。一読者としてのぼくから見たら……ギリギリ、アウトかなぁ？）。〈亮夫が巨漢である〉という事実が読者に隠されていたわけではないということには注意したい。兄から聞いたが、その事実は問題編に書かれてあった。だから本来の読者は〈亮夫が巨漢である〉という事実を頭に入れたうえで犯人当てを考えることができた。そればかりか〈階段が振動する〉ことを仄《ほの》めかす描写さえあったそうだ。

なお、あの日ぼくたちが行った補完作業だが、Qに該当するのが犯人でなく〈十三時の証言者〉たる亮夫だとわかったあとはすいすいと進んだ。〈十三時より後に犯行が可能な人〉つまりEが高校生である、という条件は変わらないから、ここは真子だとわかる。

そうして〈十三時より前に犯行が可能な人〉つまり犯人は寛子となる。するとAにも寛子が入ることになり、冒頭の〈彼女〉という表記にも矛盾がない。一件落着となった。


ぼくは何村に雑誌を返した。

バスはまだ来ない。何村は食い入るようにして雑誌を読みだした。Nの辺りが開かれている。もう読んでいるだろうに。夢中で読みかえしていると見える。

ぼくは彼女に声をかけた。

「そこ、よく書けてるよね。前後と違和感ないじゃん」

「そ、そお？　そっかなァ？」

何村はページから目を離さずに、すました顔をして返事をしたが、目はしっかりと笑っていた。そして興奮気味に、そのまま次のページをめくった。そこは「割れた陶器」の〈最後の場面〉である。

本来「割れた陶器」は〈なお、その夜、亮夫は夕食抜きとなった。〉の一文で締めくくられることとなっていた。しかしコーヒーをこぼして、例の補完作業を行ったあ

の日、何村は最後に、

「もっと誠意を示すために、私が最後に一場面だけ、つけくわえてみる！　そしたら佐野君のお兄さんもね、〈そこまでやってくれたんなら許すか〉って気になるでしょ？」

と、提案したのであった。のみならず、家に帰った彼女は、一晩でそれを書いてきた。

勝手に一場面つけくわえて、それのどこが誠意なのか、何に対する誠意なのか、てんで意味不明であった。意味不明ではあったが、彼女の意図は不明でなく明確だった。要は、ちゃっかり、自分の文章を載せてもらいたかったのである。例の補完作業の裏にも、そもそもそういう動機があったし。

何村から追加原稿をもらったとき、ぼくはそれを読んでいる。何村の書いた新しい〈最後の場面〉は、亮夫が夕食抜きとなり、不平不満をこぼす場面であった。〈夕食抜き〉というオチのジョークを膨らませて書いたのであった。

犯人でも被害者でもないのに割りを食った亮夫の道化っぷり。それを主軸にしつつ、そこに哀愁を絡めた。陶器事件の犯人が行った隠蔽工作に関する、富山信蔵の哀愁だ。原稿用紙にして五枚ほどの量にすぎなかったが、なかなか読みごたえがあった。

兄はこの追加原稿を受け入れた。しかも、このシーンは編集者に好評だったそうだ。兄が書いたと思いこんでいる編集者は、

「佐野先生、意外とひきだしが多いんですね。今回のようなラストが書けるんなら、毎回、そうしてくれたらいいのに。お願いしますよ！」

とまでいったそうだ（兄よ、もっとがんばれ）。

何村は雑誌をがっしりと広げて、自分の書いた追加場面を読んでいた。続けて、雑誌を広げたまま、角度を変えてぼくに見えるようにした。

「見て。私の書いたの、載ってるよ」

彼女の声は弾んでいた。

ぼくは頷いた。彼女は開いた雑誌の角度を、一度元に戻した。飽きずにまたまた読んでいるようだ。それからもう一度、角度を変えて、ぼくのほうに見せた。

「載ってるよ！」

彼女はさっきと同じことをいった。

満面の笑みを浮かべて。

◆◆◆

（解答まとめ）
《B》割れた陶器を箱の中の陶器と入れ替える
《H》朝食の席にいなかったという事実で、既に容疑者リストから外れている者の証言です
《J》クロスを前にずらすと、埃は拭きとられていたはずです
《M》既に容疑者リストから外れている者の証言です
《N》（略）
《O》犯人は十三時より前に犯行可能でなければならない
《A》《F》《P》寛子
《C》《D》《G》《I》《K》《L》《Q》亮夫
《E》真子

解説

廣澤吉泰

二〇二一年の国内ミステリは大豊作であった。

「このミステリーがすごい！　２０２２年版」（宝島社）のコメントからは、投票者が例年になく（「このミス」の投票枠の）六作品の選出に苦慮した様が読み取れた。

そして、大豊作の国内ミステリの中でも本格は絶好調であった。

それを端的に示したのが「このミス」の投票結果と言えよう。

❶黒牢城　米澤穂信（ＫＡＤＯＫＡＷＡ）②テスカトリポカ　佐藤究（ＫＡＤＯＫＡＷＡ）③機龍警察　白骨街道　月村了衛（早川書房）❹兇人邸の殺人　今村昌弘（東京創元社）❺蒼海《あおみ》館《かん》の殺人　阿津川辰海（講談社タイガ）❻invert《インヴァート》　城塚《じょうづか》翡翠《ひすい》倒叙集　相沢沙呼（講談社）❼忌名《いな》の如き贄《にえ》るもの　三津田信三（講談社）❽六人の嘘つきな大学生　浅倉秋成（ＫＡＤＯＫＡＷＡ）❾硝子の塔の殺人　知念実希人（実業之日本社）⑩雷神　道尾秀介（新潮社）

という結果で、白抜き数字の本格物が十作中七作を占めた。なお、「本格」とは何かを論じだすときりがないため、ここでは便宜的にランキング誌「2022本格ミステリ・ベスト10」（原書房）に重複して入選している作品を「本格」とした。ご了承願いたい。

この傾向を「このミス」国内編の総評を担当した西上心太は「綾辻行人以来の新本格を読んで育ってきた作家たちが次々と登場してくるような印象を受ける」と分析している。西上は新本格は「海外（特に中国）のミステリー作家にも影響を与えているよう」で、『HONKAKU』のグローバル化が進んでいる」とも指摘している。ミステリの中で「本格」は勢いのあるジャンルになっていると言えよう。

本書の収録作品は、二〇二一年に発表された本格ミステリ短編の中から、円居挽、酒井貞道、廣澤吉泰の三名で選定したものである。各短編から本格の勢いを感じ取って頂ければと思う。

道尾秀介「眠らない刑事と犬」

街で五十年ぶりに発生した殺人事件。刑事は、ペット探偵とともに、被害者宅の犬を探す。刑事がなぜ、民間人のペット探偵に協力を求めるのか？　など読者が疑問に思う不自然さは結末において解消され、納得させられる。その手際は見事である。

『光媒の花』『鏡の花』（いずれも集英社）と続いた、道尾秀介の〈花〉シリーズの一編。今回の短編群は『N』（集英社）として昨年刊行された。『N』は本編を含め全六作からなる連作短編集だが、どの順番で読んでも物語はつながるように構成されている。作者が企図した6×5×4×3×2×1＝720通り全てを試すのは大変だろうが、筆者も二通りの読み方を試し、異なる印象の物語を味わった。この楽しさは、読者の皆さんも共有して欲しい。

大山誠一郎「カラマーゾフの毒」

ドストエフスキー『カラマーゾフの兄弟』を彷彿させる一族で発生した毒殺事件。家政婦が見ている前で、どうやって犯人は被害者に毒を盛ったのか？　不可能興味に溢れた謎を、俳優の鹿養大介が鮮やかに解く安楽椅子探偵物。

鹿養は、三十余年の俳優人生のほとんどを、悪役を演じてきた。そのため本シリーズは〈悪役専門俳優〉シリーズと呼ばれる。六編目の本編でシリーズは完結し、来年には単行本として上梓される予定である。シリーズ物は、一冊にまとまって初めて見えてくる趣向もあるので、それは今後のお楽しみとなろうか。来年まで待てない、という方は同じ作者の安楽椅子探偵物『時計屋探偵の冒険　アリバイ崩し承ります2』（実業之日本社）が出ているので、そちらで餓えを癒して頂きたい。

芦沢　央「アイランドキッチン」

元刑事の主人公は、妻と老後を過ごす家の購入を思い立つ。不動産屋で紹介された物件情報の中に、かつて捜査で赴いたものがあった。マンションの外部階段から女性が転落死した、という事案だった。当初は自殺と判断されたが、遺書もなく、被害者が誰かと争っていた目撃証言も出て、他殺の可能性も出てきた……。

芦沢央は、『ベスト本格ミステリTOP5　短編傑作選001』（講談社文庫）に収録された「許されようとは思いません」のように捻った論理展開で意外なホワイダニットを創り上げるのだが、その技量は本作でも遺憾なく発揮されている。「許されよう――」の覚悟を決めた犯行に比べると、本編で描かれる動機は極めて軽い。軽いがゆえに、むしろ怖さを感じてしまうのだ。

方丈貴恵「影を喰うもの」

生き物の影を喰い、その生命を奪う影魚。その影魚に喰われたのは、友人か愛犬か？　影魚用の特効薬は手元に一錠しかなく、喰いつかれると一時間で死に至る。迫る刻限の中、主人公は究極の二者択一に迫られる、という今流行の特殊設定物。

『時空旅行者の砂時計』でデビュー以来、方丈貴恵は特殊設定物を得意としてきた。

「このミス」に掲載された「館ミステリー座談会　このミス館へようこそ！」では、特殊設定物を書く際には「特殊設定を決めて、それを最大限活かせそうな舞台を考えて、そのあとメイントリックを考える」という「特殊設定先行型」的な創作術を語っている。本編は、特殊設定の面白さに加えて、スマホの泥といった、細かな点から論理を立ち上げるなど本格好きのツボをついている点も心憎い。

浅倉秋成「糸の人を探して」

初めて合コンに参加することになった大学生。五名の参加者の中には自分に思いを寄せる女性がいると聞くが、それ以外の四人の女性は訳ありで……果たして、主人公は地雷を回避して「糸の人」を見つけられるのか？　というユーモアミステリ。ユーモラスな作品だが、主人公が候補の女性を絞り込む過程は「事件―捜査―推理―解決」という正統派の本格物の手順を踏んでいる。「糸の人」を探す、という本人以外はどうでもよい些事に、真剣に推理をめぐらすギャップが笑いをもたらすのだ。

本編の能天気な大学生は、二〇二一年のミステリランキングを賑わせ、ブランチBOOK大賞2021を受賞、直木賞等様々な賞の候補となった『六人の嘘つきな大学生』でのシビアな大学生とは真逆。こうした振幅の大きさも作者の魅力だ。

森川智喜「フーダニット・リセプション」

犯人当て推理小説の解決編が、コーヒーをこぼしてしまい、読めなくなってしまう。虫食い状態になった原稿を、高校生の男女がディスカッションをしながら復元していく、という学園ユーモア物。

本格ミステリには、作者と読者との知恵比べという側面がある。エラリー・クイーン〈国名〉シリーズなどの「読者への挑戦状」のところで、読書を一時停止して、推理をめぐらせた読者も多いことだろう。ミステリの原初的な面白さを思い出させてくれる遊び心に満ちた作品である。

原稿用紙に手書きで執筆する作家なんて今時いるの？　と疑問を抱く向きもあろうが、そうした指摘は野暮というもの。主人公たちと一緒になって、パズルの穴埋めを楽しんで欲しい。

二〇二一年には、麻耶雄嵩『メルカトル悪人狩り』（講談社ノベルス）、榊林銘『あと十五秒で死ぬ』、羽生飛鳥『蝶として死す　平家物語推理抄』、大島清昭『影踏亭の怪談』（いずれも東京創元社）といった好短編集も出ている。本選集で本格物の短編ミステリに魅力を感じた方は、そちらにも手を伸ばして頂ければと思う。

●初出一覧

道尾秀介「眠らない刑事と犬」………………（「小説すばる」21年1月号）
大山誠一郎「カラマーゾフの毒」………………（「小説新潮」21年2月号）
芦沢央「アイランドキッチン」………………（「オール讀物」21年7月号）
方丈貴恵「影を喰うもの」……………………（「小説現代」21年9月号）
浅倉秋成「糸の人を探して」……………………（「野性時代」21年9月号）
森川智喜「フーダニット・リセプション」…（「ジャーロ」21年11月号）

本格王《ほんかくおう》2022

本格《ほんかく》ミステリ作家《さっか》クラブ選《せん》・編《へん》

講談社文庫

定価はカバーに
表示してあります

2022年6月15日第1刷発行

発行者――鈴木章一
発行所――株式会社　講談社
東京都文京区音羽2-12-21　〒112-8001
電話　出版（03）5395-3510
　　　販売（03）5395-5817
　　　業務（03）5395-3615

KODANSHA

デザイン―菊地信義
本文データ制作―講談社デジタル製作
印刷―――株式会社KPSプロダクツ
製本―――株式会社国宝社

Printed in Japan

ISBN978-4-06-528273-1

講談社文庫刊行の辞

二十一世紀の到来を目睫に望みながら、われわれはいま、人類史上かつて例を見ない巨大な転換期をむかえようとしている。

世界も、日本も、激動の予兆に対する期待とおののきを内に蔵して、未知の時代に歩み入ろうとしている。このときにあたり、創業の人野間清治の「ナショナル・エデュケイター」への志を現代に甦らせようと意図して、われわれはここに古今の文芸作品はいうまでもなく、ひろく人文・社会・自然の諸科学から東西の名著を網羅する、新しい綜合文庫の発刊を決意した。

激動の転換期はまた断絶の時代である。われわれは戦後二十五年間の出版文化のありかたへの深い反省をこめて、この断絶の時代にあえて人間的な持続を求めようとする。いたずらに浮薄な商業主義のあだ花を追い求めることなく、長期にわたって良書に生命をあたえようとつとめるところにしか、今後の出版文化の真の繁栄はあり得ないと信じるからである。

同時にわれわれはこの綜合文庫の刊行を通じて、人文・社会・自然の諸科学が、結局人間の学にほかならないことを立証しようと願っている。かつて知識とは、「汝自身を知る」ことにつきていた。現代社会の瑣末な情報の氾濫のなかから、力強い知識の源泉を掘り起し、技術文明のただなかに、生きた人間の姿を復活させること。それこそわれわれの切なる希求である。

われわれは権威に盲従せず、俗流に媚びることなく、渾然一体となって日本の「草の根」をかたちづくる若く新しい世代の人々に、心をこめてこの新しい綜合文庫をおくり届けたい。それは知識の泉であるとともに感受性のふるさとであり、もっとも有機的に組織され、社会に開かれた万人のための大学をめざしている。大方の支援と協力を衷心より切望してやまない。

一九七一年七月

野間省一

講談社文庫 最新刊

三津田信三
魔偶《まぐう》の如き齎《もたら》すもの
若き刀城言耶《とうじようげんや》が出遭う怪事件。文庫初収録「椅人《いじん》の如き座るもの」を含む傑作中短編集！

宮城谷昌光
俠骨記〈新装版〉
軍事は二流の大国魯《ろ》の里人曹劌《そうかい》は、若き英王同《どう》に見出され——。古代中国が舞台の名短編集。

佐々木裕一
将軍の宴〈公家武者信平《のぶひら》ことはじめ(九)〉
将軍家綱の正室に放たれた刺客を、秘剣をもって退治せよ！ 人気時代小説シリーズ。

中村天風
真理のひびき〈天風哲人 新箴言註釈《しんしんげんちゅうしゃく》〉
『運命を拓く』『叡智《えいち》のひびき』に連なる人生哲学の書。中村天風のラストメッセージ！

中村ふみ
異邦の使者 南天の神々
無実の罪で捕らわれている皇妃を救うため、飛牙《ひが》と裏雲《りうん》はマニ帝国へ。天下四国外伝。

松野大介
インフォデミック〈コロナ情報氾濫〉
新型コロナウイルス報道に振り回された、この2年余を振り返る衝撃のメディア小説！

黒木渚
檸檬の棘
十四歳、私は父を殺すことに決めた——。歌手にして小説家、黒木渚《くろきなぎさ》が綴《つづ》る渾身の私小説！

本格ミステリ作家クラブ選・編
本格王2022
本格ミステリの勢いが止まらない！ 作家・評論家が厳選した年に、一度の短編傑作選。

講談社タイガ
保坂祐希
大変、大変、申し訳ありませんでした
SNS炎上、絶えぬ誹謗中傷、謝罪会見、すべて謝罪コンサルにお任せあれ！ 爽快お仕事小説。